太阳升起

彭荆风 ◎ 著

中国言实出版社

图书在版编目(CIP)数据

太阳升起 / 彭荆风著 . —— 北京：中国言实出版社，
2022.6
ISBN 978-7-5171-4232-4

Ⅰ. ①太… Ⅱ. ①彭… Ⅲ. ①长篇小说 – 中国 – 当代
Ⅳ. ①I247.5

中国版本图书馆 CIP 数据核字（2022）第 113368 号

太阳升起

责任编辑：王蕙子
责任校对：张　丽

出版发行：中国言实出版社
　　　　　地　　址：北京市朝阳区北苑路180号加利大厦5号楼105室
　　　　　邮　　编：100101
　　　　　编辑部：北京市海淀区花园路6号院B座6层
　　　　　邮　　编：100088
　　　　　电　　话：010-64924853（总编室）　010-64924716（发行部）
　　　　　网　　址：www.zgyscbs.cn　电子邮箱：zgyscbs@263.net

经　　销：新华书店
印　　刷：徐州绪权印刷有限公司
版　　次：2023年1月第1版　　2023年1月第1次印刷
规　　格：710毫米×1000毫米　1/16　15印张
字　　数：236千字

定　　价：62.00元
书　　号：ISBN 978-7-5171-4232-4

这是一本用文学方式描述特殊的边地、特殊的历史事件和人物的书；我想，读者在阅读过程中，一定能深感真切而有兴趣。

——彭荆风

目 录

一、去蛮丙部落的路上　　　　　/ 1

二、在蛮丙部落外边　　　　　　/ 18

三、求助于神灵　　　　　　　　/ 37

四、初见窝朗牛　　　　　　　　/ 53

五、不幸的叶妙　　　　　　　　/ 75

六、解救叶妙　　　　　　　　　/ 101

七、岩浆在永恩部落　　　　　　/ 137

八、叶妙回到了小寨　　　　　　/ 158

九、去寻找岩浆　　　　　　　　/ 175

十、被岩浆偷走的信　　　　　　/ 187

十一、山谷里的激战　　　　　　/ 200

尾声　　　　　　　　　　　　　/ 219

后记　　　　　　　　　　　　　/ 228

一、去蛮丙部落的路上

冬天大山里的黑夜来得早，还只是下午五点钟左右，天色就完全黑了下来。刚刚在夕阳里还绚丽多彩的起伏山峦，像是迅速而又悄然换上了厚重的黑色披风，沉默地仰天躺卧着，任由狂猛的山风狠力地扑打、摇撼，也难得晃动一下，只是不时发出一连串声震山谷的长啸，加重了这夜的深邃、神秘。

在这夜长天黑的山野间，除了从树林深处的洞穴里悄然钻出来觅食的大小野兽，难得有夜行人。风冷夜寒，山路窄陡，稍不小心，就可能被浓黑的夜雾裹卷，跌入悬崖峭壁下的深谷里。

但是，今天晚上却与往常不一样，有一队全副武装的人马正从深密的原始森林中艰难地向外移动。夜色黝黑，森林里那些枝叶稠密的千年老树又不断阻挡人们的行动。他们更是难辨方向，只能一步步往外摸索。

这一队人马是不久前进驻佤山的人民解放军某部的一支小分队。

这天上午，他们在侦察参谋金文才率领下，从佤山的中心西盟出发，准备前往当时的"中缅未定界"时，在一座巍峨的分水岭前被浓密的大雾搅乱了视线，错走进了一片稠密的原始森林里。在既阴暗又潮湿的老树、藤条之间慌乱地转悠了几个小时，才好不容易用刀斧砍出了一条路，闯出了原始森林，然后又经过一番艰难的寻找、辨认，才循着附近山坡上牛群留下的蹄印和粪便，以及潮湿的泥土上较明显的人的脚印，找到一条可能通往蛮丙部落的山路。

被两边高过人头的深密茅草遮盖的狭窄山路上，平日行人稀少。这高山大岭的冬夜正霜重露冷，那些茅草上的冰凉水珠，被走过的人一碰撞，纷纷滚落下来洒向人们的手脸，浸进了他们本就被大汗浸湿了的军棉衣。不过白天行路时的燥热，刚才在阴暗潮湿的原始森林中寻路时的郁闷、困乏，却随着冰凉的山风一阵阵吹来而消失了。

这一队人马长时间在原始森林里寻路，又不断砍伐那些阻碍前行的老树、藤条，全都很疲累了，这会儿就在一块大岩石前停下来歇息，用随身携带的红汞、碘酒涂抹手脸被蚂蟥、毒虫叮咬的伤痕，并给马喂水喂料，然后喝水、吃干粮，整理军装、武器。

已经是下半夜了，那轮皎洁的月亮才艰难地突破拥挤在天空中的厚重乌云，把水溶溶的月光从高空洒下来，刚才还一片昏茫的山野，也如同罩在一个极为明净、碧蓝的透明的巨大玻璃器皿中。人与大自然似乎都在悄然享受这安静的冬夜月光的沐浴。

金文才率领的这支队伍休息够了，又在月光下继续前行。

西盟佤山属于横断山脉纵谷南段山系，山势险峻，多数是高耸云天的悬崖峭壁。

如今浓雾悄然散去，大地在月光照射下，格外清晰。远近的山崖如同被削砍过的铅灰色圆柱、扁柱、长柱，有力地顶着高而深邃、一望无际的夜空，更显得挺拔、陡险。

佤族人的大小村寨多数建于那些山岭高处。

金文才率领的这一队人马要去往临近边境的蛮丙部落，也就要在这大山之间，不断地上坡下坡、穿林过涧。他们虽然都还年轻，又久经行军战斗的生活，但是如今在山岭间跋涉了十几个小时，也是很疲累。

前边传来了水流冲击礁石的纷乱响声，一条在月光下闪着银色亮光的小河横在前边。岸那边有一大片黑压压的深邃树林，栖息于树林中的夜鸟可能突然受到惊吓，正三五成群地扇动着翅膀飞进飞出。

金文才他们根据出发前对蛮丙部落附近地形的了解，知道过了这条小河再攀爬一座大山，就接近蛮丙大寨了。

出于军人久经战阵和长时间做侦察工作养成的细心、谨慎的性格，金文才没有立即带着人马过河。夜这么深了，鸟儿不在树林里栖息，却突然成群地飞起，这现象使他产生了疑惑：树林里是不是有人潜伏着。

他们这支队伍有十多个人，一色的冲锋枪，还配备有一挺轻机枪，人多武器好，本来可以摆开战斗队形，强行搜索前进。但是他们从西盟出发前，团政委赵纬一再叮嘱：佤山是个特殊的民族地区，一切行动都要小心谨慎，更不能和佤族人发生刀枪相向的武力冲突。

在没有弄清楚河对面树林里是否藏有人、是什么人以前，金文才没有急于率领部队前行，而是命令这队人马，在一排枝叶稠密的大树后边停下来，自己只带着通信员康小羊、杜兵悄悄地下河，先去到河那边观察。

金文才所在的这个团，是一个月前（1952年12月）的6日凌晨以近两个营的兵力攻入西盟的。那伙盘踞在西盟佤山多年的屈洪斋部只有几百人，自知战斗力弱，不敢做过多抵抗，稍一接触，就利用山间天亮前浓厚的大雾和他们对边境地形的熟悉，逃往当时还是"中缅未定界"靠近缅甸一侧。

这一仗虽然打得轻松，但是因为没有全歼敌人的有生力量，也就留下了较多的后患。屈洪斋部经常越过"未定界"窜进来偷袭。他们还利用久在佤山、与佤族一些部落的头人有着盘根错节的复杂关系，挑唆少数佤族人反对刚进入佤山、还没有来得及开展民族工作的人民解放军。针对初进佤山的复杂情况，这次指挥部队进驻西盟的第一一五团政委赵纬，决定邀请各大部落的头人来西盟开一次会，交代政策、联络感情，并向他们宣布，将派出几个民族工作组进驻那几个大部落。

部队向西盟进军前，就在澜沧邀请了几位对佤族有了解的人士一起随军行动，其中有民国时期在西盟担任过多年区长、娶了一名佤族女子、解放后又被选为澜沧县人民政府副县长的张石庵。张石庵是位对澜沧江以南边境地区的地理、民情素有研究的学者型官员，解放前在西盟任职时，能清廉自守，不贪污、不欺压佤族人，在民族上层中结交了许多朋友。这次有他从中联系，许多佤族头人都能解除顾虑来西盟开会。在喝了泡酒、吃了烤肉、欢快地聚谈后，多数头人都表示，愿意支持人民解放军的民族工作组进驻他们部落。只有处于"中缅未定界"附近的蛮丙部落大头人窝朗牛没有来。张石庵派去约请他的人，他也避而不见。是对人民解放军存在怀疑还是过于敌视，一时间搞不清楚。但是蛮丙部落在佤山的战略地位很重要，因那里控制着出入边界的几条主要通道和险峻的高地，还管辖十几个佤族村寨，手下有着千余名持有步枪、明火枪、弩弓、长矛，随时可以投入搏斗的壮汉，而且他们部落临近英国入侵缅甸时炮制的所谓"中缅未定界"。如今，国际上的敌对势力，也正在趁中国人民解放军刚刚进驻西盟佤山、工作还没有完全展开之时，企图把蛮丙一带也划进"未定界"范围内，以求在今后的边界谈判中，使蛮丙部落脱离中国的管辖，并利用这个大部落作为袭扰西盟佤山的桥头堡。如果这些阴谋得逞，那就后患无穷了。

赵政委召集在西盟的张石庵副县长和指挥作战的林副团长以及几位作战参谋开了几次会。年轻气盛的参谋们力主赶在逃往境外的敌军喘息未定，还来不及把蛮丙部落纳入他们的据点之前，尽快派出一两个连去占领那些战略要地。但是张石庵副县长根据他多年来对蛮丙部落大头人窝朗牛的了解，认为窝朗牛过去没有和盘踞于西盟的敌军勾结过，如今也不会有意与解放大军作对。他只是世代居住在封闭的佤山，从来没有走出去过，是个有着狭隘民族情结的人，多年来对外民族心存戒备。所以他认为，对窝朗牛还是要耐心说服、真心团结。

但年轻的作战参谋们却是从战略时机的不可久待来考虑，认为蛮丙部落地势特殊，对那里的控制，敌人比我们还要急迫，我们如果拖延，错过了时机，将来是要付出很大的代价的。

经过几次商议，张石庵副县长还是主张，如果一定要进驻蛮丙部落，最好先派出一个由两三个人组成的小组进去，心平气和地做窝朗牛的说服工作。急于派大部队是不行的，那会激怒脾气暴躁的窝朗牛。双方一打起来，流了血，死了人，以后就不好办了。

赵政委思考再三，又去电向中共普洱地委和陆军第三十九师领导请示，那边也认为，张石庵副县长的意见很好。但是派谁去蛮丙部落呢？只有精明、干练、勇敢的人才能胜任。赵纬一再盘算，想起了团部的侦察参谋金文才。

金文才是个参加过淮海、渡江、解放大西南等重大战役，战斗经验丰富的老军人。粤桂边战役时，他带着几个侦察员外出活动，恰巧与溃退中的敌军一个营相遇。敌众我寡，如果是别的人可能就急忙闪开了，金文才却看出敌军在走投无路时军无战心，大胆深入敌营说服了敌营长带着军队起义。如今虽然是在民族地区，对象完全不同，但还是需要像金文才这样既勇敢又心细、而且能言善辩的人去完成任务。

一年前，部队还在为进军西盟佤山做准备时，金文才就和一批干部、战士开始学习佤语。在佤语较熟练后，他又说服了一个经常去西盟走村串寨售卖针线、布匹等小商品的货郎，同意他们装扮成这个商人的小伙计，多次随同商人进入西盟周围的部落观察地形，了解敌情和民族习俗。这几个侦察员也就比别人更了解佤山的情况。

这天，赵纬政委把金文才招来，详细交代了准备进入蛮丙部落开展工作的情况后，问他敢不敢只带两三个人进入蛮丙部落。

金文才仔细听完领导交代的任务后，也深感这"单刀赴会"的蛮丙之行是很危险的，能否成功很难说。但作为军人，可不能推诿。他只是沉吟了一会儿，就坚定地表示："首长，我坚决完成任务。"

赵纬很喜欢金文才这样敢于承担艰巨任务的爽快态度。军人嘛，就是要这样干脆、利落，但还是提醒他："金文才同志，这可不同于从前的在战场上作战，蛮丙部落的窝朗牛也不是敌人，他只是个一向自以为是、专横跋扈的大头人，目前只是对我们还不了解而采取不合作态度；我们要尽力争取他、团结他。你也知道'通过上层，发动群众'是我们党在民族地区，特别是在佤族地区的政策。他不了解我们，怀疑我们，我们就更要耐心地去工作……"

金文才也深知是因其中的艰辛，领导才会这样提醒他。但他不愿在困难前畏缩，也就坚定地表示："首长，你放心，我会全力以赴。"

参与谈话的张石庵副县长也特意告诉他："窝朗牛先后娶有八九个老婆，从前还有个老婆是汉人，所以他也能听懂一些汉话。"

金文才笑了，这是什么头人，会有这么多老婆？前些日子，他在西盟周围佤族村寨进行侦察活动时，见过不少大小头人，都和那些佤族群众一样，赤着脚、披件破毯子，很是贫穷。这次召集各个部落头人开会时，来的头人也是衣裳破烂。

这蛮丙部落的窝朗牛枪支多、老婆多，看来不是一般的头人呢！

他对这次奉命进蛮丙部落开展工作，也就不敢大意了。应该怎么应对，因为情况不明而难以做出计划。他心里想，只能到时候随机应变了。

临行前，张副县长交给金文才一个用牛角精心雕刻的牛头。许多年前，他在西盟当区长时，窝朗牛病重，他特意从澜沧请了一名老中医去蛮丙部落医好了窝朗牛的病，窝朗牛很是感激，特意送给他这件具有特殊意义的护身物。持有这"牛头"，在蛮丙部落所属的大小村寨，人们都会明白，他是窝朗牛的尊贵客人，受到保护、尊重，任何人不得伤害。

这是一件把牛的眉、眼、弯角都雕刻得很是精巧传神的艺术品。他珍藏多年，又经常擦拭，角质纹理都很闪亮。

赵政委和金文才都很奇怪，在这莽野深山中，怎么还会有这样的能工巧匠。

张副县长告诉他们，佤族人天资聪颖，虽然没有文化，却极其有悟性，手也巧，竹木雕刻都极具特色。

金文才抚摸着这件雕刻品高兴地说："这算是去蛮丙部落的通行证吧！"

张副县长说："至少可以让他们知道，你不是贸然闯入他们部落。他们会看我的情面，以礼接待。"

他还提醒金文才要带些佤族人缺少的布衣裤、小物件做礼物，佤山没有商店，购物困难，一把小刀、一面小镜子、一串玻璃珠项链，佤族人都很喜欢。

赵政委特意派出了一个加强班随同金文才他们上路，以防在山深林密的路途受到敌人的袭击，只是这个班在接近蛮丙部落那条小河时，就要停下，只让金文才和通信员小康、小杜前往，以免窝朗牛错以为是不经过他的同意，就强硬地派军队进驻。

如今，过了小河就是蛮丙部落的地界了，金文才考虑了一下，应该让这个班回去。已经是夜晚，再带着这么多人往前走，如果蛮丙部落的人错以为解放军趁黑夜偷袭他们，可能会进行拦截，一旦打起来，可就麻烦了。

他对护送他们的班长丁勇说："快到蛮丙部落了。你们就在这里停下吧！"

丁勇是个责任心很强的老兵，他环顾了一下周围这黝黑、寂静得令人起疑的夜的山野，不放心地说："参谋，在这里和你们分手？"

"这是团首长的部署，你们执行吧！"金文才握了握丁勇的手，催促他们就此停止前进。

丁勇想了想，又说："我们在这附近等你们三天，三天后还没有你们的讯息，我就带着部队打进去援救你们！"

金文才说："不能性急。不过我会在三天内想办法与你们取得联系。"

丁勇只好把全班集拢，一字排开，向金文才立正、敬礼告别，才转身向来路折返回去。但是他们走到后边那高坡上又不放心地停下了。他也担心河那边有埋伏，要看看金文才他们过了河后能否顺利地往前走。

这条小河的河床比较宽，水也比较深。夏秋多雨的季节，大雨倾泻，更是浊浪翻滚，难以涉足。冬天山里干旱少雨，水并不深，卷起裤脚就可以涉水过去，但是河水是从长年不见天日、冷如冰窖的原始森林深处流淌出来的，也就如冰雪般奇冷。金文才他们被硌得腿脚作痛，就连那匹驮着行李和物件的白马，也冻得嘶鸣着蹦跳起来。

他们还是咬着牙，踩得水声哗哗作响地往前走，走着走着河对岸那片黑黝黝的树林中有几只似乎受到了惊吓的大鸟扑扇着翅膀匆匆飞起，使他们深感可疑。

前些日子，金文才在西盟附近的佤族部落活动时，人们曾多次提醒他，一两个人走在山路上，对路边的树林可要小心又小心：佤族人经常潜伏在山路边的树林里，伏击来往敌对部落的人；若有单身的人走过，又不防备，就突然飞掷出标枪，那支锋利的标枪会那样准确有力地从后背贯穿前胸……

那树林里会不会也藏着一群佤族人呢？金文才他们犹豫地停下了脚步。

山风猛烈地呼啸着，河水撞击岩石发出哗哗的响声，加深了这夜的恐怖。

正如过河前所料，他们确实正走进一个满布着危险的伏击圈。

今晚藏在河对岸树林里的是蛮丙部落大头人窝朗牛的儿子岩松带领的几个佤族壮汉，那几张弩弓正瞄准着过河的他们。如果他们再往前走几步，镶有铁箭头的利箭就会射过来。

部队进入西盟后，远在蛮丙部落的窝朗牛就强硬地表示，不准山外的人进入他统治的部落。

几天前他就叮嘱岩松，要在这小河一带加强防守，特别是夜间要小心有部落外的人闯入。

岩松就挑选了几个强壮、彪悍，又敢于搏斗的男子随同他出来巡逻。

他们没有去过山外，更没有和人民解放军交过手，也就不了解这次来的人民解放军有怎样的战斗力，错以为凭着他们几把长刀和几张弩弓，以及几条破旧的老式步枪，就可以阻挡住一切人进入他们部落。

今晚他们刚走到小河这岸的竹林附近，就发现那边山头上有伙人马踩着忽明忽暗的月光过来了。他们急忙奔入小河边的树林里，迅速选择了便于伏击的地形，抬起弩弓、明火枪，亮出长刀，做好了搏杀的准备。

他们虽然在这以前并没有见过人民解放军，如今看见那整齐的服装和携带的武器,与听人描述的"老解"一样,就明白这些人是从西盟来的。但是岩松又迟疑地不敢立即跳出来攻击,他们发现,除了走在前边、已经进入小河的三个人外,对面山头上还有十几个人;相比之下,自己这边只有七个人,人枪都少于对手,而且在明亮的月光下,他们还发现这些人除了枪支多外,每个人都携带着令他们恐惧的"集中炸"。

那可是令人恐惧的东西!

佤族人把手榴弹叫作"集中炸",是有一年,有个佤族人在山路上捡到了一枚国民党军队不小心遗落的木柄手榴弹。他们当时不知道这外形酷似舂米的棒槌的东西是干什么用的,好奇地带回寨子里来摆弄,并引得许多人拥过来围观、拨弄。弄来弄去,却把手榴弹盖弄开,拉出引线,一声轰响,把围观的十几个人炸死炸伤。从此他们很是害怕这种比步枪、明火枪还厉害,能一次炸死许多人的东西,并给它取了"集中炸"的名字。

令岩松他们奇怪的是,那十几个解放军只停留在河对面的山坡上,只有三个人接近小河边,这又不像依靠人多势众强行进入自己部落的架势。他很犹豫,要不要立即动手射杀这几个人呢?

他是个心高气傲的人,心想:应该吓吓他们,不准他们过河来,就端起弩弓"嗖"地射出了一支箭。响箭呼啸着从走在前边的金文才头上飞过去,深深地插进河那边一棵老松树上,惊得走在后边的通信员小康、小杜都迅速蹲下身子,端起冲锋枪就要射击,却被金文才迅速制止:"不要紧张!"

金文才这样处变不惊,是他从这支高高地飞掠过去的冷箭看出了对面的佤族人只是警告他们不要过河,并不想立即伤害他们。他忙把张石庵副县长交给他的那个用牛角雕刻的牛头举起,大声地喊着:"兄弟,是自己人呵!"

月光下这只雕工精巧的牛头特别鲜明夺目,两只圆鼓鼓的大眼和弯弯的牛角,似乎在怒斥对它不敬的人。

岩松很熟悉这件特殊的信物。他父亲窝朗牛当年只请工匠雕刻了两只,一只自己留着,一只在许多年前送给了救他于重病中的张石庵副县长。岩松明白了是张石庵派来的人,而且这些人来到小河边后,只有三个人过河来。这情形也不像利用人多来袭击的。他示意手下人,都不要再放箭了,任由金文才他们踩着河水走上岸来。

月光下的河水,被金文才他们踩乱了,不断地泛起一大圈细碎的银光,又急促地向前流淌着。

金文才知道还有佤族人藏在树林里暗暗注视着他们。上了岸后，他没有再往前走，而是高扬着那只牛角雕的牛头，用佤语对着树林里喊道："兄弟，出来见见面嘛！"

他的声音很亲切。连喊了几声，终于先后有七个手持明火枪、标枪，或者端着弩弓的佤族汉子，从树林里跳了出来。虽然是冬天，而且是霜冷风急的夜晚，但这些佤族汉子除了一两个人披着块破棉毯外，多数人还是全身赤裸，只是下身系了一块布条，用以遮挡下体。那身肌肉凸起的紫铜色皮肤，在月光下如同涂抹过厚实的桐油般闪闪发亮，既显得健壮，又有些狰狞。

这几个佤族汉子在树林边停住，警惕地对金文才他们观察了一会儿，岩松才用不太熟练的汉话厉声问："你们来干什么？"

金文才又扬了扬那只雕刻的牛头："你们大头人窝朗牛的老朋友张副县长让我们来看望他，给他送礼物。"

"送礼物？什么礼物？"岩松怀疑地问。

"糖、盐巴、衣衫。"

这都是与外界隔绝的佤山普遍奇缺的物品，即使是窝朗牛这样的大头人也难以觅得这些东西。岩松的敌对情绪顿时减少了许多，几乎是吼着："拿过来！"

"你们可是蛮丙部落的？"金文才故意问，然后又补充了一句，"张石庵副县长叫我们当面交给窝朗牛。"

"我是岩松！"岩松往前走了几步，又补充了一句，"你们应该晓得，我是他儿子。"

金文才在西盟时，张石庵副县长曾向他说起窝朗牛的儿子岩松的情况。这个岩松比窝朗牛性格开朗，好接近，去了蛮丙部落后，要尽量和岩松多来往。没想到今晚会在这里和岩松相遇。他既意外又高兴，就亲切地说："哦！岩松兄弟，张石庵副县长要我向你问好，也特意给你带了礼物呢！"

小康急忙拿出装有一条红布包头巾、一包水果糖的小包裹，想送过去。

岩松没有来接，却警惕地大喊："放下！就放在那里！"

金文才只好叫小康把那包东西放在河边的一块石头上，然后一起往后退了几步。

岩松在月光下看清楚了，那不是"集中炸"之类的危险物，才派了一个汉子去拿。

红色的包头巾是佤族中的大头人和械斗中敢于拼搏的勇士才能使用的。这块包头巾红得极为鲜艳，夜间看来也很漂亮。使他们深感意外的是，还送了这样多水果糖。那年月，水果糖不仅在偏远的佤山是稀罕的食物，就连边地一些县城也很难买到，需要在千里外的昆明才能买到，再通过运货的马帮驮运来。

岩松不知道这用透明的薄纸包着的小颗粒是什么东西，先连着糖纸舔了一下，没有味道，又剥开糖纸嚼了一颗，才觉得很甜！像蜂蜜一样甜！他高兴了，给那几个佤族汉子一人塞了一颗。那些人舔了舔，也高兴地嚷了起来："蜂蜜，蜂蜜！像石头一样的蜂蜜！"只是他们不明白，蜂蜜是黏糊糊的，这些味道很甜的东西怎么这样硬，还很香！

得了这些稀罕的礼物，岩松原有的敌意消除了不少，手里的长刀也插回了刀鞘。但他仍然站得远远地问："这样晚了，你们怎么还往我们这边走？"

"半路上走错了路，在老林子里转了大半天。"

"哦！"岩松深知在大山里找路的麻烦，他们也常常在深密的原始森林里迷失方向，这才减少了一些疑心，说，"过来嘛！"

金文才他们刚走过去，这几个佤族汉子就把他们围了起来，好奇地打量着他们，有人还摸摸那匹毛色发亮的白马。

金文才估计这场刚见面的冲突可能平和地过去了，也就更为从容、镇静。他掏出一包香烟，先递给了岩松一支。

佤山夏秋多雨，冬天潮湿多雾，佤族人都嗜烟，但他们吸的是自己种植的、制作粗陋的老草烟，还没有吸过这种纸卷的烟。岩松没有接，金文才就点燃一支烟自己先抽了起来。这浓郁的纸烟香味在夜风中缓缓扩散，把这些佤族汉子的烟瘾引发了出来，有个人还忍不住打了个喷嚏。金文才趁势塞给了他一支，还帮他点着火。那人就高兴地猛吸起来，还啧啧地连声称赞烟好、烟香，引得其他人都纷纷伸出手来要。

当每个人都得到了一支烟时，金文才再给岩松递烟，他就不拒绝了，也像那些人一样，用力地吸着，享受着这纸烟的醇香。

这期间，虽然彼此还没有亲切交谈，刚才那刀刃相向的敌对气氛，却如同迷漫的烟雾般缓缓消散了。

岩松抽完了一支觉得不过瘾，又伸手向金文才索取第二支、第三支。他过足了烟瘾，才把那牛角雕刻的牛头接过去，就着月光仔细辨认，点点头说："我认得，是我阿爸送给张大官（佤族人习惯把某个地方的官员尊敬地称为'大官'）的。"

那些年轻的佤族汉子多数没有见过这东西，都好奇地围过来观看。岩松又用佤语向他们解释了一番这东西的重要性，引得他们连声啧啧称赞，对金文才他们的态度也就转为友好、亲切了。有人还用粗糙的大手在金文才和小康、小杜的肩膀上亲切地拍打着，然后又伸出手来要烟抽……

金文才很高兴，初次见面就能这样顺利消除敌对情绪。他对岩松说："很晚了，带我们去你们寨子好吗？"

"进我们寨子干什么？"岩松问。

"给你阿爸送礼物嘛！"

"好、好。我先带你们去客房睡觉。"岩松笑嘻嘻地看了看那匹满驮着东西的白马，又伸出手来要烟。

金文才索性把剩下的几支烟全都给了他。岩松高兴得大笑："弟兄，是好弟兄。"

在河那边山头上，丁勇和他率领的那一班战士，一直在紧张地注视着河岸这边的情况，没有听见枪响，还看见金文才他们顺利过了河，与佤族汉子聚在一起吸烟、聊天，虽然隔得太远，听不见他们在说什么，却能感觉那气氛是和谐的。后来又见金文才向这边挥挥手，示意他们安全了，丁勇和战士们才放了心。丁勇如释重负地长长嘘了口气："天哪！金参谋真是又大胆又有办法。"

小河这边的山势很陡，不断地上坡下坡。这些佤族汉了却赤着脚在岩石嶙峋和布满荆棘、杂草、小树的山路上走得轻捷快速。金文才和轮流牵着马的小康、小杜得加快步子才不会落后于他们。

他们从一道陡坡下到狭窄的谷底，又往高处爬时，走在前边的岩松突然抓过一个佤族汉子手里的梭镖，一侧身向身后的山谷那边掷去。只听见"嗖"的一声，梭镖准确、有力地直直插入了一棵老松树的树干上。几个佤族汉子都"麦、麦、麦"地发出惊叹声，拍手称赞起来。

金文才也吃了一惊，不过立即明白，岩松突然来这一手，是向他们显示，他有着这随时可置人于死地的高超技能。

他向岩松伸出了大拇指："兄弟，好功夫！"

岩松受到称赞，很是得意，咧开那本来紧闭着的厚厚嘴唇笑了起来。

山坡那边，一只深藏于老松树附近洞穴里的兔子，可能被梭镖掷向松树的响声和人们的大笑声惊动，慌慌张张地蹿了出来。金文才迅速从一个佤族汉子手里抓过一支标枪，一举手掷了过去，也只是一眨眼之间，那只兔子被击翻，又引得佤族汉子们佩服地大喊了起来。

佤族人一向敬佩智者与勇者。岩松这才明白，来的这个解放军不是一般人，可是很有功夫呢！他激动地一把抱住金文才："大哥，大哥！厉害，厉害！"

英雄惜英雄，他们之间的感情也融洽了许多。

在岩松引领下，金文才他们又爬上了一道高坡。再反身向下看，乳汁般的白雾从峡谷间徐缓升起，向四周蔓延开来。水溶溶的月光映照在那银白色的雾海上，透明如水且银光闪闪，给这夜的山野增添了深邃、辽阔。

他们又穿过了一片高大、稠密的杉树林，终于看到远处蛮丙大寨的竹楼内闪烁着的暗红色火光。

蛮丙大寨建在起伏的群山间一座最高的山峰之上，背靠着一大片黑黝黝的原始森林。山寨里有几百座顺着山坡筑建、大小不一的竹楼。整个山寨全被用大石块垒起来的厚实长墙围裹着，很是壮观。

金文才观看良久，心想，这蛮丙部落的大寨果然不同一般，难怪窝朗牛这个大头人能够凭借地利、人众，雄踞一方，就连原来盘踞西盟的屈洪斋的匪军也不敢来骚扰。

他们又攀爬了一段山路，终于到达大寨的外边。

岩松并没有把他们引进寨子内，而是把他们带到远离大寨二三十米的一棵老菩提树下。那里有一座低矮、破旧，在大风中不停摇晃、颤抖的小竹楼。

金文才了解佤族人的风俗，那些大部落都设有内、外客房。熟悉、亲近的朋友，会被邀请进寨子里边的"内客房"住下；陌生、可疑又一时拒绝不了的人，则安置在寨墙外的"外客房"。

他猜测，这破烂的小竹楼，可能是蛮丙大寨的"外客房"了。按照佤族人的习俗，在寨墙外遇见危险，被打、被砍杀，部落是不承担责任的。

这表明金文才他们还不能成为蛮丙人可信任的朋友。

岩松急于进到大寨内向窝朗牛报告遇见金文才他们的情况，临走时，只说了句："你们先住下，有事明天慢慢说。"

金文才环视了一下这"外客房"四周：竹楼顶上的茅草和四周的竹篾墙又脏又黑，经过长久的风吹日晒雨淋，已经近于枯朽。这表明，竹楼长久没有修缮了。

竹楼里边，除了厚厚的灰尘外，空无一物。这也表明，这"客房"好久没有人来住过。他对急于离开的岩松说："兄弟，你把我们放在这里，半夜里老虎、豹子来把我们叼走了怎么办？"

岩松听出了金文才话里的意思，也笑着说："怕哪样？你们都带有枪，还有厉害得很的'集中炸'。"

金文才一脸严肃地说："来到你们部落，我们就不想动刀枪。深更半夜，不要吓着你们的妇女、娃娃了。"

岩松这才说："我阿爸还不晓得你们来了，我不敢带你们进寨子去。他的脾气怪。他没有答应的事，我们乱做了，他会剁掉我们的手脚。你们先在这里歇着吧！"

金文才也听说过窝朗牛脾气暴烈，处事专横，如今，只能点点头，表示理解。

金文才走出竹楼，目送着岩松和那几个佤族人快步奔往寨门口，把木制的厚实寨门推开，进去了，又把木门沉重地关上，他才回到竹楼下。这时候，小杜和小康已经把马驮子抬下，用带来的黄豆给马喂食。

他说："今晚我们轮流放哨，你们喂完马就先休息。"

小康望着满竹楼厚厚的灰尘，牢骚满腹地说："怎么休息？背包都没地方放。这些佤族人也太不友好了！"

金文才苦笑着说："不要急，等他们了解了我们，就会对我们好了。"

"我看难得很，一群顽固分子。"小杜的嘴巴也是高噘着。

"不要乱发牢骚。"金文才严肃地批评小杜，"来这里，是要我们完成艰巨的任务。不然要我们来干什么？"

小康、小杜这才不敢作声了。

金文才又走出竹楼，在周围转了转，仔细观察附近的地形。这座破烂的楼孤零零地独处于大树下，在狂暴的山风中"吱吱嘎嘎"地摇晃着，好像随时都会被大风掀翻、刮走。周围一片空旷，也没有其他障碍物，几乎是无险可守。若有人潜行过来偷袭，放把火烧着竹楼，都难以阻挡。看来今夜是要格外小心。

下一步该怎么办呢？如果那个窝朗牛拒不见面，更不让他们进寨子里去，怎么办？他远远望着山寨里的大小竹楼，从茅屋的缝隙里透出来的微弱火光，正逐渐熄灭，整个寨子变得一片漆黑，表明佤族人已经完全进入了梦乡，不会有人出来理会他们了。他有一种被抛弃的感觉，心情很是沉重。

月亮已经缓缓西移，隐身于如同一道深厚黑墙的远山后，本来明净辽阔的夜空，也变得低矮沉重了。一只习惯于夜间出来寻食的猫头鹰在附近叫着，那长一声短一声的凄厉叫声，十分瘆人。

金文才在大树的阴影中来回走动着。他设想了许多与窝朗牛见面后的交谈方案，又觉得还没有见到人，都不切合实际而逐一否定了。这使他心情更加茫然。

在心情烦乱中，三人也无法休息，不知道过了多久，那厚重的寨门突然打开了。

他吃了一惊，这么晚怎么还有人出来？想干什么？他急忙藏到大树后边，抬起了手里的卡宾枪。

从寨子里出来的这两个佤族汉子，是刚才与他们一起从小河边回来的人。他们手里没有拿刀枪，而是分别抱着一捆干柴，提着一只瓦罐。

金文才见不是来袭击的，这才从大树后边走了出来。

这两个佤族汉子见金文才还在竹楼下转悠，关心地问道："大哥，可是冷得睡不着？我们给你们送烤火的柴来了。"

这使金文才深感意外，刚才还觉得那黑压压的寨墙里深藏着杀机，如今终于透露出一些祥和的气氛。他表示了谢意后，又问："是岩松叫你们送来的吗？"

这两个人却笑嘻嘻地不回答，不过却忘不了那好吸的香烟，又伸出了那粗壮、结实的大手来索讨。

他们贪婪地把一支烟吸完，先折了一捆枝叶准备扫去竹楼里的灰尘，才随同金文才进入竹楼，又帮金文才他们燃着火塘，烧开水。他们这样殷勤，也使小康、小杜出乎意料，很是高兴。

水烧开了，金文才拿出带来的普洱茶，用军用口缸泡了一缸浓浓的茶水，请他们喝。

佤族人也喝茶，高山上云深雾厚，茶的品种不错，只是不会精细地加工制作，只会晒干后简单地烤烤喝。如今喝到这醇香味浓的好茶，很是高兴，觉得这几个解放军对他们很好，并不像传说中那样，进部落来是想收拾佤族人。这时候，金文才向他们询问一些佤族风俗，他们都尽情讲述，同时也出于好奇，向金文才他们问一些佤山以外的事，觉得有趣，就会开心地咧开嘴大笑。

金文才和这两个佤族人闲聊时，很快弄清楚了，身材高大的汉子名叫岩浆，身材矮瘦的名叫山药。山药告诉金文才，佤山经常闹饥荒，粮食缺乏，他是爹妈挖山药把他喂活的。

他猜想，他们半夜从寨子里出来送东西，并不是他俩人的心意，有可能是奉岩松之命，或者是窝朗牛的指派，就问他们："你们窝朗牛还没有睡吗？"

岩浆老实地回答："没有，没有。你们来了，弄得他也睡不好觉了，在和几个人商量事呢！"

金文才笑了，这表明窝朗牛很关注他们的到来。

岩浆、山药在温暖的火塘前烤着火，喝着茶水，还吃着金文才、小康他们带来的干粮。那炒得焦黄喷香的面疙瘩很好吃，他们感到愈来愈亲切了，忍不住问："你们来我们部落干什么呀？"

"给窝朗牛送礼物，和你们交朋友呀！"

"给他送礼物？为什么？他又不认识你们。"

金文才猜想，这也可能是窝朗牛想了解的事，就说："窝朗牛是个好头人，听说他很有主见，从来不让那些在缅甸的英国兵进部落来。"

"是这样，是这样。"岩浆和山药得意地点头，"那些人几次要进部落来，都被我们打跑了。"

"窝朗牛真好！对那些侵略者就是应该打！"金文才说。岩浆和山药不懂什么是"侵略者"，一脸茫然。金文才就向他们解释：那些想抢占我们中国土地，也包括想强行进入蛮丙部落的外国人，都是想侵占我们的土地，这就是侵略者……

岩浆和山药略微听懂了一点，又说："不过窝朗牛也说了，我们也不能让你们解放军进部落来，来了也要打。"

"为什么？我们是自己人，都是中国人呀！不能打！"金文才说。

岩浆和山药把头摇了又摇："自己人？你们又不是我们佤族。不过岩松对窝朗牛说了，你们不像是想进部落来欺压我们，本来带了那样多人，都是好枪，还有'集中炸'，都停在小河那边了。"

金文才心想，岩松他们当时藏在小河那边的树林里，可是看得清楚，就说："我们是来做客、交朋友，不是来欺负你们。没有得到你们窝朗牛的同意，我们不会进来那么多人。"

岩浆和山药很高兴，连声说："是这样！是这样！我们窝朗牛从来都不让别的部落的人，特别是汉人随便进部落来。"

金文才说："我们汉人也有好有坏，特别是我们人民解放军更是把你们当成自己兄弟，今天不会欺负你们，以后也永远不会欺负你们！"

岩浆和山药认真地打量着金文才和小康、小杜，见他们一直是这样和蔼，也就老实地点点头说："我们是相信。不过我们窝朗牛没有见过你们，他还是不相信你们呀！"

金文才只好说："等他和我们见了面，他就会像你们一样把我们当兄弟了！"

岩浆和山药似信非信地望着金文才，没有应声。他们是知道窝朗牛的专横、固执的。

金文才又给他们每人递了一支香烟，关心地问："窝朗牛对你们好吗？"

岩浆说："好！好得很！他带人打到了野猪，镖杀了水牛，都会分一腿肉给我们。就是脾气大，哪个惹火了他，会剁掉那个人的手脚。"说着那朴实的脸上还有几分恐惧。

金文才点头："他是大头人，权力大嘛！"

岩浆他们没有回应，可能是意识到不应该这样在外来人面前议论他们的大头人。

金文才还想问他们一些有关窝朗牛在蛮丙部落的作为，他们就不说了，只是摇头："莫问了，莫问了。窝朗牛知道我们在你们这里乱说，会拔掉我们的舌头。"

金文才只好不再问。

夜深了，岩浆和山药也困乏了，就连连打着哈欠，走下竹楼回寨子里去。

　　他们走了后，小康就代替金文才去竹楼下站岗。困乏的小杜也睡着了，金文才却枯坐在火塘前，心情沉重得长久难以入睡，深感这次来蛮丙部落颇难开展工作。他担心明天难以见到那个被人形容得性格如同烈火又充满了神秘色彩的窝朗牛。

　　夜深了，风更大。那只猫头鹰又在凄厉地长一声短一声叫着。

二、在蛮丙部落外边

　　大山里的冬天，半夜就起雾了。早晨白茫茫的浓雾成团成阵地弥漫于山岭间，遮掩了远近的一切。蛮丙大寨的人们一向勤劳，在天色还灰蒙蒙没有大亮时，就从沉睡中醒来，开始了他们忙碌的一天，舂米声、狗吠声、牛鸣声、人的喊叫声，此起彼伏。厚重的寨门也完全打开了，赶着牛群去山野间放牧的人，上山去挖地、砍柴、割草、捡拾野菜的人，都扛着锄头，提着砍刀、镰刀陆续走出了寨子。

　　金文才他们夜里轮换着起来放哨，本来就睡得很不安稳，也被山寨内外的各种嘈杂声惊醒了。

　　他们透过小楼那篾片编织的竹墙缝向外望去，外边一片白茫茫，半夜升起的白雾更浓密了，远近山峦全都被遮没，几十步外的寨墙、大树、竹林都模糊得难以辨认。轻烟般的雾带着冰凉的寒意，在破竹楼周围飘浮，透过竹篾缝隙往竹楼里涌，似乎要把这小竹楼也推拥着抬向云天深处。

　　火塘里的火早就熄灭了，只是火灰里有些余烬，小康加上干燥的细柴，然后用一根竹筒吹燃了火。

　　竹楼里有了明亮的火光和热气，那冰冷的雾气才不再涌入。

　　他们习惯于起床后先烧水喝。小康扛起盛水的竹筒去附近找水，在这人地生疏、险情四伏的地方，他外出时也没有忘记带上冲锋枪。

　　处于横断山系的佤山，山高水长，水源充足。蛮丙部落饮用的山泉水来自寨子后边的原始森林，洁净、甘甜、冷冽。佤族人把砍来的粗大的竹子一劈两半，再一节一节衔接起来，顺着蜿蜒山势，架成长长的引水槽，蜿蜒往下延伸，淌进寨子内外，形成几个接水点，供人们饮用。这寨门外就设有一个接水之处。

这时候，虽然天色还早，已经有不少妇女扛着大竹筒在那里接水。这也是她们早晨的聚会，昨天白天和夜晚在寨子内外发生过的事，都会在这里得到传播。

这群妇女正在一边接水，一边嘻嘻哈哈说笑时，突然见浓雾里闪现出一个带着枪、扛着大竹筒的陌生汉人，很是诧异。蛮丙部落的妇女长期处于大山深处，几乎都没有去过佤山以外的地方，也不知道昨天夜深时，有几个远客住进寨子外边的客房里。如今突然与一个带枪的汉人这样近距离相遇，都大吃了一惊，以为突然遭遇了袭击。有人发出了惊恐的喊声，有人慌张地丢下接水的竹筒往寨墙里跑。

这反而把小康惊着了，他不知道应该怎么解释，只能连连挥手，叫她们不要害怕。她们听不懂，还是在惊恐地喊叫、逃离。恰巧这时候岩浆和山药从寨子里出来，他们忙告诉那些妇女："这是岩松昨晚引来的客人，不要怕。"

妇女们这才不再乱叫乱跑，镇定下来后，又出于好奇，一窝蜂地围了上来，像观赏一头猎获物似的，仔细打量着小康。

小康才十九岁，眉清目秀，脸部轮廓端正，正少年英俊，这更引起了一些妇女的兴趣。佤族妇女多数性格开朗、泼辣大胆，一个有着淡棕色缎子般光滑皮肤的姑娘悄悄地说了声："哪里来的这么好看的小伙子呵？"

一个中年妇女笑着打趣她："好看吗？"

"好看！"

这中年妇女又笑着说："娜红，你喜欢他吧！那就不要扛水了，把他扛回家去吧！"

这个名叫娜红的姑娘也不害羞，却甜甜地笑了起来，低声说："只怕他不愿意。"

周围的妇女都哄然大笑起来，笑得那么狂野，那么畅快。

小康虽然没有听明白她们那充满戏弄的话语，但是从她们的笑声和表情中，也猜出了她们在以他为对象开玩笑。他急于离开这里，就对岩浆说："你叫她们让开一下好吗？我要接水。"

岩浆就大声朝妇女们喊着："让开，让开，人家解放军要接水！"

这些佤族妇女整天忙于竹楼内外沉重的劳动，难得有轻松的时候，如今正在兴头上，哪里肯让开，有人嬉笑着说："让娜红帮他接水。""娜红，快去帮忙！"

娜红不是那种性格忸怩的女子，爽快地抢过小康的竹筒就去接水。又有个妇女笑着大喊："让娜红帮他扛回去！"

又引得妇女们大笑。

小康听不懂这些话，却被弄得手足无措，红着脸问岩浆和山药："她们怎么了？笑什么？"

岩浆和山药当然明白是这些性格开朗的妇女在逗弄小康。他们却不愿说出原委，只是笑着说："她们说，你背着枪不好扛水，让那个又漂亮又喜欢你的娜红帮你扛。"

小康忙说："这怎么可以？哪有当兵的男子汉要妇女帮忙扛水的事！"

岩浆却说："在我们佤山，背水的事都是妇女做。"

小康说："我们是人民解放军，对妇女一向尊重，可不敢劳动她们。"

这时候，娜红已经把竹筒灌满了水扛到小康面前。

他恭敬地行了一个军礼，说了声："谢谢小妹！"

娜红从来没有见过行军礼的人，反而愣住了。

岩浆笑着向她解释："娜红，他向你行礼呢！对你可好呵！"

佤族男子很少向妇女行大礼，这把那些围上来看热闹的妇女也惊住了：这个年轻的解放军好有礼貌呵！

小康就趁这机会从娜红那里一把抢回了盛满水的竹筒，扛在肩上就走。

妇女们又笑着起哄地叫嚷："娜红，你要帮人，就帮到底嘛！还不去抢回来！"

性格开朗的娜红正想和这个长得英俊的小康逗趣，也就故意在后边追赶着，还大声喊："放下！放下！让我帮你扛嘛！"

几个爱凑热闹的年轻女子也又笑又叫地跟随在后边叫喊。

小康却跑得更急了，颠得竹筒里的水像浪花一样涌出来，在身后泼洒着。

他们就这样一前一后跑到了那被称为"外客房"的竹楼下。

这情景被站在客房外边竹晒台上的小杜远远地看见了，还以为是小康闯了祸，急忙向竹楼里的金文才报告："参谋，小康出事了！"

金文才也听见这由远而近的喊声、笑声，不知发生了什么事。在这陌生的民族地区，可得随时注意群众关系，不要发生违反纪律的事，他忙走出来察看。只见小康扛着竹筒急匆匆跑在前边，跑得太急，扛水的姿势也不对，竹筒里的水不断泼出来，把小康的军衣都弄湿了，后边却是个美丽的佤族女子紧紧追着，还有一群妇女在又笑又喊地尾随。

他以为小康对那佤族女子有不轨行为，闯了祸，气得大喝了一声："康小羊，你干什么？"

小康被震得站住了，神情紧张地说："我、我什么也没干，是她要帮我扛水……"

在后边追赶的娜红，见竹楼内出来了一个身材魁梧、一脸威严，比她们部落里的大头人还有气势的人，也被惊住了，不敢像刚才那样嘻嘻哈哈了，木然地站在小康后边，不再去抢小康背水的竹筒。

紧接着岩浆和山药也跟随着过来了。他们忙告诉金文才，是热心的娜红要帮助小康背水，小康不同意，从而有了这一有趣的追赶。一番叙述引得金文才也哈哈大笑。他前些日子化装成货郎在西盟附近村寨活动时，就感受到了佤族妇女的热情、大方。如今还没有进入蛮丙部落里边，就有这么热心的佤族姑娘主动地接近，这可是好事。他仔细打量了一下突然变得神态羞怯的娜红，削肩、长臂、细腰、壮健，浅棕色的皮肤如缎子般闪亮，是佤族当中典型的美丽女子。由于跑得气喘吁吁，那藏在狭窄上衣里的丰满胸脯正在一起一伏地颤动。

他笑着用佤族语对娜红说："小妹，很感谢你对我们小康同志的关心。请问，你叫什么名字？"

娜红还处于紧张状态，没有听清楚。

岩浆又把这话给娜红重复了一遍。娜红见这个气势威严的解放军这样和蔼，也就不那么紧张了，羞怯地说："不用谢，不用谢。你们是从远处来的客人嘛！"

她说得这样得体，又笑得妩媚，脱离了窘态的小康也忍不住多看了她几眼。

岩浆告诉金文才："她叫娜红。"

金文才并不把这看成一场年轻男女之间的嬉闹。他很明白，这是佤族对我们的战士有了好感。部队初来蛮丙部落，就要抓住这难得的机会接近佤族群众，他就客气地邀请他们："进来坐坐嘛！"

娜红这才想起来，她阿妈还等着她扛水回家去呢，忙说："不啦！不啦！我还要扛水回去呢！"一边说着也学着刚才小康给她行军礼的样子，把手抬起来笨拙地行了个礼。那行礼的姿势虽然不准确，却很认真，引得金文才和小杜都笑了，也庄重举手向她还礼。

朴实、热情的娜红认真地打量着金文才，心想，这个人可能是解放军当中的"头人"吧！这个头人怎么对人这样亲切，还向自己敬礼呢！娜红又高兴得蹦了起来。

金文才很注重这第一次见面。他想，应该给这漂亮的年轻姑娘送点小礼物，就让小杜进竹楼去，拿了一面小镜子和一把牛角梳子出来。

部队进军西盟佤山前，他了解到，虽然小镜子、小梳子在内地城市里并不稀罕，价钱也不贵，但在处于封闭、落后状态，一个商店也没有的西盟佤山，却是佤族妇女最喜欢又难以买到的东西。

爱美是人类，特别是妇女的天性。例如，在傣族地区，村寨边的水井旁都要砌座镜台，供来挑水的妇女来往时照一照：发髻是否散乱了，脸上的脂粉是否消退了。

贫困的佤山妇女没法得到镜子，也无力在山泉边修建镜台，只能在偶尔到离村寨很远的小河边时，在水边照一照自己的面容，长久对着自己在水里的身影回忆、思量，过了这样久，自己是否胖了、瘦了，美了、丑了。如果哪个女子有幸从山外来的人那里得到一面小镜子、一把木梳子，那就如同从高远的天空摘下了一颗晶莹的星星，全寨子的妇女都会既惊讶又羡慕地赶来观赏，并要求把镜子给她们照一照。能在镜子里清晰地看到自己的容貌，那份幸福感，是远在山外的其他民族的妇女难以理解的。所以，在远离佤山的城市，只值一两角钱的小镜子，被难得进山来的货郎带进还停留于以物易物的原始阶段的佤山时，却可以换到十几张兔子皮或一只野山羊。这样的交换，获利虽丰，但货郎们担心自己的安全，不敢远程跋涉，深入这更为偏僻、神秘的蛮丙部落，这里的妇女也就更难以觅得镜子之类的用品了。

有心的金文才在进军西盟前，经过细心调查，想到这些小物件在与佤族人相处时，可能会派上用场，就特意在澜沧县的贸易公司买了十几面小镜子带来。

他把镜子和梳子递给娜红："送给你。"

娜红愣住了。她认得这稀奇的东西。蛮丙部落的众多妇女当中，只有窝朗牛那第三房妻子叶妙有一块小镜子，那还是窝朗牛娶她的时候，派人去西盟找到有机会与货郎来往的拉祜族人，用一只肥壮的山羊换回来的。那个被蛮丙人称为"三娘"的叶妙对这面小镜子看得比她的银项圈还珍贵。银器在佤山虽然也贵重，但西盟附近的地下却蕴藏着丰富的银矿。清代乾隆年间，来自红河地区石屏县的商人吴尚贤，就在西盟佤山的新厂部落开挖出银矿。近水楼台的佤族妇女也就不缺银器，家境好一些的人都会有一两只银项圈或银手镯，只是因为经济条件不同，而大小、质量不一。所以窝朗牛的第三房妻子叶妙对这面难得的小镜子特别喜欢，从来不肯轻易示人，更是让爱美的佤族女子羡慕极了。后来窝朗牛娶第五房妻子娓其时，也想给这娇小美丽的女子买一面镜子，恰巧退到西盟的国民党残余部队在那一带抢劫，把窝朗牛派去买镜子的人也杀了。这使五娘娓其长久郁闷，觉得自己少了这件珍品，比三娘叶妙逊色多了。

娜红没有想到今天这个解放军大官，却会把这样贵重的东西送给她。娜红激动得两手发抖地抓住镜子照了又照。这确实是自己一向希望能够得到，却又是那样难以获得的镜子。镜子里出现的也确实是那充满青春活力的美丽自己，她抚摸了几下鬓角，又用力晃动了一下脑袋，都在镜子里得到清晰、真实的显现。她高兴极了。

岩浆和山药也凑过来，看见自己出现在镜子里，也欢快地发出了惊讶的喊声。他们没有想到，娜红只是想帮帮人家解放军扛筒水，却会得到这样珍贵的礼物。

娜红深深弯下腰去，向金文才和小康、小杜行礼再行礼，才欢快地笑着跳着走了。她要赶紧回去把这件珍贵的礼物拿给她阿妈看，让她阿妈也大吃一惊。

岩浆和山药一大早来到寨子外边，本来是奉窝朗牛之命，来看看这几个解放军早上在干什么，没想到会遇见这样的稀奇事，也感动得急匆匆赶回寨子去报告情况了。

他们临走时，金文才特意请他们去问问窝朗牛，今天上午能不能见面。

他们对金文才充满了好感，满心欢喜地连连点头："好，好！我们会说给窝朗牛听！"

人们散开了，走远了。望着那些佤族男女消失在白雾中的背影，金文才和小康、小杜都感叹，佤山人民真是太贫穷、太闭塞了，什么时候能得到改变呢?

他们回到竹楼里烧开了水，吃了一点带来的干粮，又休息了一会儿，还不见窝朗牛派人来请他们，这使他们很郁闷。这见面要拖到什么时候? 他们又不好直接往寨子里闯。

窝朗牛在昨天晚上得知有三个解放军来到寨门外客房住下后，就心情烦乱得没有睡好。他承继祖辈、父辈"石头不可以当枕头，汉人不可以当朋友"的嘱咐，一向拒绝任何汉人进部落来。所以即使民国时期在西盟担任区长的张石庵对他很是友好，他宁可杀条肥牛送往西盟，也不愿邀请张石庵进部落来做客，以至国民政府的人员从来没有进过他的部落。对于所谓"洋人"的英国人，他更是严厉地拒绝。有一年，统治了缅甸的英国人组成了一支所谓"测绘队"，在几十名带着长短枪的兵丁护卫下，越过"中缅未定界"想往蛮丙部落里闯，他下令把木鼓一擂，几十把牛角号同时吹起，把周围大小十几个寨子的几千青壮年都召唤出来，手持弩弓、明火枪、步枪在高山路口上形成了几道防守的壁垒。那震动山谷的愤怒吼声，吓得那些入侵者心惊胆战，只好退了回去。

他虽然只是简单地认为，这是祖宗的土地，外人，特别是洋人不能进来，但是在行动上却维护了国家的领土完整。这深得时任西盟区区长张石庵的赞扬，特意写成公文向上级政府报告，称他是"勇敢的爱国者"，特意送了他一批枪支弹药，他患病时还派医生去给他治病。这更增长了他敢于与外人斗的豪气。

如今他也知道这次进驻西盟佤山的人民解放军不同寻常，人多枪好，所以盘踞西盟的国民党残余军队虽然有几百人，却一场硬仗都不敢打，就跑往"中缅未定界"以外了。如果解放军强行进入自己部落，自己也是挡不住的。幸好这次他们只来了三个人。但他不明白，他们有那么多人、枪，为什么只派三个人过来。而且听岩松说，有十几个带着枪的人把这三人护送到小河边上又折了回去。这扑朔迷离的现象，都使他猜不透想不明白，也使他很烦恼。所以，在金文才他们在外客房住下后，他又派岩浆和山药以送柴、送瓦罐为名去探听虚实。

据他们回来说，这三个人虽然有枪，有厉害得很的"集中炸"，却没有欺侮他们，还客气地请他们吸好烟、喝浓茶。

他听了才略为放心，但又不愿意自己手下的人和来意不明的解放军先成为朋友，板着脸训斥了岩浆和山药一顿:"你们两个人不要贪吃，少和他们唆!"

他在部落里从来是威严过人，说一不二。岩浆和山药被吓得不敢再作声了，心里却在暗暗埋怨："是你叫我们去看他们在干些什么的嘛，不把事情说清楚，不行，才说了几句，又挨骂。"

所以这天早上，岩浆和山药虽然在寨子外边背水的地方见了许多事，他们却不敢多说了。见了窝朗牛只是敷衍地说一切如常，那些解放军还在外客房里，更不说娜红得了小镜子的事。

窝朗牛听不到新情况，以为那几个解放军长途跋涉后，走累了，还在外客房里睡觉呢，也就无法做出决定，是以礼相待，请他们进寨子来，还是喊些人去把他们赶走。但是他又担心打起来后，他们会使用"集中炸"。那是会炸死很多人的。

他也听岩松说，这三个解放军虽然有一匹白马驮着东西，但好像没有带多少粮食。他想，晾他们几天，待他们把粮食吃完了，饿不住了，就只好走了。他命令岩松向全部落的人传话：哪个也不准给那三个解放军送吃的、卖吃的，哪个送了、卖了，就剁掉手脚！

这是很吓人的，何况穷困的蛮丙人自己就没有多少粮食，也就不会有人去送、去卖。

但是娜红得到了解放军一面珍贵的小镜子的事，却飞快地在寨子里传开了，使得人们，特别是那些年轻妇女、姑娘，都极为惊讶、羡慕。一些性急的、好奇心重的年轻姑娘更是三五成群地拥向娜红家去争着看一看这件"宝物"。那么多人急促、沉重的脚步，几乎要把娜红家那陈旧的小竹楼的竹篾楼板都踩断、踩塌了。

这些妇女、姑娘在惊讶、羡慕之余，也在猜测、议论，娜红走了什么好运？这枚像天上星星一样稀有的宝贝，怎么会落在她的手里？

窝朗牛的第五房妻子娓其去竹楼下边闲逛时，也听见人们在谈论这事，她的惊讶、困惑，更是比哪个都大。镜子正是她长久以来梦寐以求的东西，窝朗牛专门派人去帮她找，都没有找到。如今，怎么被那个小娜红轻易得到了？昨晚听岩松说，人家解放军从西盟来，是来给窝朗牛送礼的。是不是窝朗牛不让人家进寨子，又不肯见他们，惹得人家生气了，就把这样贵重的礼物送给了小娜红？

她想，如果窝朗牛一早就把这三个解放军请到竹楼来做客、喝泡酒，那面镜子肯定会送给自己……

想到这些，她难过得再也无心闲逛了，哭着跑回了竹楼。

窝朗牛的妻子虽然多，但那些失宠了的二、三、四房妻子，都被迁往周围的小竹楼里住着；他只带着大老婆和年轻漂亮的五娘娓其住在他那座大竹楼里。大老婆年老色衰，是作为佣人服侍他的，漂亮的五娘娓其灵巧懂事，也就深受他的宠爱。

见娓其满脸是泪地哭着回来，窝朗牛还以为是哪个胆大的小伙子侵犯了她呢，把她搂过来问道："你怎么了？哪个欺侮你了？"

娓其太伤心了，只是哭，哭够了，才哽咽地说："我要镜子！"

窝朗牛早就听够了这样的哭诉，忍不住笑了："又是镜子。又不是我不想买给你。你也知道，如今我们佤山乱得很，做生意的人都不敢进山里来。用一头牛也没地方换。"

她哭着说："有、有，那几个解放军有，他们送给娜红了！"

"什么？有这种事？"窝朗牛也被惊住了，问，"他们送镜子给人了？送给哪个娜红？哪家的娜红？"

"住在下寨寨门边上的那家人！"

部落里的妇女太多了，娜红又在下寨，窝朗牛怎么也想不起娜红长什么模样。他很怀疑是否真有这样的事，又问："哪个说的？"

"好多人都在说。她们说，岩浆和山药也都看见了。"

窝朗牛火了："他们回来怎么没有说起这件事？叫他们来！"

五娘娓其忙下楼去找人。

岩浆和山药都是上寨人，住得并不远，一会儿就跑得气喘吁吁地来了。他们刚跨上竹楼外的晒台往屋里走，窝朗牛就拔出腰间的短刀掷了过去；那闪着寒光的锋利白刃，从走在前边的岩浆左耳旁迅猛飞过，深深地插在门边的木柱上，吓得两人腿一软跪了下去。他们知道窝朗牛一生气就会叫人流血。

窝朗牛瞪着他们问："叫你们去看着几个解放军，你们干哪样去了？"

岩浆声音颤抖地说："哪样也没干呀！"

"他们给那个娜、娜……"

五娘娓其说："娜红！"

窝朗牛又说："他们把镜子送给娜红，你们为什么不回来说？"

岩浆和山药这才想起来，那个俊俏的五娘娓其，早就想有面镜子，这次肯定是她向窝朗牛告了状。岩浆只好声音颤抖着把早上看见的事说了一遍，还讨好地说："我就去娜红那里把镜子要来给五娘。"

窝朗牛虽然是蛮丙部落的大头人，一切以他说了算，有时还很蛮横，但他也明白不能强夺别人的东西，特别是年轻人的所爱。他生气地摇摇头："怎么可以。"

在一边的五娘娓其见镜子无望，又伤心地哭了。

窝朗牛把娇小的娓其搂过来，一再安慰她："不要哭，不要哭。让我想想这件事怎么办。"

这时候，岩松进来了。他上楼前，在竹楼下边悄悄听了一会儿，已经知道这里发生了什么事。他想，自己已经在昨晚接受了人家的礼物，如果阿爸不见那几个解放军，还把人家赶走，自己拿着那些衣衫、包头巾也不好办，就说："阿爸，那几个解放军是西盟张大官派来送礼的。张大官一向对你很好，他派来送礼的人，不见不好吧？而且来的人也少，只有三个人。我们怕他们干什么？他们带来的礼物中，肯定有五娘喜欢的镜子！不然他们怎么会那样大方，小小的娜红帮他们扛了一筒水，就能得到一面镜子？"

这正合五娘娓其的心意，她急忙抹去眼角的泪水说："岩松说的有道理，你就见见他们嘛！他们才三个人，怕哪样？"

还在跪着的岩浆和山药急于解脱自己，也对窝朗牛说："他们和从前我们见过的带枪的那些汉人和洋人不一样，对我们和善得很呢！"

窝朗牛瞪了他们一眼："哪个要你们多嘴？"

吓得他们不敢再作声。

窝朗牛又处于为难中了。他一向不准外部落的人，特别是汉人、洋人进部落。老辈子人说过："请鬼容易送鬼难。"让他们进来了，就不好赶出去了。但是看见他喜欢的娓其眼泪又要淌出来的可怜相，他又不忍心，只好抚摸着她那娇嫩的脸颊说："不要急嘛！这不是小事情，让我多想想！"

佤山夏秋的雨季漫长，经常是一连许多天大雨倾盆，而且因为山势陡峭，风雨多呈横向狂扫之势。所以，佤族人竹楼的茅草屋顶都盖得又厚实又低矮，如同几道草墙似的，几乎要接近地面；即使是阳光灿烂的日子，如果不把竹楼内的火塘燃着，屋内也犹如傍晚般昏黑。

这时候，他们因为心情不爽，都顾不上去给火塘里加柴，仅有少许余烬发出的微弱亮光映照着坐在火塘上方的窝朗牛那神情沉重的脸庞，更使得其他人深感不安地不敢作声。五娘娓其是担心窝朗牛坚持不让那几个解放军进寨子来，她得不到镜子；还在跪着的岩浆和山药是害怕窝朗牛怒气不息，再收拾他们……

这时候，在竹楼下边喂猪的大娘安木素上来了，她年近五十，是个性格温柔、善良的女人。她和窝朗牛相处几十年，很了解他的脾气，也善于在他盛怒时用适当的话语去劝说、化解。她见楼内一片昏黑，还有人跪着，知道窝朗牛又发脾气了。她默默地凑近火塘前，加上柴，先把火烧旺；竹楼内又显得明亮、温暖，不那么阴沉、令人窒息了。

她又给窝朗牛端来一小筒泡酒，轻声说："口渴了吧？喝一口泡酒。"

佤族男子喜欢喝酒，但是他们不会酿制那类度数高的白酒，还停留于酿制工艺简单的泡酒阶段。把小红米或者小米煮熟后，用酒曲拌匀，放在竹箩筐内发酵，几天后有了酒味，再装进粗大竹筒里，灌上冷水，就可以喝了。边喝边往竹筒里加水，酒味也从香甜、浓郁逐渐变得清淡。只是酿制泡酒的粮食太金贵了，他们一定要把酒喝成了水一样寡淡才肯罢休。

几口酒下去，嗓子甜润，窝朗牛的心情也好多了。

大娘安木素又问他："你又被什么事难住了呀？"

窝朗牛仍然不作声。

岩松说："阿爸在想，要不要让那三个解放军进寨子来。"

大娘说："你阿爸是我们部落最能干、主意最多的人。如今，他都被难住了，不知道该怎么办。那就要问天神了，还是请魔巴来先祭鬼神，向'莫伟其'神灵问个吉凶吧！"

"莫伟其"神是佤族人崇奉的、被认为可以主宰万事万物、安排吉凶祸福的最高神灵。人们不仅要四时祭祀，遇见重大疑难之事也都要向他祈求，请求给予指点、保佑。

大娘安木素这样说，既给了自尊心强、如今正处于无奈中的窝朗牛很大的宽慰，也提醒了他该怎么办。

他顿时恍然大悟。这样大的事，怎么忘了向"莫伟其"神求告？他点点头，对岩松说："你阿妈说得对。你去找一下'魔巴'吧！"接着又特意叮嘱，"这是大事，你要请他好好向'莫伟其'神求告！"

"好！我去镖翻一条大水牛请'魔巴'祭拜'莫伟其'。"岩松说。

对于较为重大的祭祀，佤族人都要杀一头肥壮的大水牛来供奉"莫伟其"神，以表示祈求者的虔诚。同时也能给部落带来如节日般的热闹和欢乐，不仅可以使人看到勇士一梭镖把那壮实水牛刺倒的英勇姿态，每家还可以分得一些牛肉、牛骨头、牛杂碎。

岩松也就趁这机会对岩浆和山药使了个眼色，然后吼道："你们还跪着干什么？跟我办事去！"

岩浆和山药如逢大赦，忙向窝朗牛叩了个头，急忙跟着岩松跑下了竹楼。

岩松带着岩浆、山药扛了一筒泡酒去往位于上寨一侧的一座小竹楼里。魔巴正枯坐在火塘前，似乎在默默地念诵着咒语。

这是个干瘪黑瘦的小老头。也许是常与鬼神打交道吧，他满是皱纹的脸上也隐藏着暗绿色的阴气。一些不熟悉他的人突然见了他，会有如同见了鬼神般不寒而栗之感。

他见岩松带着人上楼来了，也不起身，只是微微睁开眼睛，声音缓慢地问了一声："你阿爸要我祭鬼？"

这似乎是未卜先知，令岩松他们为之肃然，他们忙趋近前先恭敬地问好，然后把来意说明白。

魔巴点点头："这两天我老觉得心神恍惚。我明白，有神鬼在我头上转悠，是要告诉我，部落里会有大事要发生了。如今，你阿爸都被困住了，是因为来的那几个汉人，不是一般的人，他们有好枪有'集中炸'，不能随便对付；是要问问'莫伟其'神，应该怎么办，不然会带来大灾难。"

他说得缓慢，语气阴沉，听得岩松和岩浆、山药都为之毛骨悚然。

魔巴见镇住他们了，就不再继续往下说了，望着那一大筒泡酒，酒瘾一阵阵涌了上来。他有好多天没有喝过泡酒了。

岩松忙把带来的泡酒用一根空心的竹藤引出，倒进一个专门用来喝酒的小竹筒里，恭敬地双手捧给魔巴。

解放前的佤山，贫困，粮食少，不是节日，没有人酿造泡酒。嗜酒的人们，能喝一次泡酒很不容易，就是魔巴这样有着特殊身份的人物，没有祭祀活动，也难得有泡酒喝。如今岩松给他扛来了一大筒原汁原味的泡酒任由他尽情地喝，他很是高兴，心里暗暗想，一定是自己平日的虔诚感动了天上的"莫伟其"神，冥茫中安排那三个带枪的汉人来到部落外边，从而把窝朗牛也难着了，不得不在这个并非节日的时候请自己去祭祀，让自己有泡酒喝……

他越想越高兴，端着酒筒一筒又一筒地喝个不停。喝完了大竹筒里的头道酒，又继续喝加了冷水的二道、三道酒，把肚子撑得圆鼓鼓的，人也神志迷糊地昏昏欲睡。

岩松和岩浆、山药也趁机陪着魔巴喝了个够，过足了酒瘾才问他："魔巴，哪个时候祭'莫伟其'神？"

"晚、晚上。天黑了，敲起木鼓，才能把'莫伟其'神从天上请下来。"

这也合乎佤族人的共识。他们都认为"莫伟其"神平日高处于云海迷茫的九天之上，要利用大白天视线清楚，仔细地向下观察人间的大小事，晚上才会悠然地降临人间，处理所见所闻。所以主持祭祀的"魔巴"都要吃饱睡足，才有力气把木鼓从傍晚擂到天亮。

魔巴心情愉快地喝着泡酒，醉意在缓缓上升，竹楼内的火塘、人们，都似乎在飘浮，他还在一筒接一筒地喝下去……

岩松本来还想问问魔巴，这次祭祀应该做哪些事，但是酒醉的魔巴已经鼾声大作，喊也喊不醒了。他只好带着岩浆和山药先去了木鼓房。

蛮丙部落的木鼓房设在山寨后边的高处，紧贴着大山的原始森林边上，四周尽是枝叶稠密的古老大树，既阴暗又潮湿，似乎藏着无数鬼魂。平常没有人敢来这里。

木鼓房虽然神圣，但仅是一座低矮、呈三角形、四周空旷的茅棚，里边的木架上摆放着一对圆柱形，长约两米，约有两人合抱粗，分别为公、母的木鼓。

这种木鼓是从原始森林里选取质地坚硬的红毛树制作的。因为树木巨大、粗重，又生长于地势陡峭、没有路径的密林中，砍伐时，要出动许多身强力壮的青壮年才能运回来。佤族人对于将要成为供奉物的神木极为尊崇，采伐前先要镖翻一头牛，由魔巴取出牛肝来看卦：这一天，是否为砍伐神木的吉日。伐木那天，还要杀鸡祭祀森林的"树鬼"，鸣放明火枪赶走企图捣乱的游魂野鬼，然后一边拉木鼓，一边撒米饭、鸡蛋，请求沿途的鬼神们顺利放行。部落里的男女老少都要排列于寨门外叩头礼拜、迎接。

木鼓安置好了后，还要再镖杀一头牛，用牛头来祭供，牛肉则分给全部落人食用。

砍伐、运送、安置木鼓这天，人们如同过节日一样，处于喜庆的欢快中。所以，男女老少都会参与拉木鼓，那齐心合力的行动，也加强了这个部落人们之间的融洽，一旦有事，只要擂起木鼓就会一致行动。

由于平常日子没有人敢接近这神圣的地方，木鼓房周围的地上积满了厚厚的落叶，从春到冬，有的黄了，有的腐烂了，发出令人窒息的气味。前些日子，祭谷子时砍的人头，虽然已经移往寨子外边立着人头桩的"鬼林"，但几架人头枯骨架还在，气氛仍然是那样阴森。

岩松他们虽然每年都要上来几次，但如今身临其境，仍然有些心悸，忙恭敬地拜了几拜，请求神灵原谅他们的干扰，保佑他们诸事顺利，然后小心地清除木鼓房内积存的灰尘、落叶。

打扫干净后，岩松又叫岩浆和山药扛了两筒泡酒来放着，专供魔巴和掌握木鼓的"木鼓窝朗"晚上喝：把木鼓擂一夜直擂到天亮是会把人累得筋疲力尽、口干舌燥的。

在佤山，各个部落由于远近不一，擂木鼓请"莫伟其"神的习俗也不完全相同，有的部落是先镖牛后祭祀，有的是先祭祀后镖牛。蛮丙部落则是先擂木鼓把"莫伟其"从天上请下来，才从容祭祀，所以岩松他们不急于把那头牛牵出来。

这乌云成阵的冬天夜晚，凛冽的山风不停歇地狂啸着在山林、村寨间旋转，似乎要把大山上的一切扫除净尽。山林、深谷不堪其扰，也报以愤怒的回响，从而形成了一支充满搏杀、抗击之情，令人震撼的交响曲。

这时候，月亮刚刚爬上东边山头，还在浮云与大风中摇晃着，一阵急促、沉重的木鼓声从山寨高处的木鼓房传出来，加入了这冬夜的恐怖呐喊。擂鼓者很懂得这鼓声既是向上天祈求，也是擂给远近村寨的人们听，以撼动人们的心绪，也就有意使用他们熟练的擂鼓技巧，把鼓点擂得极有恐吓、震撼感，让人们都驯顺地听从神灵的召唤。

在地里和山林间劳作了一天，正在火塘前端起盛食物的木盘，准备吃他们用小米、苞谷、野菜煮成的烂饭的佤族男女们，都被这突然响起的木鼓声惊住了。按照常情，这个季节，又是傍晚，不会有什么大的祭祀。他们想，是不是有仇家来袭击了？男子们忙放下木制饭盘，抓起标枪、长刀，从竹楼上一跃而下，准备加入搏杀。

但是再仔细听听，木鼓声中仅仅深含着祈祷之情，还没有凶杀之兆。他们才明白，这木鼓的响起，还是处于求神护佑、指点的阶段，紧张的心情也略为放松。不过他们都随着木鼓声双膝着地向天叩拜，仿佛"莫伟其"神正从那满天乌云的夜空乘风飘然而下……

妇女们好奇地四处打听，为什么今天晚上要进行这次祭祀。

娜红本来在竹楼下剁明天喂猪的野芭蕉，见山药急匆匆走过，就一把拉住他问："山药，怎么又要祭'莫伟其'神？"

山药这天被窝朗牛训斥了一顿，还差点挨了一飞刀，从早到晚又为祭"莫伟其"神的事在寨子内外上下奔走，既疲累又烦躁，也就不耐烦地冲着娜红吼了一句："都是你惹的事！"

娜红吃了一惊，什么，祭"莫伟其"神是她惹的事？这个美丽姑娘生性好强，就紧紧揪住山药不放，生气地大喊："你说清楚，关我什么事？"

山药一向为娜红的美丽倾倒，如今见无意间得罪了她，又急着去办事，得赶紧脱身，只好告诉娜红，五娘娓其听说她得到了一面镜子，很是羡慕，也缠着窝朗牛讨要。窝朗牛本来不想见那三个解放军，被五娘娓其又哭又闹弄得没了主意，只好来请魔巴祭"莫伟其"神，让神灵来决定要不要让那三个解放军进部落来。

娜红听得目瞪口呆。这事确实是从自己这里引起的，也就不再生山药的气了，还庆幸窝朗牛没有派人来把她的这面镜子拿走。

山药为了弥补刚才的错，又故作关切地对娜红说："你把镜子藏好哟！"

说得娜红很是紧张。她没有想到事情会这样复杂，那三个好心的解放军将作为尊贵的客人被窝朗牛请进寨子，还是被当作不受欢迎的人赶走呢？

她是舍不得那三个解放军走的。但是这是件大事，得由至高无上的"莫伟其"神来决定。她自感是个凡人，难以知晓。如果"莫伟其"神不喜欢那些解放军，怎么办？她着急了，望着在夜风中急速移动的乌黑云团，以为那是"莫伟其"神腾云驾雾过来了，忙跪了下来，虔诚地祈求道："'莫伟其'神，那三个解放军是好人，心地好得很。请你开开恩，把他们留下吧！……"

她祈求了一遍又一遍，双膝都跪疼了，也不愿站起来。附近的人们见了，不知她在木鼓声中祈求什么，也不好问。

那几团浓厚的乌云在大风中飘动、旋转，似乎要把这佤族小女子的恳求传给"莫伟其"神。

住在寨门"外客房"内的金文才和小康、小杜，也被这夜间突然响起的木鼓声惊动了，不知道这寨子里发生了什么事，是吉还是凶，也不好去打听。

这一整天，只有岩浆和山药早上从大寨内出来晃了一下，再也没有一个人露面，也就无从知道那个深藏于厚实寨墙内的窝朗牛的态度，是准备请他们进去做客，还是要用刀枪来驱赶他们。

他们焦急地从大雾弥漫的早晨等候到中午远近山林都沐浴在冬日金色的温暖阳光下，然后又熬到这大风呼啸的夜晚。时间过去了这样久，都不见一个人过来找他们。

这样的等待真是太难受了。

"他妈的！"性急的小康几次想骂出这句脏话，一看见金文才那沉静、严肃的神色，又不敢骂了，只好耐心地询问："参谋，他们怎么躲着不见面？我们要等到哪个时候呀？"

"别着急，慢慢地等吧！做民族工作就要有耐心。"金文才表面上仍然是那样沉静。他想，这个窝朗牛自己不出来，也不派人来驱赶我们，表明这个大头人正处于犹豫不决的矛盾心情中，我们也只有耐心等待，更不能轻举妄动了。只是如今在寨墙内外如同咫尺天涯，没法了解寨子里的具体情况。这里离西盟又远，不能及时向上级领导报告、请示，也就令人茫然、焦虑。

他一会儿在小竹楼里沉思，一会儿走出去观望。等待的时间长了，他心里也很着急，只是怕影响年轻的小康、小杜的情绪，不好说出来。

好不容易从白天熬到了晚上，又突然响起了这令人惊骇的木鼓声。他分辨不出那时而激昂时而沉重的鼓声中的含意，只记得初进佤山时听人说过，佤族人擂木鼓多是有大规模的群众性行动，或举行祭祀或召集人出动械斗。如果窝朗牛聚集一大伙人，趁着夜黑风大从寨子里杀出来，那怎么应付？面对佤族群众，既不能开枪，又不能束手待毙。

他想了想，不能呆处于这里，就带着小康、小杜悄悄下了竹楼，藏往几十米外那长满了树木的山坡上。白天他在周围巡视时，就看清楚了那里的地形是个能藏身的地方，如果发生了战斗，可以利用那高地和树林来守御或遁走。

娜红对天祈祷完了，回到竹楼里后，心里还是紧张不安。她坐不住了，心想，应该去看看那几个解放军，就急匆匆往外走。

她阿妈问她："这么晚了，你去哪里？"

"去外客房看看那几个客人。"

阿妈虽然还没有见过金文才他们，但是女儿带回了小镜子这样珍贵的礼物，使她深信那些人的友好、和善。她关切地说："人家给了你这样贵重的东西，你就空着手去？"

娜红环顾了一下四壁萧条的竹楼，茫然地不知有什么东西可以作为礼物相送。别的佤族人家还可能有一两张狩猎得到的野兽皮毛，她的父亲前两年病逝了，又没有兄弟，孤儿寡母也就不能像男子汉那样去山林里狩猎。找不到可送的东西，使娜红心里很是难过。

她阿妈说："带几包苞谷去，也是我们的心意嘛！"

娜红也不管窝朗牛已经下了命令：不准给这几个解放军送吃食，忙抓了十几包苞谷塞在筒帕（挂包）里，用一块大毯子裹住头，急匆匆地往外边走。

天黑，风大，寨子里又没有灯火，也没有人看见她去往"外客房"。

那座被称为"外客房"的破竹楼，里面没有火光，孤零零地在夜风中晃动着，不断发出快要碎裂的响声，显得很是凄凉。

娜红有些奇怪，这几个人怎么睡得这样早啊？她在竹楼下喊了几声："阿哥！解放军阿哥！"也不见有人回答，就故意把脚步放得重重的，踩得破旧的竹楼梯吱嘎作响地往上走。她的动作很大，也不见屋内有回应。推开竹篾门进去一看，屋内空无一人。

她很奇怪！人去哪里了呢？沉重的木鼓声还在响着，不会那么快被赶走了吧！

她凑近火塘看了看，柴火的余烬还散着热气，只是快要完全熄灭了。她加了几根细柴，再拨弄几下，火又燃着了，跳动的火焰明亮地照耀着竹楼，能把屋内看得很清楚。他们的背包还摆在一边，拴在竹楼外边大树下的那匹马也还在，都表明他们没有走远。

这使她很不明白，他们干什么去了呢？听山药说，窝朗牛不准部落里的人给他们送吃食，是想让他们饿得受不了，自己走掉。他们是不是像部落里那些男子汉一样，趁着夜黑上山去捕捉麂子、野猪了呢？但是她摸了摸放在竹楼里的两个小米袋，还有米和干粮，不像是饿得去找吃的了。

她又等了一会儿，还不见金文才他们回来。她也不敢在这里多停留，如果被人看见去告诉窝朗牛，那可会打断她的肋巴骨。她也不敢把装苞谷的筒帕留在这里，就把里边的苞谷全都倒出来堆在一边；但是为了让他们知道是她悄悄送来的，她扯下了几丝长长的头发仔细地缚在一包大苞谷上。

下了竹楼，她又小心观察了一下周围，见寨墙外还是没有人走动，才快步溜进了寨子里。

潜伏在几十米外山坡上的金文才和小康、小杜，也在注意着"外客房"这边的动静，听着山风、木鼓的响声不停歇地撼动群山，只是这寨墙外边却长久没有人走动。

如今竹楼里突然闪烁起了亮光，使他很是诧异，忙带着小康悄悄摸了回来，想看个明白。但是还不等他们走近，娜红已经快速闪进了那黑黝黝的、甬道式的寨门内。他们只远远看到了一个被毯子裹着的模糊身影，也分不出那人是老是少、是男是女。

他们回到"外客房"里，见竹楼里的东西没有动，还多了一堆干苞谷。

他们很奇怪，这是哪个送来的？是窝朗牛，是岩松，还是岩浆和山药？但细心的金文才拿起一包苞谷时，却见那上面绕着几圈细长的头发，这表明是个年轻女子送来的。他想了想，就想起了那个美丽的娜红。可能是她吧！只有这个姑娘会这样热心。

他把这一分析说给小康、小杜听，他们也很高兴。可惜当时没有追上她，不然可以仔细地向她打听寨子里的情况。

这是从白天到夜里，第一次有人来他们这座远离大寨、过于孤寂的破竹楼；他们虽然没有见到娜红，但仍然深感亲切。金文才心想，只要群众中有人愿意接近部队，哪怕是很少的几个人，也表明，那紧闭的"门墙"裂开了一丝缝隙，透出了光亮，并有可能逐渐展开了。

他们在外边潜伏了很久，有些饿了，就把娜红送来的苞谷放在火塘上烤。烤得焦黄、香脆的苞谷很是好吃，小竹楼内也飘溢着香味。

夜深了，从寨子高处传来的木鼓声还在时而急剧时而徐缓地响着，外客房旁边大树上那只猫头鹰又凄厉地叫开了，金文才他们嚼着香脆的烤苞谷也懒得去理会。

三、求助于神灵

那急速、沉重的木鼓声到了下半夜才停歇，只有呼啸的大风还在山林间狂猛地旋转着，把那低矮、破旧的木鼓房撞击得更是狼狈地摇晃，似乎还在四处寻觅、撞击、询问：今夜曾经长时间为它的狂吼助过威的木鼓声消失到哪里去了。

从傍晚开始，魔巴和那位专司木鼓的窝朗轮流敲击着木鼓。虽然是寒冷的冬夜，又都光着上半身，还是累得满身大汗，胳膊发酸，口干唇燥，不仅喝完了原先放置在那里的两大筒泡酒，又让岩松他们抬来了两大筒。

他们见夜空高处那几大团随风飘浮的乌云，在缓缓下降，掠过了对面黝黑的山头，接近了这边山寨，心想，这可能是"莫伟其"神听见木鼓声乘风过来了，应该及时祈祷，就停止敲击，点起香，燃着纸钱，并让岩松他们把那头水牛牵过来，一棱镖插进牛的肋巴骨，把牛刺翻……

按照过去的习惯，镖牛时，都要召集全寨子的人去寨门口外边的空坪上分享牛肉，但是今晚那里的"外客房"住有三个解放军，这场祭祀又是与他们的去留有关，不能让他们知晓，从而改换在这远离前寨寨门的木鼓房边上悄悄地进行。

窝朗牛也来到木鼓房前诚心地向"莫伟其"神叩拜、祈祷。他虽然一向习惯了独断专行，却还没有遇见过这样不能轻易下决定的麻烦事。木鼓响着的时候，他也长久地被不停歇的木鼓声搅得心绪不宁，盼望神灵尽快给予指点。

他站在魔巴身边，静静地等候着魔巴把咒语念完，心想，自己一向对"莫伟其"神很虔诚，神肯定会给予明确的指点。

微闭着眼的魔巴却把咒语念得很冗长。他只听见大风的呼啸声，以及被木鼓声惊动、长久不敢归巢的夜鸟烦躁地在周围扑打着翅膀，一圈又一圈地盘旋，发出焦躁不安的鸣叫声，却没有感觉到神灵给他什么指点。这使他很着急，不过他在这么多年来求神问卜的经历中，久经这类为难的事，经过一番暗暗盘算后，他想，"莫伟其"神不及时给予指点，也表明这三个解放军不是一般的人，而是大有来头，神也得仔细想想。他停止念咒语，睁开眼向窝朗牛等人郑重地宣布："'莫伟其'神示意我们：这事情不同一般，那三个解放军也是有他们汉人的神护佑，他要我们虔诚地立块石头，他会给我们明白的回答。"

"哦！"窝朗牛又一次被惊住了，深感事情的麻烦，只好说，"那就照'莫伟其'神的指点做吧！石头立在哪里呢？"

"按照老祖宗的规矩，还是立在人头桩底下吧！"魔巴皱着眉头想了想后才说。

佤山山林深密，土地本来很肥沃，只是因为长期封闭，与山外缺乏交流，不懂得改变原始落后的刀耕火种生产方式，在遇见连年歉收的饥困时，佤族人无力改变饥饿现状，只能求助于神灵。也不知是哪个时期，哪个最有权威的大头人，听了什么人的主意，觉得用人头祭供神灵才隆重，各个寨子都有悬挂人头、供人们祭拜的人头桩。蛮丙部落的人头桩立在木鼓房附近的一片树林里。年深月久，这人头桩周围的树木没有人敢去砍伐，日积月累，越长越稠密。掉落的树叶和枯枝也越积越厚，被雨水捂烂后和鸟兽粪混合在一起，散发出令人窒息的沼气和腥臭味。因为平常很少有人来，也就成了一些怪鸟和野兽出没的地方。入夜后，鸟的啼鸣，兽的吼叫，更是加深了这片树林的阴森恐怖。

在魔巴、窝朗牛的引领下，岩松他们抬着刚才镖杀的牛头，打开后寨门，去往人头桩。他们急促、沉重的脚步，把树林里散落的枯枝落叶踩得嘎吱作响，也惊得已经在窝里入睡的小野兽慌乱地窜动，不知这黑夜里发生了什么事。一条粗大的竹叶青蛇更是愤怒地一蹿多高，几乎要咬住走在前边的山药的右脚。幸好山药有走夜路的经验，出门时带了根竹棍，见竹叶青蛇蹿过来，忙一棍子横扫过去，才把这条毒性很强的蛇赶走。

窝朗牛却厉声呵斥山药："你怎么敢动神蛇？"

山药也不吭声。他知道，如果回答说，被毒蛇咬着了会送命的，窝朗牛不仅不会关心他，还会说："那是神灵在召唤你！"

他们在黑暗中高一脚低一脚摸到人头桩后，先让眼睛习惯了这更为黝黑的环境，才由魔巴领头叩拜、祈祷，再把人头桩旁边一块长满了青苔的大石头搬到中间位置竖立起来，郑重地把牛头供奉在上边，然后又是一拜再拜，魔巴才对众人说道："我向尊敬的'莫伟其'神恳求了，请他告诉我们：如果石头倒向后边，就是可以让那三个解放军进我们部落做客；如果石头扑往前边，那就表明他们会带来祸害，应该尽快地把他们赶走。我们要相信，法力无边的'莫伟其'神，一定会明白地指点我们！"

窝朗牛也连连叩头，诚心地祈求："'莫伟其'神呵！那些汉人为哪样要来我们部落呢？这样的事是吉还是凶呢？我很不明白。是放他们进来，还是把他们赶走？我也拿不定主意。求你指点吧！"

他的话语诚恳、沉重，还有些茫然，与平日那充满自信，还时时显现出蛮横的神情大不一样。山药他们看了更感觉，这样重大的事，确实是不祈求"莫伟其"神不行，也就跟随着叩头再叩头。

他们为了让"莫伟其"神能静静地做出决断，不敢在这里多停留，又在魔巴引领下悄然退走。

在佤族人当中被认为是智者的魔巴，早就从他丰富的祭祀经验中想到了，放在石头上的鲜血淋漓的牛头，会引来野兽抢吃，也可能把石头撞倒，那石头的倒向，就是神的明确启示。所以这一在神灵前竖石头求解答的办法，能够长久使用，从来不会被人怀疑。

他们这样上下奔走、折腾，一个个都又累又饿。回到寨子里后，他们又随着窝朗牛去他的大竹楼里，围在火塘前吃着大娘安木素、五娘娓其为他们烧烤的牛肉，一筒接一筒地喝着泡酒，等待天亮后再去人头桩前看结果。佤族人粮食缺乏，多数不养猪，平常肉食少，难得像今晚上这样，有这样多牛肉、泡酒吃喝。每个人都酒足肉饱，很是尽兴，就昏昏沉沉地在火塘前躺下，鼾声大作地睡了过去。

有大娘守住火塘边不断地加柴，把火烧得旺旺的，他们也就睡得温暖、舒适。

岩浆却没有在这里停歇。他趁人们都睡着了，向大娘说了声"大娘，我家里有事，回去一下"就轻手轻脚下了竹楼。但是他并没有回家，而是趁着夜黑没有人注意，悄悄溜往不远处一座小竹楼内。

三娘叶妙正在心情焦躁地等着他呢！

窝朗牛自从娶了五娘娓其后，就把第三房妻子叶妙冷落了，很少来她竹楼里过夜。

叶妙是个大眼、长眉、高颧骨、细腰、身材高挑，还有着一对丰满乳房的佤族美人，姿色并不亚于五娘娓其，只是娓其比她小七八岁，在喜新厌旧的窝朗牛看来，娓其比她更鲜艳。叶妙才三十岁，哪里耐得了这独守空楼的寂寞？部落里许多男子很贪慕她的美貌，只是惧怕窝朗牛，而不敢接近她。只有经常出入窝朗牛大竹楼听候差遣的岩浆胆子大，敢于偷偷地多看她几眼。在她去背水时，如果旁边没有人，他会帮她背一段路；打得了野斑鸠、谷雀，他也会悄悄塞一两只给她。这个身高体壮的男子的关心，特别是那垂涎的眼神也撩拨得她心里烦乱。长久独处，她更是怨恨窝朗牛：既然有了新欢为什么不让她嫁个像岩浆一样的壮健男人？

有一天，窝朗牛带着人去后山森林深处打得一头壮硕的野猪，心情很是愉快，除了给随同他去打猎的岩松、岩浆每人分了一腿肉，又砍了几大块肉，叫岩浆送给他那些分住在大竹楼外边几座小竹楼里、平日被冷落了的妻子。岩浆很喜欢这一能接近叶妙的差事，忙背上装有野猪肉的藤篓逐一送去。

那天傍晚，天色完全黑了。三娘叶妙早早吃完了野菜、小米煮成的烂饭，正百无聊赖地蹲在火塘边上对着那忽明忽暗、不断变幻的火光发呆。见岩浆突然来了，她很是意外，也很是欢快，顾不上去看岩浆特意挑选给她的那块野猪肉，而是忙着招呼他来火塘前坐下。

岩浆平常没有机会单独接近这个漂亮的叶妙，今晚是奉窝朗牛之命来送肉，也就敢于大大方方地在离火塘略远的地方坐下。

"你坐过来呀！"叶妙妩媚地招呼着他。岩浆这才移到了她身边。

离得这样近，他闻到了从她柔软肌肤里散发出来的特异体香，也感觉到了她那被窄小的上衣绷得紧紧的丰满双乳的抖动。他的心也在急促地跳动着。

叶妙并不关心窝朗牛他们打到了野猪的事，而是问岩浆："你是第一次来我这里吧？"

岩浆笑着点头。

"多来坐坐嘛！"

"不敢呀！"

"怕什么？"

"怕窝朗牛呀！"

"野猪、豹子都敢打的人，还怕他？"

"他比野猪、豹子还凶狠呢！"他一边说着，那双眼睛却贪婪地盯着叶妙那单薄衣裳里的丰满双乳。

"你看什么？"叶妙故意问，还把胸脯挺了挺，让那双丰满、柔软的乳房颤动得更厉害。

"哪样也没有看。"

"想看就看，不要撒谎！"

"我、我……"岩浆的喉咙里似乎塞进一块刚刚烤熟的肥肉，咽不下去，又舍不得吐出来，令他呼吸难以畅通，反而不知道该怎么说话了。不过那双被情欲燃烧得近乎充血的眼睛却更大胆地望着她的双乳。

叶妙一把抓住他的手紧贴在自己胸脯上，笑着说："喜欢吗？给你！"

岩浆顿时血往上涌，全身都在发热，再也控制不住自己了，一把抱住了叶妙那热乎乎的柔软身子。两个人相互搂着从火塘边滚向旁边用粗大竹篾编织的楼板上。

佤族妇女衣着简单，无论冬夏都是一条紫红色筒裙，里边没有穿内裤，岩浆只要掀起叶妙的筒裙就行了。就在这个时候，大娘安木素站在窝朗牛的大竹楼晒台上大声喊着："岩浆，你去哪里了？窝朗找你喝泡酒呢！"

岩浆像被一筒凉水突然浇泼了一样，吓得顿时神志清醒了，慌乱地松开了那刚抓住叶妙筒裙下摆，还没有来得及掀起的手。

他这才想起来，窝朗牛派他出来送肉时，曾经对他说："快去快回，我们一起吃肉喝酒。"刚才昏头涨脑地和叶妙纠缠在一起，却把这事给忘了，忙一翻身从叶妙身上滚了下来。

叶妙的情欲正旺，哪里肯这样就此停歇，紧紧抱住他："你怕什么？过会儿再去！"

岩浆哪里敢再耽搁，紧张得全身冒虚汗，连连说："以后，以后……"

叶妙还是不肯松手："哪样以后，我要现在！"

岩浆一边吻着她，一边求告："三娘，求你放了我。去晚了，窝朗牛会叫人来找。发现我在你这里，他会剁掉我的手脚……"

"我不管！"本来就泼辣、大胆，又独处了好久的叶妙，如今被情欲所困，情愿为一时欢快豁出一切。

岩浆只好央求她："三娘，不要这样急嘛！不要这样急嘛！明天上午你出去捡野菜时，我们到树林里边舒舒坦坦地玩好吗？"

他说了后山大树林里一块被大树、藤条深密封锁的隐秘处所。那里很少有人去。

叶妙想了想，在这里被人发现了确实麻烦，而且岩浆已经吓成这样，也不可能玩得好，只好叹息着松开了岩浆的手，满腔怨气地骂着大娘破坏了他们的好事："这个老烂尸，喊些哪样……"

第二天天不亮，岩浆就扛了一张弩弓在白茫茫的大雾中上了山。过了一会儿，叶妙也斜挎着一只小藤篓出了寨子。佤族男女一早出去打猎、找野菜是正常事，没有人疑心他们有约会。

这山林深密处，附近都没有人，选择这地方幽会真是好极了。叶妙也觉得这大山上比她的小竹楼里安全，也就无所顾忌地把筒裙脱了铺在那柔软的落叶上，尽情享受着岩浆这个壮健男子的冲击。树林深密，层层叠叠的稠密枝叶很能隔音。长久没有过性生活的叶妙，也就敢于放肆地大声哼叫着，不必顾虑周围有人听见。

从那以后，他们经常相约着来这山林深处幽会。有时候，岩浆也会在夜深人静或者风雨大作的夜晚，顶块大芭蕉叶溜往叶妙的小竹楼里。

有岩浆的抚爱，叶妙不再感觉生活空虚。她心情愉快，肌肤也日渐丰润，眉眼间又透射出了妩媚的亮色。她经常拿着那面小镜子照了又照，也觉得自己比从前更漂亮了，很是得意。

有一天中午，她去山林间与岩浆幽会后，欢快地提着半篮子野菜回寨子，恰好在竹楼下与窝朗牛相遇。午间明亮的阳光映照着她的满脸春色，如一丛正盛开的鲜花，令窝朗牛吃了一惊，问她："你可是挖到野参了？"

野参是大补品，窝朗牛的老婆多，肾气不足，经常叫人去山上寻找。他也就认为，妇女吃了会更加漂亮。但是他如今有了野参只会给他宠爱的娓其吃，惹得其他几个妻子很是妒恨。

这天晚上，窝朗牛突然来到了叶妙的小竹楼里，并在她那里过夜。这是近一两年没有过的事，让她吃惊不小。幸好这个夜晚岩浆没有来，不然两个男子相遇，可危险了。

窝朗牛已经是五十多岁的人了，有了五娘娓其后，更是长期耽于性事，在这方面哪能够和年轻壮健的岩浆相比？叶妙觉得他压在自己的身上如一块沉重的木板，很是不爽快，也很奇怪过去怎么会因为他的冷落而难过。

从那以后，为了避免窝朗牛的纠缠，她在系于腰间、用来盛槟榔的小盒子里，放了一团浸染了从树叶里挤出的黄绿色汁液的破布，远远看见窝朗牛过来了，就往脸上一抹，把自己弄成了个脸色憔悴的黄脸婆，让窝朗牛看了心生厌恶，不想再亲近她。她也就可以避开窝朗牛，尽情地和岩浆幽会。

这天上午，她就和岩浆约好了，下半夜后，他上她的竹楼来。但是从傍晚起，烦人的木鼓声就响个不停，岩浆也不知道到哪里去忙了，久等也不见来。她想，可能是部落里发生了大事，只好耐心地等了又等，却仍然不见岩浆的身影。大风的呼啸声和沉重的木鼓更是搅得她心绪烦乱，难以入睡，长久裹着那床旧棉毯在竹篾楼板上翻来覆去，难过极了。好不容易等到木鼓声停歇，山寨里略为安静，但是仍然不见岩浆来。这使她疑惑，他是不是因为什么事惹火了窝朗牛，被拉去砍头祭神了？不然今晚怎么会突然擂起木鼓？

她几次爬起来扒开那低低覆盖住竹楼的厚实茅草向外看，周围一片漆黑，没有人走动。在这风狂夜冷，又长久响着令人心悸的木鼓声的夜晚，寨子里的人都早早躲进自己竹楼烤火、睡觉了。

等呀！等呀！终于等得满身酒气的岩浆来了，她也就迫不及待地追问，是怎么一回事。

岩浆把那三个解放军早上送镜子给娜红，被五娘娓其知道了，也缠着窝朗牛哭闹要镜子，窝朗牛难以决定是否让那三个解放军进寨子等事从头说了一遍。

叶妙被窝朗牛冷落后，本来不关心部落里的大事，如今与那几个从来没有见过面的解放军更是没有积怨。但是一想到如果那几个解放军进了寨子成了窝朗牛的客人，那个令她极其妒恨的娓其，就将获得包括镜子在内的许多珍贵礼物，她心里就很有怨气，冲着岩浆连声说："不能，不能，不能让那三个解放军进部落来！"

　　见她急成这样，岩浆很是无奈，苦笑着说："我有什么办法？这样的大事，窝朗都做不了主，才会去求神灵指点。"

　　听岩浆提到神灵，叶妙也神情肃然了。她沉思了一会儿，关切地问："'莫伟其'神会怎么说呢？"

　　岩浆摇摇头："神灵的事，我怎么知道？明天早上看人头桩下那块石头倒往哪边吧！"

　　叶妙也知道立石头问神，是充满了神秘色彩的事，事前难以预测。但是她如今妒意正重，就像有千百只小虫子在心里乱爬乱抓，使她心情烦躁，怎么也难以静下心来等待明天早上神灵昭示的结果。

　　她还担心"莫伟其"神会心肠一软，去庇护那个娓其。就急切地说："我们去求求'莫伟其'神把石头摆弄好，不要让那几个解放军进寨子来吧！"

　　岩浆虽然胆大，但想起那阴森的人头桩是鬼神的驻足地，哪能乱闯，连连摇头说："那个地方不能随便去！"

　　叶妙却说："你怕什么？我们是去求拜，又不是去干扰神灵。他不会怪罪的。"

　　岩浆还是把头摇了又摇："不去，不去！那个地方我不敢去。"

　　叶妙急了："我都不怕，你怕什么？"

　　岩浆仍然为难地不肯挪动身子。

　　被妒忌之火燎得心痛的女人，连生命都可以不要，哪里还会顾及其他。她急了："你要是不去，我就一个人去！"

　　她把那床旧棉毯往身上一裹，就往寨子外走去。

　　在她看来，只要诚心地求告，"莫伟其"神是会庇护她这个失宠于窝朗牛的可怜女人的。

　　岩浆先是一脸愕然，回过神来后才想到，哪里能让她一个女人在这黑夜里去往那个神秘、恐怖的地方。

　　这时候已经是夜深人静，略微大一点的响动，都会传得很远，他不敢大声叫喊她回来，只好跳下竹楼，在后边紧张地跟随着。

　　叶妙走得急促，岩浆也只有加快步子来追赶。她和他被一种激动、紧张的情绪所控制，都忘了这是在夜间，而且在旁人看来他们是两个不应该在一起行动的人。即使他们不得不在夜里偷偷行动，也应该尽量隐蔽，更要放轻放慢脚步，才不会暴露行踪。

酒后困倦的那几个男子，还在窝朗牛大竹楼里昏昏沉沉地睡觉。在一旁照看他们的大娘安木素也被火塘里温暖的火烘烤得昏昏沉沉地睡着了。

这时候，只有五娘娓其还烦躁地躺在篾席上长久睡不着，想着能否从那几个解放军那里得到镜子。

她突然听见一直在竹楼下转悠的那只大黑狗吠了一声就停住了，她觉得奇怪。这是哪个？肯定是个黑狗认识的人从附近走过，黑狗才只是吼叫了一声，就不再叫了。出于好奇，她忙爬起来向外观望，见是两个人一前一后地往寨子后边走去。走在前边的人虽然裹着床毯子，但从那走路的姿态，仍然可以看出是个女人；后边的那个人没有披毯子，可以较清楚地看出，是她熟悉的岩浆。这一女一男深夜去往寨子后边干什么？出于好奇，她急忙抓过一床棉毯披在身上，悄悄溜下竹楼在后边尾随着。

她这条棉毯是用紫红色棉线织成，能在夜色中帮她隐蔽。她脚步又轻，急匆匆走在前边的叶妙和岩浆，都没有发现有人在后边跟踪。

娓其离得虽然远，仍然能看出叶妙和岩浆是绕过了木鼓房去往人头桩方向。

娓其更是惊疑，这两个人究竟要干什么？在半夜里去往那个一般人大白天也不敢去的地方！她想，一定是有什么不可告人的要紧事。

她忘了自己也是深夜走在一处充满神秘色彩和妖氛浓郁的地方。前边的人走动，她不紧不慢地尾随着；前边的人停下，她就迅速闪进路边草丛中蹲下……

人头桩那边本来是一片寂然，这两个男女还没有走到那附近，那黑雾深沉的树林深处，就突然发出了一阵野狗的狂吠声，以及把枝叶撞得咔嚓作响的混乱响声。在后边跟踪的娓其由于离得远，不知道是几只正在偷吃置于石头上的供物的野狗被惊跑了，还以为是神灵在怒斥这两个胆大的闯入者呢！她吓得手脚瘫软，只觉得这黑得恐怖的树林都在急速地旋转，忙紧紧抱住身边那棵大树蹲下，也没有胆量和力气往前走了。

风更大了，夜更冷了。她摸着被夜间的露水弄潮湿的棉毯，浑身起了鸡皮疙瘩。

她就这样心情紧张、慌乱地在被夜雾浸染得悄无声息的大树、草丛间里停歇着，待缓过神来后，才觉得今天晚上过于冒失了，怎么会糊里糊涂地跟随着这两个人来到这里？如果碰见了在树林里乱窜的野兽，或者被夜间游荡于人头桩内外的恶鬼抓走了，怎么办？

她越想越害怕。

狂猛的大风强烈地撼动着枝叶，也在不停歇地扑向她，似乎要把她卷向高空。那透骨的寒气使她感到从背脊到前胸都在发冷、变硬。

她不敢再在这里停留了，略微喘过气来后，就挪动已经僵冷的双腿往回走。才走了十几步，就听见后边传来那两个人把小路上的枯枝、落叶踩得咔嚓作响的急促脚步声。她怕被他们赶上、发现，忙闪进旁边的大树后边，屏气敛声地蹲了下来。

脚步声越来越近。夜色虽然浓黑，还是可以感觉到这两个人是紧紧相拥着从坡上边走下来，还听见他们一边走，一边低声说着话。那声音好熟悉。再仔细听，天哪！这两个人却是叶妙和岩浆。难怪这些日子叶妙会容光焕发，一副志得意满的样子，原来是和岩浆勾扯上了！

她听出了叶妙的声音里满含着兴奋、欢快："我说了，'莫伟其'神会保佑我们吧！"接着又说，"如今石头倒向前边，那三个解放军也就进不了部落，老五那个烂尸就得不到镜子了！"

娓其被惊住了。她才明白，这两个人半夜摸到人头桩，原来是去搬动神石。

她想立即赶回去，把这事说给窝朗牛听，窝朗牛肯定会大发脾气收拾这两个狗男女。但是她想了想，如果窝朗牛和魔巴不相信她的话，看见石头倒向前边，却认为是"莫伟其"神的意旨，那该怎么办？她心里一着急，也忘了害怕，待岩浆、叶妙他们走远了，又把毯子裹紧上身，急匆匆向人头桩方向摸去。

再往上走，小路两边更是草深林密，黢黑得怕人。她几乎是摸索着一步一步往前挪动，一边走一边向被稠密的枝叶遮蔽了的天空求告："'莫伟其'神呀！我是来叩拜你的，请你不要见怪。你保佑我吧！"

她的祈祷似乎被"莫伟其"神听见了，这一段路虽然又陡又黑很是难走，却没有恶鬼、野兽来袭击她。她也就逐渐走得安心，两条腿也挪动得较快了，终于艰难地摸到了人头桩前。

天色太黑了，她反而看不清楚人头桩周围的情况，感受不到所想象的恐怖气氛，也就减少了一些恐惧。她匍匐在地上叩拜了一番后，就急不可耐地在周围摸索着，终于摸到了那块神石，果然是被叶妙他们推向前边了。她也没有多加考虑，就把石头搬起再小心地往后推去，忙完了又叩头再叩头，连声祈求："'莫伟其'神、'莫伟其'神，请你不要见怪，不是我乱动你的神石，是岩浆和叶妙那两个坏家伙先搬动了它。我只是搬回原来那样……"

对叶妙和岩浆充满恨意的娓其，当然不知道，这块石头并不是岩浆和叶妙搬向前边的。在他们来到人头桩前，几只野狗争抢牛头时，就把石头撞得倒向前边了。叶妙和岩浆错以为是"莫伟其"神的处置，就没有再移动石头，只是欢天喜地地叩谢了一番。

如今，这块石头又被娓其移向后边了。

娓其带着满身露水，困倦地回到竹楼下。她是个细心的女人，把沾在身上的杂草、泥土都收拾干净才悄然上楼躺下。

酒醉的窝朗牛和其他人还睡得昏昏沉沉的，没有醒呢！

在这佤族部落，一个女人夜闯人头桩，是犯大忌的事。

她这时候才越想越后怕，惊恐得长久睡不着，不断微睁开眼偷看周围，看竹楼内有没有人在暗中注视她。没有，确实没有。她才放心了。

她也在想，要不要把叶妙和岩浆勾扯上了的事告诉窝朗牛，但是又担心窝朗牛会追问她是怎么知道的，为什么要半夜起来。如果怀疑她也搬动了人头桩下的神石，从而责怪她亵渎了神灵，并拒绝那几个解放军进部落来，那就糟了，镜子也得不到了……

她一再思考后，决定过些日子再用别的办法揭露叶妙和岩浆。这两个男女既然大胆地裹到一起了，就不会轻易分手，还是能够在他们以后偷情时发现他们的！

天终于大亮了，歇息在寨子后边树林里的各种鸟都"吱吱嘎嘎"地叫着飞了起来，在寨子上空盘旋了一番后，冲出浓雾飞向了远方。早起的妇女们也像那些忙碌的鸟儿，忙着去背水、煮饭。

大娘先把火塘烧旺，在昨天就炖好了的牛骨头汤里加进了小米、野菜，缓缓地煮成烂饭，然后才把窝朗牛、魔巴、岩松叫醒。

这几个男子昨晚的泡酒喝得太多了，如今都觉得头昏口渴，先搬过靠在竹楼一角的水筒喝够了水，才分别接过大娘用木盘盛着的"牛烂饭"。

佤族人的"烂饭"平日只是用小米、野菜甚至嫩芭蕉混在一起煮成，没有油盐，很是难吃；只有特殊节日杀了鸡宰了牛，才在烂饭里加些盐和鸡肉或牛肉，就被称为"鸡烂饭"或"牛烂饭"了。一般的人，一年之间难得有几次吃到那种佳肴。

佤族人不会烧窑制造陶瓷器皿，也没有钱去山外选购。盛烂饭的盘子，是用粗大的树干横截成一块块后，再加工成带边的盘子，厚实、沉重，可以使用很多年。他们也没有筷子和汤匙。吃烂饭的时候，只是用手指一点点地刮着往嘴里塞。

窝朗牛在缓缓地刮着烂饭吃的同时，也在沉思，如果"莫伟其"神的意旨是，不能让那三个解放军进部落来，那后来的事应该怎样处置呢？如果他们因为在寨子外边等得不耐烦了，自恃有好枪、有"集中炸"，硬要闯进来，怎么办？那就只能调动部落里的人与他们大杀一场了。

刀枪一动，是会流血、死人的！想到这里，他心情又很烦躁，就嘱咐岩松："你吃过饭后，先去叫上几十个人守在寨墙边上，如果那几个解放军硬要闯进来，就砍了他们！"

岩松接触过金文才他们，感觉他们还是很讲礼数的，心想，人家解放军不会那样蛮横吧！但是见窝朗牛神情烦躁地瞪着他，也就不敢多说什么，快速把木盘里剩余的烂饭吃完，取下挂在柱子上的牛角号就往外走。

他懒得一家一户去通知，而是走到寨子中间攀上一棵大树的高枝，在那里吹响了牛角号。

牛角的号声激昂、粗犷，像一把巨斧，利刃在狠力地割裂着山林，又像无数进入了拼搏状态的壮汉在凶狠地狂吼。

那些已经走往寨子外边，准备去种地、打猎的男子，突然听见牛角号响起，不知道寨子里发生了什么事，都紧张地纷纷从树林里、耕地里往回奔。妇女们也无心去背水、找野菜了，忙着往回跑。

这地处偏僻山野，古老、贫穷的部落，好久没有发生这样惊恐、慌乱的事了。

岩松见男子们都先后回来了，就吩咐人们把那两扇厚实的寨门关起来，用粗重的横木别上，还用几块大石头堵住。

人们询问他，发生了什么事，他也不回答，反而问那些壮汉："你们的砍刀都磨利了吗？"

佤族人虽然穷困，但是每个男子都有一把锋利的长刀，出门时就系在腰间，既防身也用来猎取野物。每天出门前的第一件事是把刀磨锋利，以备随时使用。

岩松又扫了一眼那些每逢有厮杀，就会神情激奋的壮汉，叮嘱他们："你们就在这里等着，过一小会儿，窝朗有话要说。"然后一转身去追赶已经向人头桩方向走的窝朗牛、魔巴。

从部落里传来的含有搏杀意味的牛角号声、那急急忙忙从外边往回跑的佤族男女，引起了还在"外客房"的金文才、康小羊、杜兵的注意。他们有一种不祥之感。大清早这些异样的活动，可能与他们来到蛮丙部落有关，但是苦于没法了解到内情，他们很是郁闷、紧张。

这时候，小娜红给他们扛了一竹筒水来。朴实而又热情的娜红担心金文才他们没有水喝，早上从家里出来时，特意拿了两只空竹筒。她在接水的地方刚把两筒水接满，牛角号就突然响起了，只见刚走出去不远的汉子们都在慌忙地往寨子里跑，紧接着寨门也关上了。她虽然很惊讶，不过很快就明白了，这牛角号吹响，与那几个送她镜子的解放军有关。她很怀疑，是不是昨晚用牛头祭过"莫伟其"神后，神灵也不让人家进部落去？

见娜红又送水来了，金文才、康小羊、杜兵都很高兴，也立即联想起昨晚的苞谷一定是她送的。金文才说："娜红，谢谢你昨天晚上给我们送了那样多苞谷。"

"不用谢！"娜红既高兴又有些羞怯。

金文才感叹地说："你们的粮食都不够吃，还送苞谷给我们。"

"这是我妈和我的一点心意。"娜红真情地说。

金文才吩咐杜兵把带来的大米拿些给娜红。

急得娜红连连摇头："不要，不要！你们还报的礼物太重了！"

"这也是我们的心意。"金文才劝娜红收下，才向她询问，"你们寨子发生了什么事？怎么从昨天晚上起，又擂木鼓又吹牛角号？"

娜红把昨晚她从山药那里听来的事说了一遍。对于今天一早又吹牛角号的事，她只能摇头，表示不知道，还说："这次牛角号吹得很突然，才一吹响，就把寨门关上了，把我们几个出来扛水的人也关在了外边呢！"

金文才明白了，这木鼓声、牛角号声都是围绕着他们来的，看来是凶兆。

叶妙和岩浆这天夜间从那阴森、恐怖的人头桩回来后，虽然又冷又累，在那阴森的氛围中待久了，还有些后怕，但是休息过来后，又转入了兴奋中。叶妙很是感激"莫伟其"神帮她遂了心愿，也就很是得意地想象着那个娓其得不到镜子后的失望。尽管从人头桩回来后，走得很累，她还是情欲炽烈地紧紧拥抱着岩浆亲了又亲，主动掀起了自己的筒裙……

岩浆和叶妙亲热了一番后，虽然很累，但想起今天早上还要随同窝朗牛去人头桩前察看昨晚祭祀的结果，不敢再在这里逗留，趁着天还没有亮，夜雾还浓，寨子里的人还在熟睡中，悄悄地从叶妙竹楼里溜了出来。

如今他又随着窝朗牛他们走在这条通往人头桩的山路上。开始时，他还心虚地担心人们会在路上发现他和叶妙走过的痕迹。但是早晨的浓雾、露水比夜里还重，一会儿就把他们裹着的毯子弄湿了，使走得正累的窝朗牛、魔巴也无心观察路上的各种脚印。

几只乌鸦在人头桩附近"哇哇"地叫着，沙哑的声音很是烦人。

窝朗牛问魔巴："这几只老鸦叫哪样？"

魔巴哪里知道，只好随意回答："是神灵说我们来迟了吧！"

按照常情，他们应该在天亮前就来到人头桩前，如今因为宿醉而起晚了。

窝朗牛歉疚地对魔巴说："你念咒语的时候，求'莫伟其'神不要怪我们。"

魔巴点点头："好的！好的！"

其实这是人头桩前有祭祀物，腥气重，引来了大群乌鸦。

被魔巴这样一说，人们也就信以为真，都低垂着头，紧张、肃然地走着，不敢东张西望，任凭那几只乌鸦继续"哇哇"乱叫。

稠密的枝叶，把山间大部分浓雾挡在外边，只有一缕缕被枝叶梳理得如同轻烟般的白雾，轻柔地从枝叶间的缝隙中悄然飘进来，也减轻了人头桩前的阴晦气氛。

他们走近人头桩，发现内外一片零乱。用以祭供的牛头不见了，只剩下了一些嚼碎了的骨头，那块神石已经歪歪地倒向后边。

魔巴虽然经常主持祭祀，但仍然为这场景的大变而悚然，神情慌乱地双膝一弯跪了下去。

窝朗牛、岩松、山药也被吓着了，慌乱地紧随着跪下，恭敬地叩拜……

岩浆这一夜在上寨与人头桩之间，来回走了三遍，又和叶妙狂乱了一番，身心很是疲累，一直跌跌撞撞地走在人群的最后边。他原来对石头的倒向自感"心里有数"，也就不像窝朗牛他们那样心存悬疑，见他们都跪下了，头也不抬地跟着连连叩头，说着同样的感谢神灵的话。但他叩拜完了，看明白石头的倒向并不是他和叶妙在夜里看见的倒往前边时，顿时被吓得乱了神志。那块大石头也似乎正腾地飞起来砸向他。他两眼发黑，惊恐地大叫了一声瘫倒在大石头前。

不了解真相的窝朗牛也被惊着了，以为是"莫伟其"神嫌供品太少，把岩浆的魂魄勾走了。只有魔巴轻声说了句："你做了哪样对鬼神不敬的事啊？"

已经神志错乱的岩浆，哪里能回答。

好心的魔巴只好连续念着咒语，哀求"莫伟其"神把勾走的岩浆魂魄放回。

他们等了一会儿，岩浆才缓缓苏醒，山药忙过去把他扶起来。

这时候的岩浆全身发凉，僵硬地靠在山药身上，一句话也说不出来，心里却在暗暗叫苦。这是怎么一回事？昨天晚上是不是自己和叶妙都看错了？或者是因为自己和叶妙夜闯人头桩，惹得"莫伟其"神生气了，而改变了石头的倒向？

他惶恐着，一句话也不敢说。

窝朗牛相信神的意旨。他又一次跪下感谢"莫伟其"神的指点，然后郑重地对魔巴等人说："这是神的意旨，我们得听从。那就让那三个解放军进部落来吧！"

人们都恭敬点头："是应该听'莫伟其'神的！"

他们又虔诚地再一次向人头桩叩拜，然后由窝朗牛领着往回走。

岩浆失魂落魄地走在最后边，还不时偷偷地向后看一眼，害怕有狰狞的怪物突然扑过来。

心神不定的娓其正在竹楼下焦急地等着他们。

窝朗牛带着人去了人头桩后，她想起魔巴能够与神灵沟通，又比一般人细心，会不会发觉她夜闯人头桩？更担心她搬动神石会惹怒"莫伟其"神。

心情惶恐的她，一脸死灰色，完全没有了平日的娇媚，让走近前的窝朗牛看了很是奇怪，还以为她是担心"莫伟其"神不开恩，使她得不到那宝贵的镜子呢！

他走近娓其，亲切地搂住她说："'莫伟其'神知道你的心意，允许那三个解放军进部落来了！"

这很是出乎娓其的意料。想到自己平安无事了，她激动得双手合十跪了下去，泪流满脸地喃喃说着感谢的话。她本来是感谢"莫伟其"神对她夜闯人头桩的宽恕，窝朗牛却错以为是感谢他，高兴地把她搂得更紧了，一再关切地说："不要这样！不要这样！我想，那几个人成了我们的客人，会把你喜欢的镜子送给你。"

娓其心情复杂地哭得更厉害了。她想到自己为了得到那面镜子，费了多少心思，受了多少惊吓啊！

四、初见窝朗牛

时间已经接近中午，那从昨天夜半就浓密地覆盖着远近山林、村寨的白雾，如今，在冬天仍然很有热力的北亚热带阳光照射下，正逐渐变得稀薄，化成一缕缕洁净的轻烟逐渐消失。

蛮丙部落那厚实的寨门仍然紧紧关闭着，使住在寨子外边客房里、对寨子里情况仍然难以知晓的金文才和小康、小杜长久处于既紧张又无可奈何的状态中。

窝朗牛深藏于寨子里面，迟迟不肯露脸，如今木鼓声、牛角号声又响起，似乎都预示那深藏于寨墙里边、难以预料的凶险正在增加，有可能会爆发一场针对他们的攻击。

这里远离西盟，他们又没有带电台，无法把这两天被阻拦在寨子外边的情况向团政委赵纬汇报。他们只能强压下心头的焦虑，等待事情的发展。

他们并不知道经过这一两天的等待，事情已经悄然有了转机，窝朗牛将按照"莫伟其"神的意旨允许他们进部落里去。

又过了一两个小时，那两扇厚实的寨门突然打开了，寨子里的男女又三三两两地匆匆往外走，忙着去打柴、狩猎、寻野菜……

他们一个个有说有笑，神态自然；有的人还站在远处对"外客房"这边指指点点。

又过了好一会儿，这两天都没有露面的岩松却来到了"外客房"，大张着那厚厚的嘴唇，笑嘻嘻地喊着金文才："兵阿哥……"

小康觉得他很不礼貌，板着脸纠正他："他是参谋！"

"哪样是'参谋'？"岩松搞不明白。

"参谋是我们的领导！"

"哪样是领导？"岩松更不懂了。

小康想，只能更直白地说了："参谋是像你们头人一样的官，不是兵！可以管着我们好几百人呢！"

"啊——是大官？"岩松顿时为之肃然。

小康想了想，金参谋是副营级也接近大官了，就说："对！大官！"

岩松就改口说："金参谋，我阿爸叫你去！"

小康很不满意，咕囔着说："太没有礼貌了，连个'请'字都不会说……"

金文才对这可以进入寨子的讯息很是满意，哪管用语上是否客气、有没有"请"字，忙制止小康："少废话！"然后笑着对岩松说，"好哇！"就习惯性地先整理了一下军衣、武器，分派小杜在这里守家、喂马，又叫小康从马驮子里拿了一些准备送窝朗牛的礼物，两个人一起随着岩松往寨子里走。

这两天，金文才他们为了不引起佤族人怀疑，在外边转悠时，尽量不接近寨门附近，如今才近距离地看清楚：这道寨墙都是用坚实的大小石块垒成，墙头上布满了仙人掌、霸王鞭等带刺的植物，以阻挡外人爬墙进入。那甬道似的寨门阴暗潮湿，长达几米，也显示了寨门的厚实。

寨子里的竹楼散乱地依山势而建，从山下往山坡上逐渐延伸。竹楼有大有小，有高有低，有的用粗重的木料做梁柱，再用剖得精细的竹篾编成门、墙，建筑得较精致；有的竹楼却很低矮、简陋，如同小窝棚。竹楼之间的空地上积满了厚厚的牛粪、马粪。这是因为佤族人还习惯于原始、落后的刀耕火种，不懂得使用畜粪做肥料，也就没有人收捡这些牛粪、马粪。如今是干旱的冬天，这些牛马粪经过许多天的风吹日晒，也就都干了与泥土混合在一起；如果是夏秋那漫长的雨季，就会满地粪水乱淌，又臭又难行走。

岩松告诉金文才，这是下寨。从前他们的老祖宗在这里建寨时，人们的竹楼都是先建筑在坡上边；后来上寨的人口增加了，挤不下了，新建的竹楼才在山腰以下找地址，从而形成了上下两大部分。

穿过下寨后，又爬了一道不太陡的山坡，山腰间一块较为平坦的地上有几十座大小不一的竹楼。这就是上寨了。

有一座竹楼特别大，周围还环绕着几座小竹楼。从布局上，金文才猜想，那大竹楼可能是窝朗牛住的，小竹楼可能是他那失宠的三娘、四娘住的。他把这一猜想说给岩松听，并问："是不是这样？"

岩松那铜铃般大而圆的眼睛瞪得更大了，惊讶地问："你又没有进寨子来过，怎么晓得？"

金文才也不回答，只是笑。

住在大竹楼旁边那座小竹楼里的三娘叶妙，昨晚与岩浆从人头桩前下来后，本来是满心欢喜地等待窝朗牛按照"莫伟其"神的意旨把这几个解放军赶走，让五娘娓其什么东西也得不到；所以当早晨沉重的木鼓声又响起来、寨门也突然被关闭时，她的心情比哪个都兴奋，以为她的心愿能够得逞了，在竹楼里对着人头桩的方向连连叩头，感谢神的保佑。她还向神许愿：过两天要杀只鸡去供奉。

但是没有想到事情的发展却是这样出乎她的意料，"莫伟其"神并没有接受她的请求，反而指示窝朗牛，可以让那几个解放军进寨子里来。

她开始不相信会有这样的事，但是岩浆把他在人头桩前亲眼所见叙说得那样详细、真切，使得她不能不相信，那块神石确实又是倒向后边了。她就满脸是泪地一再埋怨岩浆，是他当时在黑暗中看错了，不然她宁愿冒着被"莫伟其"神弄断手脚的危险，也要把那块石头稳妥地搬往前边。

岩浆早就急昏了头，哪里说得清楚，只是愁眉苦脸地连连叹气，看得叶妙好心烦，又骂他："你还像不像个男子汉？老是唉声叹气干什么？"

"你叫我怎么办？去人头桩那里把石头又搬过来？"岩浆心绪烦乱地问。

"去嘛！去嘛！"叶妙更为烦躁。

"好！我去！"岩浆往外就走。

叶妙又一把抱住他，哭着说："不要去！不要去！现在去有哪样用？窝朗知道你乱闯人头桩，会砍你的头。"

岩浆只好一再无奈地叹气："唉！唉！你叫我怎么办？"

"我也不晓得。"叶妙就这样紧搂着岩浆哭个不停。

外边有喧哗声，那是金文才、小康正由岩松引领着走进寨门，穿过下寨，爬上山腰。他们的出现，引得竹楼里的妇女、小孩、老人都好奇地跑出来观看。

　　叶妙才想起来，这是大白天，不能让岩浆在这里久待，趁着人们都在关注刚刚走过来的那两个解放军，忙打发岩浆从竹楼后边溜走了。

　　岩松把金文才、小康他们引到大竹楼下，并没有立即上去，而是站在下边大喊了几声。竹楼内很快走出了一个身材苗条、乌黑的长发披满肩头的年轻女人，笑盈盈地向金文才弯腰行礼，亲切地说："哦！是远方的客人。欢迎！欢迎！请上来，请上来！"

　　金文才想，这可能是他们说的五娘娓其了，也含笑向她点头，并随着岩松快步攀上竹楼。

　　佤山山林稠密，雨水丰富，夏秋的雨季长达半年。一般是从农历的四月延续到九月，经常是从黑夜下到白天，又从白天狂泻到夜晚，一连几十天难得停歇，而且是风劲雨斜。住在这山岭高处的佤族人，只好把他们竹楼的茅草屋顶盖得又厚实又低矮，几乎要接近地面，而且所有竹楼都没有窗户。这样严密地封裹才能挡风雨、保暖。窝朗牛的这座大竹楼更是把茅草屋顶铺设得比一般人家厚实，几乎是密不通风，室内也就很暗黑。不过如今火塘里的火烧得正旺，金红色的火光，把大而空旷的竹楼内照耀得颇明亮，让金文才他们一进入竹楼就能看清楚皮肤黝黑、矮壮的窝朗牛正一脸严肃地端坐在火塘上方。

　　这个蛮丙部落的统治者，系了一条只有大头人才能系的大红布包头巾，赤裸着上身，肌肉结实的紫黑色胸脯上文着一只凶狠的牛头，两只长长的弯角分别延伸到左右那粗壮的手臂上。胸脯和手臂一挥动，牛头、牛角也会狰狞地显示出对他人冲击之势，令初次见窝朗牛的人为之骇然。

　　金文才来蛮丙部落前，就听人描述过窝朗牛的身形、外貌、个性，今天也就不感到惊讶。不过他却很奇怪，这偏僻的佤山怎么会有这样高明的文身技师，为这个窝朗牛文出了这幅既具有佤族风格，又能为他这个大头人提高震慑力的艺术品。

　　人们都是根据自己的不同个性采纳不同的艺术图像。从这威风凛凛的牛头，也可见窝朗牛雄踞一方的霸气。

　　见金文才他们进竹楼来，坐在火塘上方的窝朗牛，矜持地并不起身，只是抚摸着他那微微向上翘的两撇短而粗硬的胡子，神情孤傲地打量着金文才。

他不说话，竹楼内的其他人也都不敢作声。这不是友好地接待客人的态度。紧张的气氛，使人很压抑。

金文才只好主动向窝朗牛点头致意："窝朗牛，你好！"

窝朗牛仍然是矜持地不作声，只是向金文才伸出了那肥厚、短粗的手掌，做出了一个索取的手势。

金文才略微怔了一下，就明白了，他是想看张副县长作为"介绍信"的那牛角雕成的牛头，忙从军衣口袋里取出递了过去，并说："张副县长要我向你问好！"

窝朗牛仍然不吭声，只是就着火塘的亮光，对这牛角雕成的牛头，仔细地看了又看。

他认出了确实是他从前送出的东西。那双本来冷漠、严厉的眼神也逐渐露出了亲切的神色，像喃喃自语，又像对倚靠在他身边的五娘娓其说明："是我送给西盟张大官的东西。他是个好人，是我的好兄弟，他帮过我……"

娓其早就盼望金文才他们的到来，只是不敢把这种心情过于流露。她趁窝朗牛还在观察牛角雕成的牛头时，站起来搬过两个藤条编成的矮凳，客气地请金文才他们坐下。

窝朗牛这才说："我知道你们是张大官的朋友。他要你们来我这里做客，我很喜欢。"

"谢谢窝朗的好意。能够与你见面我们很高兴。"金文才也礼貌地回答。

"你们从西盟走那样远的路，爬那样多的山，来我们部落干什么？"窝朗牛很直率又很不客气地问。

金文才并不立即回答，而是先从小康的军用挎包里拿出了几件礼物：一条红头巾，一套剪裁得宽大、适合窝朗牛穿着的青布衣裤，以及一把银柄短刀、一大包色泽金黄的烟丝，递给窝朗牛。

那年月，穷困、落后的佤山没有街市，更没有商人敢深入到这离西盟很远的蛮丙部落。金文才如今拿出来的这几样物品，在佤山都是难得的珍品，也就看得竹楼里的几个男女的眼睛都瞪得大大的。窝朗牛虽然也经常接受部落里人的贡品，但那只是一条野猪腿，或一两只斑鸠，哪里有这样多金贵的东西？

窝朗牛却摇了摇头："我们才见面，还没有成为弟兄，你就送这样多礼物。我不敢要。"

"这是张副县长特意要我们送来的。"

"呵！是他送的东西？"

"对！这都是张副县长特意为你挑选的。"

"他的心地好。"窝朗牛深感张副县长很念旧情，但是略微沉思，又怀疑地说，"我们好多年没有来往了，他为什么要送我这样多好东西？"

金文才说："就是因为你们好多年没有见面了，他很是想念你，才要我们给你送来这些礼物。"

但是这并没有消除窝朗牛的怀疑，他还是轻轻摇着头，一再说："礼太重了，太重了。"

多疑的他，想到的是，在山林里挖掘陷阱猎取野兽时，都要在上面摆些肉食做诱饵。今天他们来，送这样多东西是想干什么？也是诱饵？

金文才只好说："窝朗，我们汉族，你们佤族，都一样讲究礼节，第一次来到你们部落，理应如此。你如果不收这些礼物，我们也不好把东西带回去，也不能送给别的人。张副县长也会责怪我们，没有把他的真诚心意带给你。"

已经收取了金文才礼物的岩松，担心窝朗牛会拒绝收受这些东西，不断地对偎依在窝朗牛身边的五娘娓其递眼色，要她帮忙劝说。

娓其也明白这些礼物收不收，直接关系到自己能否得到梦寐以求的镜子，就凑往窝朗牛耳边，悄声说："我看人家可是一片诚心，才会从那么远带来东西。人家又不是给我们送辣椒，要和我们打仗，你怎么能不收呵？"

窝朗牛有些动心了，只是还心存疑怯，仍然不肯立即表示接受这些礼物。

娓其急了，撒娇地说："你不要，让他们给我吧！"

窝朗牛生气地说："你妇人家懂哪样！"

娓其委屈地掉下了眼泪。这几滴眼泪很小，却如同疾雨般重重地打在窝朗牛心里。他平日对这个年轻娇美的妻子可是极其宠爱，百依百顺。他用那肥厚的手掌轻轻地抚摸着娓其，好似告诉她：你不要急嘛……

金文才又说："窝朗，你是蛮丙部落最大的头人，在佤族中有很高的威望。这些礼物不为重。"

岩松也说："是啰！是啰！"

金文才又拿出了两只呈绞丝状的银手镯，分别递给了大娘安木素和五娘娓其。这都是部队进军西盟前，接受张副县长的建议，按照佤族妇女的喜好，去往千里外的普洱城，请技艺熟练的老工匠精心打制的。工艺的精巧，是西盟那些工艺水平粗糙的银匠做不出来的。

一向沉默寡言的大娘安木素那干瘦多皱纹的脸上也显出了难得的笑容，双手合十，一再向金文才道谢。娓其虽然脸颊上还挂着眼泪，却立即笑得如一朵淡棕色的菊花。她也不管窝朗牛是否同意，急忙把银手镯接过来往手上套，还一再激动地说："太好看了！太好看了！"

金文才又拿出了一面小镜子，还没有来得及说送给谁，就被眼尖的娓其一把抓了过去，大声说："也是给我的吧！太好了！太好了！"一边照看一边说，"解放军，解放军，你们太好了！太好了！"说着，眼泪又大颗大颗地涌了出来。这是她想了好久、难以得到的宝贝呵！

这送礼、收礼都是在几分钟内迅速完成，使得窝朗牛也来不及做出表示。但是他见金文才还不待他提出请求，就为他宠爱的女人完成了心愿，也暗暗为之高兴，那凶蛮、冷漠的脸上也显现了一丝笑容。当金文才再次把那些礼物递给大娘，请她代收时，他没有再反对，而是微笑着向金文才点点头："多谢了！"然后才吩咐岩松，"拿泡酒来！"

佤族人愿意用泡酒来招待刚见面的陌生人，表明他们之间已经初步消除了怀疑，可以在喝泡酒的同时进一步洽谈事情、发展友谊了。

为这次见面能否顺利一直处于焦虑中的金文才，这才暗暗松了口气。

岩松也很是高兴。

窝朗牛爱喝泡酒，他也有财力经常酿造泡酒，竹楼内的一角就放着几大筒泡酒供他随时饮用。

岩松搬了一大筒泡酒到火塘前，先把一根藤状细竹管插进竹筒里，再用嘴含住竹管露在外边的一头，用力一吸，就把酒香四溢的泡酒引了出来，缓缓淌进作为酒杯的小竹筒里。

大娘为每一个男子斟满了一小筒泡酒，先端给窝朗牛，再依次端给金文才、小康、岩松。她和娓其是妇女，不能在这种场合喝酒。

窝朗牛双手高举起泡酒筒，先向上天表示了一下敬意，才把酒筒平端，对金文才、小康说："请！"

金文才、小康也诚挚地表示："谢谢窝朗！"

一小筒泡酒喝完了，窝朗牛又满饮了第二筒，才抹抹那微微向上翘的两撇胡子，问了一句："你们在西盟有多少人？"

金文才没想到他会这样问，也就坦率地说："一两千人！"

"呵！这样多呀！"窝朗牛也被这雄厚的兵力震住了，心想，难怪屈洪斋那伙人，打都不敢打就从西盟跑掉了。待喝完了第三筒酒后，才又问："你们有那样多人枪，怎么才来了三个人？"

"我们是来做客，带那么多人干什么？"

"人这样少，不怕我们砍你们的头？"

话很坦率也很凶狠。金文才心里也为之一震，定了定神后，就说："你会砍你的好朋友、好弟兄张副县长派来的人吗？"

窝朗牛被问住了，一时间不知怎样回答，只好仰头哈哈大笑，笑得那么粗犷，上翘的两撇胡子和胸前的牛头、伸往两臂的长长牛角都在抖动。

笑够了他才说："是啰！是啰！张大官心地好，是我的好弟兄！我不会伤害你们！"

金文才也被他那豪爽的笑态感动了，说："张副县长说你是个很讲交情的大头人，很喜欢和你来往呢！"

窝朗牛颇得意，又仔细看了金文才一眼，说："岩松回来说，你是条好汉子，标枪用得好！"

金文才想起了那天晚上在来蛮丙部落的路上，见岩松投掷梭镖，自己一时兴起，也接过标枪对那条突然蹿出来的兔子准确地一掷的事，也笑了。他心里暗想，表面看来这窝朗牛外貌粗犷，其实对事对人都很细心呢！

他们谈话时，岩松想起来家里还有事，已经悄悄溜了出去。警惕性高的小康也抱着冲锋枪坐到了门外的竹晒台上。那里视野开阔，可以看到竹楼外边的动静。初进这蛮丙部落，人地生疏，不可不防。

竹楼里只有金文才、窝朗牛和他那两个妻子。

金文才注意到大娘安木素年近五十，可能是平日劳动过重，也就衰老得快，已经是满脸皱纹、骨瘦如柴。

她用铜锣锅盖放在火塘上烤茶叶，把茶叶焙得焦黄后，再放进铜锣锅里煮出浓香的茶端给他们喝。做这些事时，她动作熟练、快捷，又悄无声息，始终是沉默地不说一句话。五娘娓其不过十八九岁，大眼、长眉，淡棕色的皮肤，光滑、健康、美丽。这寒冷的冬天，她仍然是短衫短裙，把鲜嫩、修长的胳膊与大腿的大部分裸露在外边，颇为性感撩人。难怪窝朗牛会这样喜欢她。她撒娇似的偎依在窝朗牛身边，一会儿给他点燃旱烟，一会儿给他捶捶背，或者拿起刚得到的小镜子照了又照……

金文才没有想到这个小女子是这样喜欢镜子，更不知道，是这个女子潜往人头桩前帮了他们的大忙。不然他们今天还会被挡在寨门外，不可能与窝朗牛见面呢！

窝朗牛又问金文才："西盟张大官让你们走这样远的路来，又送这样多礼物，要我做什么事呢？"

金文才也直截了当地说："我们人民解放军进入佤山后，在马散、班帅、南凹坝、岳宋、大力索、永别烈那些大部落都派了民族工作组，也准备派一个工作组进你们部落来。"

"工作组？哪样叫工作组？"窝朗牛还是第一次听说"工作组"这名称。

"就是派十几个弟兄来你们部落工作。"

来十几个人？这比如今进来的三个人增加了很多。窝朗牛又起疑心了，板着脸问："来这么多人干什么？"

"帮你们发展生产，保护你们……"

窝朗牛不懂发展生产是怎么一回事，却很厌烦"保护"一词，从前在缅甸的英国军队想进入蛮丙部落，也是声称"来保护蛮丙人"。

他不等金文才把话说完，就把头猛烈地摇了又摇，那胸脯、手臂上的牛头、牛角又在剧烈地对外呈撞击状，烦恼地说："不要，不要！我们佤族人从司岗里出来，在这大山里住了几千年、几万年了，活得好好的，自己会搞生产，不要人帮忙。我们虽然日子过得苦，但有刀有枪，哪个也不敢欺侮我们！更不要别人保护！"停了下，他又说，"你们这几个人来做客，可以多住几天，会有泡酒、牛肉干巴吃；人来多了，我们养不起，也不放心。"

他说得这样坦率，拒绝得这样坚决，一下子又把竹楼里本来有些和谐的气氛驱散了。

在这座只有火塘的火光照射着的低矮竹楼内，没有沙盘，也挂不下军用地图，金文才也就无法向窝朗牛解说，这一带的高耸山岭是边防要冲，进入佤山的人民解放军必须控制这战略要地，以防"未定界"那边的反动武装入侵。他只好直截了当地说："永恩部落是你们的世仇吧！他们和逃往那里的屈洪斋武装分子勾结得很紧呢！"

听金文才提起永恩部落，窝朗牛又激动了，文刺在胸脯、手臂上的牛头、牛角，似乎都在猛烈地颤动。

处于"中缅未定界"一侧的永恩部落，也是个拥有十几个大小寨子、人数较多的大部落，一向与蛮丙部落不和。

他气呼呼地说："我知道。不然我早派人去收拾他们了。"

金文才说："听说屈洪斋送了永恩部落很多枪支。"

窝朗牛很紧张，急问："是吗？"

"是真的。是从台湾过来的李弥叫屈洪斋送给他们的。"

窝朗牛知道李弥是从昆明败退到中缅边境的国民党高级将官，直接受台湾那边的指挥。他更是紧张了。

过了一会儿，他才问："如果永恩部落的人来打我们，你们能帮我们打他们吗？"

金文才说："你们都是佤族人，我们主张还是和解为好。如果他们与屈洪斋那些反动武装勾结在一起来打你们，我们是要帮助你们的！"

窝朗牛很高兴。有了解放军这些外援，他就不怕了。他又问："你们打算进来多少人？"

"先进来一个工作组。十来个人。"

这次窝朗牛却嫌人少了："十来个人挡得住他们？听说屈洪斋那伙人就有三四百条枪。"

"他们如果来的人多，我们还可以从西盟调部队来。"

窝朗牛想了想，又问："你们这十来个人，要我们部落送粮食、送女人吗？"

部队进军西盟前，那些潜藏在佤山的敌特就恶毒地造谣："共产党的解放军来了，不仅要吃要喝，还要女人陪他们睡觉。"这类谣言也传到了窝朗牛这里。

金文才严肃地说："粮食我们自己带来，不要你们供应；女人更不能要，婆娘是你们的，别人怎么能睡？"

生性爽朗的佤族人爱开玩笑，这时候的窝朗牛因为高兴，就幽默地说："十来个姑娘我还是给得起。多了就不行。"

金文才仍然很严肃地说："我们人民解放军有'三大纪律八项注意'，其中一条是'不准调戏妇女'。你们佤族姑娘再漂亮，我们也不能要。你爱娶老婆，再娶多少，我们也不管！"

窝朗牛高兴地大笑，抚摸着娓其那鲜嫩的脸颊说："有了娓其，我哪个也不要了。"

娓其很是高兴，撒娇地贴紧了窝朗牛："真的？是真的吗？在西盟来的尊贵客人面前，不能说假话哟！"

金文才也说："我看窝朗牛不是说假话的人。我们都看得出，他很喜欢你呢！"

窝朗牛连连点头："是这样，是这样。有了娓其，那几个三娘、四娘我都不想见了。"

这是真事。娓其笑得更娇甜了。

竹楼刚才还处于陌生、严肃的氛围，因为这几句玩笑话变得轻松、融洽了。

窝朗牛一高兴也就显得很慷慨："我在寨子里给你们来的人盖一座大竹楼！"

金文才没想到，窝朗牛会突然变得这样爽快。但是他早就计划好了，如果工作组能进驻，不能在寨子里与佤族人挤在一起。那样虽然能够比较方便地接近群众，但是这是在边境上，一旦遇见敌人偷袭，不利于展开队形战斗。这两天他带着小康、小杜在寨子外边转悠时，就看中了离寨门不远处那块突出的小山包。那里进出寨子都方便，如果敌人来偷袭，也可以凭借地形和构筑的工事，以少量的兵力坚守多日。他说："谢谢窝朗牛。我们的人就不往寨子里边住了。房子就盖在寨门外那个山包上。用了多少木料、竹子、茅草都由我们给钱。"

"盖新房还要镖牛。"爱热闹的娓其说。

"好！我们也买头大水牛来杀！"

窝朗牛本来也不放心把一群陌生人安置在寨子里，如今见金文才自己要求住在外边，正合他的心意。他很是高兴，又对大娘说："再来筒泡酒！"

小康抱着冲锋枪坐在竹楼外边的晒台上，看似在休息，其实是在警惕地注意着四周的动静。虽然在窝朗牛家做客是很安全的，一般人哪里敢接近，但是他仍然不敢大意。同时他也注意到了，在窝朗牛竹楼旁边的一座小竹楼上有个年轻漂亮的女人，不断从那小竹楼里边出来用一种急于了解什么事的神态望着这边。

她手里虽然没有武器，那眼神却很复杂，深含着埋怨、仇恨情绪。

小康不知道这女人是被窝朗牛冷落了的三娘叶妙，也不知道叶妙只是被醋意所驱使，想急于知道这两个解放军进了窝朗牛的竹楼里后，那个娓其是否得到了什么礼物。她想过来问问小康，又不敢过来，从而被这种烦躁心情折磨得坐立不安。一会儿走进她的小竹楼里，一会儿又出来。

这时候，恰好金文才出来看望小康。小康悄声对金文才说："参谋，那个竹楼上有个可疑的女人，不断出来窥视这边。"

"是吗？"金文才想看看这是个什么女人，也就不急于返回竹楼内。

一会儿，叶妙又从她的小竹楼里出来了。白雾散去后的一抹柔和的金色阳光映射在她的身上，衬托得她那轮廓鲜明、略显消瘦的脸庞很是俊俏。她也在悄悄打量这个刚从大竹楼里走出来的金文才。金文才感觉，这个本来很漂亮的女人不知为什么，两只大眼睛里深含着哀怨和怒气。她是什么人呢？这大白天，别的年轻妇女都外出劳动了，她怎么闲在家里？她那较整洁的穿戴，小竹楼又这样挨近窝朗牛的大竹楼，使他想起来，来蛮丙部落前，张副县长对窝朗牛几个妻子的介绍，可能这是失宠于窝朗牛的女人。但是她这时候为什么会满怀怨气地望着这边呢？根据他这两三年在边疆少数民族地区从事民族工作的经验，他想，朴实的少数民族，特别是没有卷入政治斗争的妇女，很少对人民解放军抱有仇恨态度。

这个女人内心有什么积怨呢？应该及时了解！

在叶妙又一次望着他们时，他报以和蔼的微笑。那边先是一愣，接着也回应地笑了笑，只是笑得勉强，含有几分凄苦，不过仍然是那样美。

他对小康说："你过去和她聊聊。"

小康为难地说："和年轻的女人聊天？我不敢。"

"这是接近群众，做好民族工作。"金文才提醒他。部队进军西盟佤山前，专门进行过军队既是战斗队又是工作队的学习，要求每个指战员都要认真做好少数民族的工作。

"她可能是被窝朗牛冷落了的一个老婆。你去和她聊聊天，也许能了解到一些情况。"金文才又叮嘱小康，"她也许喜欢小礼物，你也可以送她一面镜子，还可以送她一对小耳环。"

这是命令。小康不敢推辞了，待金文才进了窝朗牛的竹楼后，就从竹晒台上下去，装出散步的样子，在附近转了转才缓缓踱到叶妙的小竹楼下。

叶妙见这个年轻的解放军提着枪过来了，有些紧张，不知他想干什么，想折转身躲进竹楼里去，却被小康喊住："大嫂，你好呀！"

他的语气和缓、亲切，像亲人的问候，也就减少了叶妙的紧张，她也向小康微微笑了笑。丰满美丽的她，笑得那样妩媚。

小康还是第一次单独与佤族妇女接近，却找不着适当的话语，只是直率地问："大嫂，你有什么话要对我们说吗？我见你老是望着我这边。"

叶妙被他问住了，忙说："没有呀！我只是有些奇怪，你们为哪样来我们部落？"

"来看望你们窝朗呀！"小康说。

"看望他干什么？"

"谈工作。"

叶妙不懂"工作"这个词，一脸困惑，但是她是个聪明、灵巧的女子，立即趁机把积存于心里的怀疑提了出来："你们是给老五送礼物吧？"

"哪个老五？"小康一时间没有弄明白。

叶妙指了指窝朗牛的竹楼："就是娓其那个骚女人嘛！"

小康才明白她骂的是偎依在窝朗牛身边的那个年轻女子。见她醋意外溢，小康心想，金参谋的分析真对，看来她确实是个被窝朗牛冷落了的妻子，就说："大嫂，你也是窝朗牛家的人吧？"

"是呀！我是他们家的三娘叶妙。"

小康就客气地说："叶妙大嫂，你好！我们在西盟就知道你漂亮、能干……"

说得叶妙又惊奇又高兴，得意的笑容从她那俊俏的脸上满溢出来，对小康也亲切多了。

小康又说："叶妙大嫂，我们也给你带来了几件小礼物呢！"他按照金文才的吩咐，拿出了一对镶着仿钻石的银耳环和一面小镜子，"这两样东西是送给你的。"

叶妙深感意外，激动地问："送给我？为哪样要送给我？"

小康说："我们在西盟就准备好了，窝朗牛家的人都有一份礼物。"

"你们太好了！"叶妙激动得眼泪都涌了出来。自从失宠于窝朗牛后，她就处于被冷落和屈辱中，人们来给窝朗牛家的人送礼物，从来没有她的份。今天没有想到，这两个素无来往的解放军，却会对她如此礼遇。

她拿着这面闪亮的小镜子和那对在阳光照耀下熠熠生辉的精巧银耳环，很是高兴。她虽然早就有了一面小镜子，但那是几年前得到的，做工也没有这面镜子精致，而且用久了，水银逐渐剥落，有些模糊了。长久被妒意所折磨的她，昨天就想到过，如果娓其得到了一面新镜子，自己还在使用那面旧的镜子，那才丢人呢！

她很感谢这个年轻的解放军，可惜自己没有值钱的东西回赠给他，只能亲切地说："小兄弟，进我竹楼里来烤火好吗？我给你烧苞谷吃。"

部队有规定，在少数民族村寨，不准一个人进年轻妇女的竹楼。小康哪敢接受这个漂亮、笑起来更是妖媚的女人的邀请？他忙说："谢谢大嫂了。我要在外边等我们金参谋呢！"

叶妙心想，这个小解放军真老实，如果是别的小伙子，只要她使个眼色或轻轻一个手势，早就急匆匆地往她竹楼里钻了。

她只能遗憾地叹息了一声，自己进竹楼去烧火烤苞谷，还特意叮嘱小康："小兄弟，我去给你烧苞谷。你不要走啊！"

小康没有走，不过他是在等金文才。这个女人的烤苞谷能不能吃呵？他是第一次随同金文才出来做民族工作，对一切新事物都很生疏、惶惑呢！幸好只过了一会儿，金文才就告别窝朗牛出来了。

叶妙听见外边有人走动和说话，忙提着还没有完全烤熟的苞谷追了出来，喊着："小兄弟，等一小会儿嘛！"

这情形，恰巧被从竹楼里出来的五娘娓其看见了，气得把那薄薄的小嘴噘得很高。

叶妙也是见不得娓其，更是对她怒目而视。如果不是分别在两边竹楼上，又有外人在场，可能又会恶言相向，甚至冲下各自的竹晒台拉扯着打起来。

金文才把这一切都看得很清楚，心里也为之叹息。他友好地向这两个女人分别挥手告别。

她们也暂时收起怒容，深深地向他们弯腰行礼。这才缓和了这一触即发的斗争局势。

叶妙不知道娓其得了什么礼物，心里想，可能也是面小镜子、银耳环吧！人家解放军还不是给了我。双手合十再一次向金文才、小康表示谢意，就挺起那双乳高耸的胸脯，气势昂然地走进竹楼里去了。

娓其狠狠地望着叶妙的背影，心里想，你装什么正经？你以为我不晓得你勾搭上了岩浆？等我告诉窝朗整死你！

金文才他们走出几十米后，小康才不满意地低声咕噜着："这个窝朗牛怎么有这样多老婆？"

"他是这个部落的大头人。"

"太专横了！"

"不要随便发表意见。"金文才忙制止他，然后又说了一句，"他们还处于原始社会末期向封建社会转化的阶段，不能用内地社会的礼法来看待他们。"

小康说："那个被他霸占了又遗弃的女人太可怜了。"

"那是他们的事，我们还没有力量来干涉。边疆少数民族地区的许多事，都要慢慢改革，急不得。你要记住党的民族政策是'慎重稳进'。我们刚来这蛮丙部落，还没有站住脚，只是刚开始工作呢！"

小康嘟着嘴，勉强地点点头。

他们刚回到寨子外边的"外客房"，岩松就带着人扛了筒泡酒，提了一只小铁锅和一块牛肉来。

岩松比前几次见面显得更亲切了，笑着说："我阿爸要我告诉你们，你们的礼物太贵重了，他很喜欢；我们寨子穷，没有什么好东西，只能送点吃食给你们。"

金文才没有想到窝朗牛这样有礼节，这表明这个大头人已经正式承认他们是受欢迎的客人。

他很高兴，连声说："谢谢，谢谢！"又让小康拿了两块盐巴，一块给岩松，一块请他带给窝朗牛。盐巴在这大山里是很难获得的东西，从前一块盐巴比同一重量的一块银子还值钱呢！

岩松又高兴得咧开了他那厚厚的嘴唇大笑，还说："我阿爸说，你们太守规矩了，女人也不要。不然我会带两个姑娘来。"

金文才也笑了："你阿爸太有趣了。"然后又收敛起笑容，严肃地说，"我们人民解放军有'三大纪律八项注意'，你们的一针一线都不能动，女人更是不能要的！"

岩松迷惑不解地问："为哪样？是我们的姑娘不漂亮？"

金文才说："我们刚来，还没有时间看你们的姑娘呢！我想，一定很漂亮吧！不然你阿爸怎么会讨了一个又一个。"

逗得岩松又大笑："是的，是的。他的婆娘多得很！"

金文才因为只见到大娘安木素、五娘娓其、三娘叶妙，就问："他还有几个老婆呢？"

"很多！有的生病死了，有的待不住，跑了。"岩松说着又笑了，"老婆多了也是麻烦事，吵嘴，打架，难守住。"

"你呢？有几个老婆？"金文才问他。

"我？我只有一个。我的婆娘恶得很，不准我和别的女人来往，我摸摸别的女人的手，她都会用砍刀背砸我。"

金文才听了大笑，佤族妇女有的也很强悍、泼辣呢！他递给了岩松一支香烟，并把谈话转为正题："岩松，我们的工作组过几天就要来了，你阿爸答应给我们盖房子。这件事对你说了吗？"

"说了，说了。都交给我来做呢！"

"那就好。我们不要盖大竹楼，只盖一座可以住得下十来个人的平房就行了……"

"哪样是平房？"岩松不明白。

"就是像大窝棚那样。"

金文才的想法是愈简单愈好，住在平房里，一旦有战斗，进出也方便。但是佤族人不把平房当作正式的房屋，认为平房低矮、雨水天潮湿，住不成，只能关牛马。所以不管平房有多大多宽敞，都一律称作"窝棚"。

岩松把头摇了又摇，不同意地说："我们山里的雨水大，下的日子又长，矮小的窝棚怎么挡得了雨水？不能省事。要盖大竹楼，要盖大竹楼！"

他的态度很诚恳，金文才也觉得有道理，只好同意，并说："用了多少茅草、竹子、木料，费了多少人工，也请你算个价，我们给钱给米都可以。"

岩松又摇开了头："茅草、竹子、树木还要钱？满山多的是，哪个都可以砍；我们每年开荒、撒谷种以前，一烧一大片。男子汉力气有的是，给远来的客人帮帮忙还能要钱？你们杀头牛，煮一大锅烂饭，让大家吃个饱就行了。"

他说得明白、干脆、真诚，令金文才、小康、小杜都很感动。这真是佤族人的直率性格。

岩松又问："你们的弟兄哪天来？我们一起去砍树、割茅草。"

金文才想了想，他和小康离开西盟两三天了，也没有和团部联系，应该回去一趟，把这里的情况向团政委赵纬报告，才能派工作组进来，并同时给佤族人运来救济物资，就说："过个两三天吧！我们还要运些大米、盐巴、衣衫来送给你们呢！"

那都是佤族人缺少的东西，岩松很是高兴地说："好啰！好啰！就依你说的做。"

临走前，他又向金文才要了支香烟，还直率地说："这个东西好，吸得有味道，也多拿点来！"

金文才大笑："好，好！会多多地给你。"

送走了岩松后，金文才就开始思考回西盟汇报的事。这里离西盟远，中间又隔着几座森林密布的大山，体力好的人走得再快，也要两头见黑地急走一天；再在西盟汇报工作一天，来回最快也要费时三天。他估计，他和小康、小杜进入蛮丙部落的事，可能已经传到了"中缅未定界"一侧的屈洪斋反动武装那里。如果那些匪徒趁他们离开了蛮丙，派人进部落来造谣、破坏，刚刚开展的工作，就会前功尽弃了。他与小康、小杜商量了后，都觉得如今不能离开这里，最好是先写封信给团领导，请他们把工作组的人员派进来。但是这封信怎么送呢？这个寨子的佤族人几乎都没有去过西盟，一时间还找不到合适的送信人呢！

小康说："我去找丁班长他们吧！"

从西盟来蛮丙部落之前，团领导特意安排了护送他们的那个班十二个人作为应急部队，来往巡回于从西盟到蛮丙部落的路上，终点是接近蛮丙部落的那条小河边。

这才提醒了金文才，如今可以就近去找丁勇带的那个班先来蛮丙部落驻扎。只是去往那小河边，来回也要大半天，路上不安全，既不能让小康一个人去，又不能三个人全都离开这蛮丙。这使他很为难，也使他感到了这次带的人员太少，当时只考虑少带人以减少佤族人的疑心，如今人少却不方便了。

傍晚，那些去寨子外边种地、打猎、寻找野菜的佤族男女都陆续回来了。金文才他们也准备煮晚饭，小康就扛起竹筒去接水。

已经有了几个妇女在那里接水，见小康来了，很友好地让开，还帮小康先接满水。

小康谢了她们，背上水筒往回走。

这时候，娜红背着一藤篓竹笋，走得气喘吁吁地从后边赶了过来，亲切地喊着："小康阿哥，等等我，等等我！"

小康见是娜红，只好停下。

娜红如同一只依人小鸟似的，亲切地扑了过来，兴奋地说："小康阿哥，你走得那样快干什么？我有件很好很重要的事情告诉你！"

娜红早上出去，本来想给家里挖些山药拌烂饭，顺便也选取一些鲜嫩的野菜送给金文才他们煮汤喝，但是她又觉得用野菜作为"礼物"送这几个好心的解放军，过于礼轻了，应该挖些鲜美的竹笋送给他们。

佤山竹林多，冬天正是发竹笋的季节。但是寨子附近几大片竹林的新笋都被人挖完了，她只好往远处走，边走边寻觅，沿途的几处也都被人挖得差不多了。这使她很是心烦，不住地抱怨，是哪些人手脚那么快，那么贪心？也不留点给别人。她是那种性格执着、打定了主意就不肯轻易放弃的女子，决心要挖到一些鲜嫩的竹笋送给金文才他们。她在浓密大雾中越走越远，不知不觉地走到了小河附近的那一大片竹林前。

这里水土肥沃，竹根下的新笋正破土而出。她高兴地钻进竹林里，专拣肥嫩的新笋挖。

她专心地挖笋，也不知道时间过去了多久，待她走出竹林时，那浓厚的白雾全都消散了，远山近树又恢复了苍青、浓绿。那条从山岭高处原始森林流淌出来的小河，在阳光照射下正闪烁着时而金色、时而银色的光芒，流向被浓密树荫遮掩的远处。

她已经有很多天没有来到这小河边了。从前她来到这里时，都要逗留很久，用心洗涤头脸手脚，在河水边仔细端详自己的姣好面容。那时候，她还没有镜子，只能把河水当镜子了。如今虽然有了镜子，但出于佤族少女的好奇，她还是要比一比，河水和镜子，哪个更明亮照人。

她把装满了竹笋的沉重藤篓放在岸边，轻盈地走进小河里。

冬天从大山深处的原始森林里流淌出来的河水格外冰凉，像无数小鱼在悄悄地咬她的脚杆，又痒又刺痛。她还是踩着河水里光滑的石头，小心地缓步往前走，水深处河水才清澈。

就在这时，她看见对岸河边的大树下，有一些人在几块大石头垒起的大"火塘"上，用一口她从来没有见过的大铁锅在煮饭。

米饭的香味四溢，使她在小河里就闻到了。她一时间没有看清楚那是些什么人，犹豫地站住了，不敢再往前走。

这时候，那边河岸上一个背着枪的军人也看见了她，正亲切地向她微笑。如果是从前突然遇见这样的陌生人，她会吓得折转身就跑，但是这些人穿的衣衫、带的枪都和金文才他们一样，她想，这可能和金参谋他们是一家人吧，也就不紧张了，也向那个军人回应了一个妩媚的微笑。

那个军人又亲切地向她招手："小妹，过来吃饭！"

这声音亲切，充满了善意。她也就大着胆子，把河水踩得"哗哗"作响地跑了过去。

那个军人向后边的那几个正在盛饭菜的军人喊道："来了客人啰！找副碗筷来！"

这个军人就是几天前护送金文才他们来到这小河边的丁勇班长。

丁勇带的这个班，这几天都在小河这边巡逻，正因为得不到金文才他们的信息而焦虑呢，如今见小河那岸出现了一个佤族女子，他们很是高兴，就赶紧走近前去招呼。

娜红一走上岸，就被丁勇引到了"火塘"前，有人递给她满满一碗热气腾腾的白米饭，饭上还堆着几块腊肉。

丁勇关切地对她说："小妹，吃吧！"

娜红一早出来，走了那样远的路，又挖了很多竹笋，确实是又累又饿，而且米饭、腊肉又这样香，接过来就大口地吃着，吃完了一碗又吃第二碗、第三碗……

还处于原始、落后的刀耕火种生产方式的佤族人，每年收获的谷子不够吃三个月，其他时间只能找野菜、挖山药、猎取野兽来充饥。他们除了秋季收谷子的那几天能吃几餐净米饭外，平日只能把少量的大米、苞谷拌和着野菜等煮成"烂饭"吃。今天的娜红真是比过节还吃得多吃得好。

吃饱了，吃够了，肠胃全都撑得满满的，吃不下了，她才把碗筷还给丁勇，双手合十，感激地一再作揖，说："谢谢阿哥了！谢谢阿哥了！我吃得很饱，从来没有吃得这样饱……"

她这样真诚，丁勇班长和战士们都很感动，也很难过，佤族人的生活真是太苦了！

丁勇班长问娜红："小妹，你是哪个部落的？"

"蛮丙！"

"蛮丙？"丁勇班长忙问，"我们有三个同志去了你们那里，你知道吗？"

娜红虽然不懂"同志"这个名词，却知道他问的是金文才和小康、小杜，就说："是金参谋和小康、小杜阿哥吧？认得，认得！他们好得很，对我很好，还送了这面镜子给我。"她得意地掏出了小镜子给他们看。

丁勇班长很高兴，这表明，这个小姑娘和金参谋他们已经很熟悉了。他又问："他们都好吗？如今在哪里呢？"

娜红这天一早就出来了，还不知道这天上午窝朗牛已经把金文才请进寨子里去了。她只能说："都很好。都还在寨子外边的客房里住着，等着见我们的大头人窝朗牛呢！"

"他们还没有见到你们的窝朗牛吗？"

"没有。"

丁勇班长虽然不明白，金文才他们为什么去了几天都没有与窝朗牛见上面，但是听说他们还平安，也就略为放心。他又问了一句："你和我们金参谋熟悉吗？"

"我昨天还去了他们竹楼里。今天我是特意出来挖些竹笋给他们当菜吃！"

"太谢谢你了！"

娜红却问："你们是他们一家人吧？怎么待在这里不进我们部落去？"

"我们正在等待金参谋的命令呢！"

娜红不懂什么叫"命令"，疑惑地望着丁勇班长。

丁勇只好说："他没有喊我们去，我们就不能去。"

娜红明白了："哦！他是和大头人一样的大官！也管着你们。我帮你们去问问他好吗？你们都去了，我们那里才热闹。"说着，她想起了，也应该送些竹笋给这些和金文才一样好的人，忙倒出半篓竹笋，"送给你们。好吃得很呢！"

她的真诚、纯朴，再一次感动了战士们。

丁勇班长从口袋里取出钢笔、笔记本，匆匆在一页纸上写了几行字："金参谋：你好！我们这个班现在又巡逻到了那天晚上与你分手的那条小河边。团首长很关心你们的工作进展和安全。要我们尽快与你会合。你看，我们什么时候可以进蛮丙部落？请指示。丁勇敬礼。"

他撕下这页纸，折成三角形交给娜红，说："小妹，请你交给我们的金参谋好吗？"

娜红很高兴这个被人们叫作"班长"的人这样信任她，欢快地说："好，好！我回去就交给他。"

丁勇班长考虑到蛮丙部落的形势可能还很复杂，又叮嘱娜红："小妹，这纸条只能交给我们金参谋，不能落在别人手里哟！"

娜红点头："我晓得。我会藏好，哪个也不给看。"她解下包头巾小心地把纸条卷在里边。佤族少女的包头特别神圣，哪个也不敢乱动它。

临走时，丁勇班长又叫人包了两小袋大米和几块腊肉，一份给娜红，一份请她带给金文才他们，以防他们断粮。他们担心这些东西被人发现，特地帮她藏在背篓里的竹笋下边。

娜红没想到又赠送她这样多贵重的好东西，她不想拒绝，高兴得只是笑。她笑得纯真、容光灿烂。战士们看了，都觉得她纯朴、乖巧、可爱。这只是一点点吃食呀！如果不是担心她路远背不动，他们会多送给她一些的。他们这天再次从西盟出来，团政委赵纬特意告诉他们，只要有了金文才他们的讯息，就会派出一队有十匹骡马的马帮驮载大米、盐巴、衣衫、腊肉……随同他们进入蛮丙部落支援金文才开展工作。

一个战士又把带来的几颗水果糖塞给了娜红。

佤族人还不会榨糖，平日只能啃啃甜菜根，她更没有见过这用透明的彩色纸包裹着的糖。这个战士又帮她剥开纸，让她含着。她又高兴地笑了："好甜！"

她就这样愉快地走上了返回蛮丙的山路。

金文才听了娜红的叙述，并看了丁勇班长的信，很是高兴。他准备写两封信：一封短信给丁勇班长，请他立即带部队来蛮丙部落；另一封长信让丁勇班长派人送往西盟，向团领导报告，已经得到窝朗牛同意，可以让民族工作组进驻。

但是这两封信怎么送到丁勇那里呢？他想派小康和小杜去，但是他们又不放心金文才一个人留在这里。

他想了想，只好试探地问："娜红，你能帮我们再送一次信吗？"

"好嘞！好嘞！我最喜欢见他们了。就是不晓得他们还在不在那里。"娜红说。

金文才也觉得这事有些悬，但是如今在这种特殊情况下，别无他法，只能让娜红去试试了。

他与娜红商量好了，明天一早，寨子门开，就早早地来拿信，以便早去早回。

娜红也知道事情重大，郑重地表示：这件事，她会悄悄地去做，不对别人说，就连她的老阿妈也不告诉。

送走了娜红后，小康把火塘里的火烧得旺旺的，让金文才蹲在火塘前就着时明时暗的火光写信。他们都很兴奋，工作有了进展，如果丁勇那个班能随后进蛮丙部落来，人多枪多，既安全，以后的工作也更方便开展了。

竹楼外边那只猫头鹰又叫开了，声音虽然仍然很凄厉，他们心里却没有那么烦了。

五、不幸的叶妙

叶妙在她的竹晒台上长久地悄悄地注视着金文才、小康的动静，待他们走远了，消失在下寨那大大小小的竹楼之间，看不见了，她才怅然地回到自己的竹楼里去。

今天的事太出乎她的意料了，她怎么也没有想到，她曾经费尽心机阻挠过不想让他们进部落来的这几个解放军，却是这样和善、懂礼节，还特意给她准备了一份珍贵的礼物。这表明，人家并不因为她已经被窝朗牛冷落，而对她轻视。

她独坐在火塘前，细细地摆弄着这精巧的银耳环和小镜子，越看越喜欢。

漂亮的她本来就喜欢打扮，只是这偏僻、穷困的佤山没有商店，她也没有钱托人去往山外的城镇购买金银首饰，平时只能采摘几朵野花插在发髻上。如今得到了这副精巧的银耳环，她也就急于把自己打扮一番，让寨子里的人都知道，她其实比那个娓其更漂亮。

她换上了一件节日才舍得穿的青布上衣和一条紫红色筒裙。

佤族人为了节省布料，妇女的衣裙都裁剪得短而窄，也就把她们特有的削肩、长臂、细腰以及柔软、丰满的乳房都线条分明地展现。

打扮完了，她用新得到的镜子照了又照，轻轻一晃动头，那垂挂在两耳、镶有闪亮"宝石"的银耳环就如同两点流星般闪烁。看得她自己都为之入迷，也就自感得意地笑了又笑。可惜岩浆现在不在这里，不然他一定会情欲炽烈地扑上来。

黄昏临近，金红色的夕阳把远处苍青的起伏群山和寨子里经过风吹、日晒、雨打，已经变得一片灰白的茅屋顶都渲染得色彩斑斓。那些从早上就远出觅食的鸟群，如今正在急速地抖动翅膀，向寨子后边的大森林飞回去。寨子里一早去外边劳动的人，也三三两两地回来了。匆忙走在前面的是妇女们，她们要先于男子们背水、煮烂饭。

虽然在外边忙累了一天，都很困乏，但在路上相遇，还是会关切地问好，说几句在山野间的见闻。寂静的山路上和寨子内外又笑语喧哗。

叶妙有窝朗牛供养着她，平常很少下地劳动，如今也不想急于去背水煮饭，而是精心打扮了一番，才缓缓走下竹楼在周围转悠，趁机向那些刚回到寨子的妇女展现自己新得到的银耳环。

她正处于妇女刚进入中年的丰满成熟期，佩戴上这些饰物也就格外漂亮。一个平日和叶妙很亲近的妇女惊讶地问："哟！三娘，今天怎么这样漂亮呀？"

她高兴地回应："我本来就漂亮嘛！"说着又得意地把身子扭了扭，让那对耳环又像两点银星在夕阳的光影中灿烂地闪动。

又有几个路过的妇女围了上来，把叶妙的银耳环看了又看，羡慕地问她从哪里得来的。

也有人故意问她："可是有喜事临门了？窝朗答应你可以另外嫁人了？"

她只是得意地笑着，并不回应，心里想，我早就想另外嫁人了，只是那个岩浆太害怕窝朗牛了，家里又太穷，拿不出几头牛来赎我。

叶妙这样故意地在来往人之间晃来晃去招摇、摆弄，都被一向就特别注意她的娓其在那边大竹楼晒台上看得很清楚，心里更是妒意升腾。她搞不明白，那两个解放军怎么会这样大方，把珍贵的礼物也送给叶妙。叶妙已经被窝朗牛赶出大竹楼了，而且坏得很呢！就是她和岩浆搬动了人头桩下的神石，让你们几乎进不了寨子呀！

这件事，她当然不敢对任何人说，那会暴露她那天夜里也去了人头桩。但是如今叶妙在周围走来走去故意炫耀，把她急于报复的恨意煽动得更为炽烈。

过了一会儿，她又看见岩浆朝着叶妙走了过去。虽然离得很远，听不见岩浆和叶妙说什么，但是娓其却感觉看得出这两个人是在悄悄地眉眼传情。这使得她恨意更浓，也促使她下决心尽快找个机会，把叶妙和岩浆的奸情向窝朗牛揭露。她想，脾气暴躁的窝朗牛一定会火冒几丈，狠狠地收拾他们。

想到这里，在这夕阳闪烁着余晖的傍晚，她眼前也幻觉丛生：似乎看见窝朗牛已经把叶妙和岩浆绑了起来，叶妙两耳间晃动的银亮耳环也被扯下扔得远远的。天边那被夕阳照射得如火一般鲜红的云霞，在她眼前也似乎是叶妙和岩浆的血染成的……

还得意地在竹楼之间晃来晃去的叶妙，当然不知道娓其有着这样恶毒的打算，她还沉醉于获得这珍贵的礼物后的兴奋中呢！

这天晚上的下半夜，山风比往日更猛烈，长久呼啸着在山林上空卷来卷去。那本来晶莹透明的月亮，也被吓得颤抖着躲进了正在风中急速飘浮的那几大团乌云后边。

这月黑风高夜，竹楼里的婴儿夜啼、男女在卧榻间的柔情细语声都被狂暴的风声淹没了。

岩浆已经从叶妙的眉目传情中得到示意，要他晚间去幽会，他很是高兴。好不容易熬到半夜，寨子里的人都睡熟了，他才在呼啸的风声和浓重夜色的遮掩下，悄悄溜往叶妙家的后边，从那几棵枝叶繁茂的橘子树间穿过，轻巧地爬上了叶妙的竹楼。

过去岩浆和叶妙的幽会，多数都是选择在远离寨子的山林深处。在那人迹罕至的僻静处，她和他可以无所顾忌地尽情作乐。有的时候，岩浆也会在夜深人静时悄悄溜进叶妙竹楼里，但是，每次相处的时间都不长，两情融洽时，也不敢像在山林里那样纵情呼叫、浪荡地呻吟。所以，他们之间的偷情一直没有被人发现。只是这些日子，在叶妙的要求下，岩浆才来得多了些，却没有想到这过于不慎，来往多了，容易被人发现。

竹楼内很黑暗，叶妙已经把火塘里燃得很旺的柴火撤去。竹楼的后门是虚掩着的，室内又窄小，岩浆已经很熟悉这里的一切，毫无声响地就摸到了叶妙身边。

今夜的叶妙很高兴，当岩浆那壮实的身子压向她时，也就格外狂荡，忍不住放声呻吟。岩浆却心怀恐惧地不断提醒她："小声点，小声点。不要让人听见了。"

"怕哪样？"叶妙却觉得岩浆太不爽快了。

"被人听见了去告诉窝朗，会要了我的命！"岩浆低声说。

一提起窝朗牛，叶妙如同突然被浸入了一塘凉水中，刚才火热的激情也随之熄灭了。她很颓丧，心想，这样提心吊胆偷情确实不是长久之计，总有一天会被人们发觉的。她也很害怕窝朗牛，忙说："你这样怕，我们就早些走吧！"

"走？去哪里？"岩浆茫然地问，"你又不能回小寨去！"

小寨离蛮丙大寨不远，只隔一个山头，约有三四十户人家，叶妙就生长在那里。她天生丽质，从小就以聪明、美丽出名。十几年前的一个春末下午，窝朗牛去小寨排解纠纷，办完事后已近傍晚，就在小寨的头人尼可士陪伴下，在寨门口的大青树下乘凉、喝泡酒，恰好叶妙和几个姑娘从外边挖野菜、山药回来。这天她的野菜、山药挖得多，很高兴，是一路唱着歌回来的。她的歌喉好，心情又愉快，把那古老、缠绵的情歌唱得高昂、婉转、甜蜜。窝朗牛也听得着迷了，问尼可士："这是哪家姑娘？唱得这样好！"

"岩村家的叶妙。"

窝朗牛本来要回蛮丙大寨的，这时候不走了，出神地继续听着。

过了一会儿，走得两颊鲜红，显得很是健康、活泼的叶妙和几个姑娘过来了。见是大头人窝朗牛坐在大青树下，忙放下竹背篓恭敬地行礼、问候，然后才匆匆离开。叶妙的歌声、美丽都使窝朗牛为之心动。他长久望着叶妙那俊俏的背影，又问小寨的头人尼可士："她嫁人了吗？"

"喜欢她的小伙子多得很，她都看不上，还在家里服侍她的爹妈呢！"

"我要了！"窝朗牛像在街子上看中了一件东西那样，用力一拍自己那肥壮的大腿，大声地说。

佤族人虽然多数人是一夫一妻制，但是窝朗牛这样的上层头人却以他的财力和特权可以不遵守古制。他比叶妙大二十余岁，又已经有了两房妻子，如今为叶妙的美丽所动，仍然让小寨的头人代他向叶妙的父母提出：要把叶妙娶回去做他的第三房妻子。

他是全部落最大的头人，贫弱的岩村夫妇虽然很不愿意，但是面对强势的窝朗牛，怎敢拒绝？

叶妙怎肯嫁给这个比她岁数大得多又极其专横的头人？她又哭又闹，那有什么用？

虽然是强娶，但窝朗牛还是给了叶妙家两头水牛、两背篓苞谷作为"聘礼"。开始那几年，他对叶妙还极其宠爱。但他是个既好女色又喜新厌旧的人，加上叶妙一向对他并不顺从，他也就对叶妙有些心烦。几年后又有了更为年轻的四娘、五娘，就完全把叶妙冷落了。

叶妙对生养她的小寨一向眷恋，只是被窝朗牛控制着有家难回。她痛苦地对岩浆说："我对他说过好多次了，你有了老四、老五，不喜欢我了，放我回小寨去吧！他又不肯放，有一次还大发脾气地对我大吼：'你是我用两头水牛换来的，叫你家牵两头水牛来！'我阿爸得病死了，家里比从前更穷苦，烂饭都难得吃饱，哪里拿得出两头水牛？"说着伏在岩浆身上伤心地哭了起来。

岩浆家里也是很穷，一头水牛也没有。他只能恨自己穷困、无能。

叶妙哭了一会儿，又说："我们跑远些，去人们爬不上去的深山老林里搭个窝棚，挖山药、野菜吃，也比在这里担惊受怕好。人家四娘就早早地跑掉了嘛！"

那个名叫木香的四娘，是不堪窝朗牛的冷淡，利用外出寻找野菜的机会，和别个部落的一个小伙子相识相恋，然后一起私奔了。但是窝朗牛对人们说，她是在大山林里受尽冻饿后，得了病，抵不住野兽的攻击，被野兽咬死了。

叶妙却不相信，认为这是窝朗牛故意吓唬她们，也就从来没有消除逃进山林的想法；只是没有和岩浆商量好，她一个人难以出走。

岩浆想了又想，也觉得这样拖延下去不是长久之计，只好叹息着说："唉，唉！有什么办法？好嘛！就听从你的话，要走就得早些走。我这两天总觉得心惊肉跳，不知道会发生什么祸事。"

"那就说定了！"叶妙很兴奋。她和岩浆商量过很多次逃跑的事，都是岩浆犹豫不决而难以定下，这次总算得到了他的同意。

岩浆说："我们先去往永恩部落。那里如果不收留我们，我们再往远处的山林里走。"

永恩部落和蛮丙部落一向不和。他想，窝朗牛是不能去往那里追杀他们的。

他们还商量好，明天一早，趁天色还没有亮，大雾正浓密时，分别溜出寨子，在寨子南边山头上那片木瓜树林里会合。

这天下午，五娘娓其心里一直很不愉快。虽然窝朗牛好几次夸奖她戴上这只银手镯更漂亮了，她心里想的却是：叶妙有了精巧的耳环，也是很漂亮呢！她还担心，窝朗牛看见了，会不会又喜欢上叶妙。

她越想越烦闷，更是下了狠心要尽快收拾叶妙和岩浆。

她虽然妒火正重，不过还不是那种嗜血成性的人，一想到由于她的告状，窝朗牛可能会把岩浆、叶妙的手脚砍断，她又紧张了。那血淋淋的场面是很吓人的！这样整人，如果被上天的神灵知道了，能原谅自己？

她心情很是烦乱。晚上吃的虽然是大娘特意加了野花椒、干辣子的牛肉烂饭，但她也食欲全无，咽不下去。

窝朗牛见她神色恹恹，关心地问她："是不是病了？"她也不好回答。只有大娘似乎知道她有心事，默默地把烂饭倒回土罐里，关切地说："我给你热着。你饿了再吃。"

夜色降临了，劳累了一天的蛮丙部落的人们，吃过晚饭，喝了一会儿烤茶，多数人都早早地睡下了。寨子里大小竹楼的火光也逐一熄灭，趋于暗黑、安静。心情烦乱的娓其，却在竹楼里坐不住了。她拿不定主意，是否要在今夜实施收拾叶妙和岩浆的计划。

她愁闷地想了又想，这样的大事，还是应该问问"莫伟其"神，就悄悄溜下了竹楼。只是今晚她不敢再去往人头桩了，那里太阴森怕人了，她只能伫立于大竹楼下，愁闷地长久望着那乌云成阵、黑得连一颗星星也见不到的低矮天空，双手合十地喃喃求告："法力无边的'莫伟其'神呵！请你告诉我，我要不要收拾叶妙和岩浆那两个坏男女呵！他们可是坏得很呢！"但是因为过于黑暗而显得低矮的天空，除了呼啸的风声外，没有其他可以作为对她的祈祷表示回答的迹象。娓其耐心地等候了很久，很是着急，又双膝一弯跪了下来，连连叩了几个头，恳求地说："'莫伟其'神呵！求你给我一个回答嘛！给我表示一点响动也可以。"然后恭敬地把身子趴在地上，静待神的指点。

凑巧一只黑猫从旁边溜过，可能是被趴在地上的娓其吓着了，"喵"的一声一蹿多高跑掉了。

娓其只是祈求在黑暗中神发出一点声响，以做回应。

如今终于有了。她满意地回到竹楼上去了。

已经是深夜。娓其见窝朗牛和大娘都睡着了，就悄悄溜下竹楼，躲在离叶妙小竹楼不远的黑暗处，观察着那边的动静。

风大，夜冷，她裹了床棉毯子还冻得发抖，但是出于对叶妙的嫉恨，她宁愿挨冻也要在这里守出个究竟。

她预料今夜岩浆肯定会去叶妙那里寻欢。傍晚前，叶妙打扮得那样漂亮，既是有意地逗她娓其生气，也是向岩浆示意晚上去竹楼幽会。

娓其在吃晚饭前，就对一些事做了安排，特意对山药等人说："这几晚，你们睡觉警醒点。窝朗可能有事找你们。"

自从金文才他们来到蛮丙部落后，窝朗牛为了安全，就要求这几个壮汉不准随便离开上寨。如今他们见娓其这样说，也就连连点头："晓得！晓得。五娘，有事你喊一声！"

也不知道过了多久，寨子上空的乌黑云团在狂暴的夜风中变换着飘过来晃过去，都换了好几团了。趁着夜黑满处乱窜寻找老鼠的猫也吃饱了、跑累了，缩回窝里睡觉去了。一直耐心地在冷风中守候着的娓其，仍然固执地不肯离开。等呀！等呀！又等待了很久，她终于听见叶妙竹楼后边传来了有人攀登、踩动竹楼的"吱嘎"响声。那声音很轻微，这呼啸大风中，本来很难为人注意，但是娓其是在全神贯注地等待、用心捕捉那边的响动，立即明白，是岩浆溜进叶妙的竹楼去了。

这天傍晚，她就以找寻走失了的一只花母鸡为掩护，在叶妙竹楼附近逛来逛去，选择好了一条能悄无声息摸往竹楼下的途径。这时候，就拿了两小块牛骨头蹑手蹑脚地往那边走去。

一条黑狗飞快地奔了过来，可能是远远就闻到了娓其那熟悉的气息，既不狂吠也不扑咬，而是亲切地摇动尾巴迎接她。

这是叶妙养的一条毛色黑亮、乖巧好看的狗，平日见娓其进进出出，已经很熟悉了。娓其也经常扔给它一些吃食。如今这条黑狗忙于啃食娓其给的牛骨头，也不发出吼声。

佤族人的竹楼也是用厚厚的茅草做屋顶，用竹篾做墙和地板，悬空架起的干栏式建筑。楼上住人，楼下围起来养鸡、猪，或者供人们夏天乘凉。

叶妙被窝朗牛冷落后，一个人过日子，也就懒得在竹楼下养鸡、猪。如今方便了娓其毫无阻碍地潜行过去。

竹楼那用竹篾编的楼板很薄，空隙也大。娓其屏住呼吸躲在下边，把楼上的岩浆和叶妙在性事方面的狂野动作和毫无顾忌的淫猥话语，都听得很清楚，也搅得她妒火更猛烈地燃烧，嫉恨叶妙有这种性的享受。窝朗牛虽然宠爱她，但是年岁大了，在性事方面，已经不可能像年轻人这样有猛烈的冲击力了。

她本来还想在竹楼下多听一会儿，又怕叶妙和岩浆寻欢作乐完事后，岩浆会迅速离开，就急忙回到大竹楼上向窝朗牛报信。

窝朗牛每次睡觉前都要喝几小筒泡酒，醉意催人入睡，如今正鼾声大作地睡得昏昏沉沉。娓其蹲在他身边把他摇了又摇，他还是睡意很浓地醒不了，她急了对着他的耳朵喊道："你还不起来？有人要杀你了！"

他才猛然一惊，把身上的毯子一掀，坐了起来，威严地说："哪个？他敢？"

娓其说："岩浆进了叶妙的竹楼里呢！"

他一时间没有听明白，还在神情迷糊地问："他去干什么？"

娓其叹息说："唉！你呀！可是睡糊涂了？半夜里一男一女搅到一起，还能干什么事？"

窝朗牛这才省悟过来，问道："你怎么知道？"

娓其撒谎说："我尿急了去到外边，刚好看见岩浆往叶妙竹楼里钻。"

窝朗牛虽然已经冷淡了叶妙，但是仍然把她当成自己的占有物，不准任何男子挨近，怎能容忍岩浆去与叶妙偷情？他气愤、急躁，杀气陡然上升，胸前的牛头、两臂上长长的牛角，又狰狞地跳跃起来了。他厉声地说："去把山药他们喊起来！"

娓其急忙下楼去喊人。

窝朗牛气呼呼地坐在火塘前吸烟，过了好一会儿，才缓缓地系上了在那个年月，这佤山只有大头人才能系的、象征着他的威严和权势的红头巾，又把放在枕头边的、磨得锋利的长刀抽出来看了看。表面上虽然还是沉着、威严，心里却很是烦乱：这个岩浆怎么敢和叶妙睡到一起呢？也太胆大了，看我收拾他！

大娘安木素早就醒了，只是懒得作声。娓其的下楼上楼，她都看得清楚，这时候，才悄然地起来，给火塘加上柴，把火烧旺，为窝朗牛烧水、烤茶。

山药和那几个汉子听说窝朗牛召唤他们，也不知这半夜发生了什么事，急匆匆赶往大竹楼来。进来后，也不敢问，只是肃然地在火塘前蹲下，等待窝朗牛的吩咐。

窝朗牛威严地扫视了他们一眼，才说："去三娘家，说我找她。"

他们虽然经常被窝朗牛突然派往各处，但是要他们半夜去三娘家，还是第一次。那是只有一个女人住的竹楼呢！

窝朗牛脸色阴沉地说："带上枪、刀！把那两个男女都抓来！"

他们才知道是去捉奸。那个男人是谁呢？真是吃了豹子胆，也不怕断手脚、掉脑袋？但是他们见窝朗牛一脸杀气，吓得不敢询问。

娓其提醒他们："你们分成两拨，两个人从竹楼前边进，两个人守在后边。"

窝朗牛又恶狠狠地补充了一句："有人跳楼逃跑，就给我砍了！"

这时候，叶妙还温柔地偎依在岩浆怀里娇声细语。他们已经有好多天没有在一起幽会了，今晚纵情欢愉后，她的身心很是舒畅，令她舍不得从他那厚实宽阔的胸脯前挪开。突然有急促、沉重的脚步声从竹楼前边传过来。她发觉这不是一个人的走动声，是一伙人，也就立即明白，是有人发现了她和岩浆的私情，来抓他们了。她是个机智、灵活的女人，快速抓过岩浆的衣裤往他怀里一塞，说了声："快走！从后边走！"也不顾自己还是完全裸着，就急匆匆地冲往竹楼的前门，想挡住那些正往竹楼里闯的人。

岩浆接过衣裤也来不及穿，一个翻滚爬起来，几大步冲到竹楼后边，就往下跳。人刚站稳，就被一个守在那里的汉子堵住；他力气大，狠力地一拳打过去，打得那个人满脸流血，然后快步蹿往黑暗的树林里。在那里又被山药拦住。山药虽然是奉命来拦截人的，却没有想到会是岩浆，他大吃了一惊："怎么是你？你也太胆大了！"

他俩人一向很好，他怎么肯把岩浆抓往窝朗牛那里，低声说了句："快走！往那边走！那边没有人。"待岩浆走出了十几步，消失在夜雾中了，他才抬起那支老旧的七九步枪，枪口朝上发射了两枪。

尖锐的枪声把寨子里还在睡梦中的佤族人都惊醒了。山寨的冬夜虽然大风呼啸，狗吠声不停，却很少响过枪声，这个时候的人们，也不知发生了什么事。没有木鼓声、牛角号声的号召，壮汉们也茫然地不知道是否要冲出去准备搏杀。

赤身露体堵在竹楼门口的叶妙，却明白那两颗子弹是射向她的岩浆。她以为，他一定被打死了！一着急，两眼发黑就晕倒了。

叶妙为人善良。过去受窝朗牛宠爱住在大竹楼里时，她也不会恃宠欺压人，寨子里哪家人有困难，她还会劝说窝朗牛给予帮助，人们也就很愿意亲近她。她失宠于窝朗牛后，人们更是同情她，还是如同从前那样与她亲切地往来。如今这几个奉命来捉奸的男子，哪里肯趁她与岩浆幽会去羞辱她？所以堵在竹楼门口的两个人都故意把脚步放得很慢很重，还不断地大声咳嗽，提醒竹楼内的叶妙能够听得见并有所准备。

佤族人不分贫富，竹楼的构造都极其简单。那扇竹门只是用几片薄薄的竹篾编成，再用麻绳捆在门框上，形同虚设。

这两个来捉奸的汉子本来可以不费气力就踢开竹门闯入，但是他们却停留在门外故意把嗓门提得高高地喊着："三娘！三娘你在家吗？窝朗找你有事呢！"

一片漆黑的竹楼里边没有回应。他们也不急于往里边闯，而是继续耐心地说："三娘，你听见我们说话吗？你可是睡着了？你回答呀！"

过了一会儿，叶妙也镇定下来了。她想，既然事已如此，怕也没有用了，就哭着说："你们去说给他听，我不去！"

"三娘，我们不敢说！"

"他有了娓其那个小妖精，早就不要我了，又大半夜来叫我干什么？我就是不去！"

"三娘，窝朗的脾气你也晓得。你不去，他会收拾我们呢！"

叶妙也明白窝朗牛会这样迁怒于别人。她不忍心这几个年轻人代她受过，为难地不作声了。

竹楼门外的他们，又耐心地劝说叶妙："三娘，去一趟吧！我们求求你了。"

叶妙只好说："等我穿上衣衫。"

他们如逢大赦地长舒了一口气，连忙回答："好！好！我们在门外等着。"

叶妙又问了一声："你们把岩浆打死了？"

这时候，恰好山药从竹楼后边过来，忙回答她："没有。他跑了！"

叶妙这才放心了。她在黑暗中摸索着穿好了衣衫、筒裙，拢好弄乱的发髻，又把那对银耳环摸出来戴上。只是竹楼内一片漆黑，她不能用那面新得到的小镜子照一照自己的容貌。她知道狠心的窝朗牛如今不会放过她，既然死到临头，也要死得漂亮些。待打扮好了，她才缓缓拉开竹楼门走了出来。

急于看叶妙出丑的娓其，已经在大竹楼里等得不耐烦了。刚才听见枪响时，她不知道是把哪个打死了，心想，可能是岩浆吧！如今又听见叶妙哭着往这边走来。在她的想象中，那几个派去捉奸的人，一定是扭着披头散发，甚至赤身裸体的叶妙上竹楼来。叶妙那份丑陋、狼狈状，肯定会惹得窝朗牛大发脾气，甚至抽出长刀砍过去……

她虽然这样狠毒，却怕见那鲜血淋漓的惨状，也怕见叶妙用仇恨的眼神瞪着她，忙躲进了火塘后边的小房间里。只有缩在竹楼一角的大娘安木素叹息一声对窝朗牛说："你早就不喜欢她了，对她的事何必这样认真？就饶了她嘛！"

窝朗牛生气地大吼："你少噜苏！"

大娘只好摇摇头，不说话了。

窝朗牛没有想到，被人们推拥进来的叶妙虽然刚哭泣过，眉眼间满含怨气，但是火塘里的光亮映射在她的脸上，仍然是红润、鲜艳，那一对银耳环在脸颊两侧轻轻晃动着，更是增加了她的妖媚。这很出乎窝朗牛的意料，也把他惊住了。过了一会儿他才吼出了一声："你好大的胆！"

叶妙没有吭声。

窝朗牛又问："你可是不想活了？"

叶妙的眼泪流了出来："我本来就活得难过。"

"你难过哪样？你那一份吃食，我没有给你？"

这是实情，窝朗牛虽然把叶妙从大竹楼里迁了出去，但她每个月那几十斤苞谷还是一粒不少地给她。

如果这时候的叶妙知错认错，说几句求饶的话，窝朗牛也许会放过她，但是她却是倔强地反驳："你以为人是猪狗，撒几颗苞谷，丢根骨头就可以打发了？"

窝朗牛大吼："你还要什么？"

叶妙心想，她和岩浆的事已经被搞成这样，没有什么可以隐瞒了，也就更倔强地说："你放我回小寨去。我要嫁给岩浆！"

气得窝朗牛胸脯上那狰狞的牛头、牛角又在剧烈跳动，似乎要往外冲。

他也如同一条发怒的公牛，腾地跳起来，狠狠地挥拳打去，又两手一用力扯下了叶妙两边耳上的银耳环，扔进烧得正旺的火塘里。

叶妙的两只耳朵几乎被撕裂了，血在往下滴；偏偏这时候，打扮得漂漂亮亮、戴着银手镯的娓其从里屋出来了。那得意的眼神更是激怒了叶妙，她气往上涌，却忘了自己的危险处境，哭骂着："你这个雷打刀砍的，为什么烧我的银耳环？又不是你给我的。"她一头撞向窝朗牛，"你砍吧！砍吧！我不想活了……"

窝朗牛闪开后，唰的一下抽出了长刀，但被大娘扑过去紧紧地抱住，大声提醒他："你怎么能在家里杀自己人？"

按照佤族人的古老规矩，不是生死搏斗，是不能在自己竹楼里杀人的。血溅在屋内，冤鬼会永远留在竹楼里作怪，就是请魔巴来烧符念咒也驱赶不了，唯一的办法是放火把整座竹楼烧掉，才能摆脱鬼魂的纠缠。因此自家人犯了不可饶恕的死罪，也只能推往寨子后山，先祭祀神灵，诉告这人的罪恶，再动手砍杀。被杀的人死后有神灵管束，就不能回家来作祟了。

窝朗牛虽然是部落里权势最大的人，但也不敢违背这规矩。他怒气冲冲地收回长刀，对山药和那几个汉子说："把她捆起来！"

山药他们为难地望着窝朗牛和大娘，犹豫地没有动。

窝朗牛又大吼了一声："你们可是木头？为什么不把她捆起来？"

他们才不敢迟疑了，找了根草绳去捆绑叶妙。

叶妙也不反抗，任由捆绑；不过他们还是绑得很松。

窝朗牛这才想起来还有个岩浆，问："那个岩浆呢？死在哪里了？"

几个汉子都不敢说话。

窝朗牛又问了一声。

山药只好吞吞吐吐地说："跑、跑了。"

"什么？你们这样多人都抓不住他？"窝朗牛胸前的牛头又要狰狞地冲闯了。

那个被岩浆一拳打倒的汉子可怜地说："他力气太大了，几乎打死了我。"

在火塘光照射下，他那半边脸肿得像个涂满了污泥的牛肚子果，又脏又歪歪扭扭。窝朗牛也就不再责问，转而问背着枪的山药："你怎么没有打死他？"

"这支枪太烂了，第一枪卡了壳，再打第二枪、第三枪，他已经跑远了。再说枪里也没有了子弹。"

窝朗牛也知道他给山药用的是支只有两三颗子弹的破枪，只好骂了句："你有什么用！"

他看了看捆着的叶妙还在哭泣，板着脸说："把她拉到人头桩去。"

这是一种极为残酷的手段。把人绑在人头桩旁边的大树干上，不给吃喝，任由风吹雨淋，蛇咬、毒虫叮，再壮健的人，一两天后也会被折磨得奄奄一息地死去。

叶妙深知自己难以活下去了，也就愤恨地哭骂："你现在就砍了我吧！我不去人头桩！"

这个时候，她已经是刀俎上的鱼肉，哪里能够由她这个可怜的弱女子做主？

她的哭骂更是加剧了窝朗牛的怒火。他也担心这几个汉子会趁夜黑放了叶妙，想派岩松去押送。但是岩松前一天在老林附近的溪水边发现了一串麂子的蹄迹，表明有麂子经常在那里找水喝，这天傍晚就早早地背着弩弓去那里出猎了，不到明天中午回不来。

窝朗牛只好亲自来押送叶妙。

叶妙被拖下竹楼后，哭喊着挣扎着不肯走，还在地上打滚。窝朗牛就叫人找来一个大竹筐，把满身沾满泥土、灰尘的叶妙强塞进里边抬着走。

哭喊、咒骂声惊动了上下寨竹楼里的人们。当他们得知是可怜的叶妙犯了事，正受到窝朗牛惩处时，哪个也不敢出来劝说，只能躲在自己的竹楼里，从篾墙的缝隙间向外窥视，为叶妙的不幸暗暗叹息。

窝朗牛走了后，大娘安木素才叹息一声对娓其说："老五，你怎么能这样收拾三娘？你也太狠毒了！"

"我怎么啦？我什么也没有做呀！"娓其还想狡辩。

大娘安木素比娓其年岁大得多，自知年老体衰，一向懒得和她争宠，平日还好心地呵护着这个任性、不懂事的小女人。时间长了，娓其也感受到了她的温顺、善良，对她充满了敬意，再加上她是岩松的母亲，儿大母强，娓其更不敢恃宠欺负她。

安木素停了一会儿，又语气缓和地说："不要对我强辩了，你这两天去了哪里我都知道。"

娓其被吓得全身出冷汗，更不敢作声了。

大娘又轻声说："叶妙是有错，不该偷着和岩浆好。不过，她还年轻，窝朗不要她了，她怎么熬得住？"

娓其心里暗想，这也是。

停了一会儿，大娘又劝她说："窝朗很喜欢你，你来了以后，就把三娘迁到外边去了。她又没有来这里和你争吵打闹，已经很让着你了。她年轻耐不住没有男子，悄悄和岩浆好上了，是她的事，你何必这样恨她、容不下她？"

这都是事实。娓其也没法否认。

大娘见娓其有所动心，才劝她说："上有'莫伟其'神，她做了不好的事，神灵会处罚她。我们何必去做恶人？"

佤族是诚心信奉"莫伟其"神的。老人们常告诫年轻人，人们做了什么事，"莫伟其"神都知道，那白天的太阳、晚上的月亮和每一片从头上飘过的云彩，都是神的眼睛。

娓其本来还自感得意地认为，这次总算整着了叶妙，如今被大娘一开导，才觉得自己做得过于狠毒了。她虽然嫉妒心重，但还是个心地单纯的女子。如今，她既惧怕神灵惩罚又心存羞愧地低下了头，低声问："大娘，事情搞成这样了，我怎么办？"

大娘也不知道该怎样处理这麻烦事，只能愁闷地叹了口气："唉！事情弄成这样了，我也不晓得该怎么办。等窝朗从人头桩回来了，我们一起劝劝他吧！你们看不惯叶妙，就把她远远地赶走。这也是积阴德！"

娓其只能点头。

大娘又说："我们每天做了哪样事，是好是坏，'莫伟其'神都看得清楚的！"

娓其平日就觉得大娘仁厚，如今在神灵的潜在威力和大娘的耐心开导下更是心悦诚服地把头点了又点。

住在大竹楼附近的人都被叶妙的哭闹声吵醒了，有的人还目睹了叶妙被捆着抬走时，挣扎、哭骂的情况。一个女子敢于这样公然反抗窝朗牛，从前可是从来没有过的事。人们你传我，我传他，上寨与下寨的人很快都知道叶妙被绑往人头桩了。他们多数人同情叶妙，但是又惧怕窝朗牛，不敢去救助，只能在竹楼外走来走去，相互耳语、叹息。

那两响尖锐的枪声也惊醒了在下寨"外客房"里的金文才和康小羊、杜兵。

金文才这天晚上蹲在火塘边上，就着忽明忽暗的火光，给在西盟的团政委赵纬写报告，本来就睡得很迟，又因为被火塘里的柴烟熏燎，眼睛红肿作痛，迟迟睡不着，才打了个盹，就被那突然响起的枪声惊醒了。他并不知道这枪声只是事关寨子里男女间的私情，作为军人，首先想到是否与敌情有关。虽然这枪声并不发生在他们的"外客房"附近，是从较远的上寨传来，但他和康小羊、杜兵还是警惕地抓起枪支快速地跳出竹楼。

外边的夜色正黝黑浓郁，那厚实寨门也紧闭着，更没有人向他们这里摸过来进行偷袭。他们才略为放心，但是仍然不敢在这小客房附近停留，又悄悄隐入了那长满小树的高坡上，藏进那些树林里。

冬天天亮前的山野很冷。潮湿、冰凉的雾水浸湿了他们的军衣军帽，刺骨的寒气侵满全身，他们也只能忍受着不敢离开。这样一小时又一小时过去，直到东边的浓雾中逐渐透出了亮色，山林里的鸟雀都"吱吱嘎嘎"飞离巢了，他们见寨子内外仍然没有特殊动静，才困倦地返回小竹楼。

昨天傍晚，他们和娜红说好了，要她在天亮前趁着寨子里的人还没有出来，早早地来拿信。但是如今等了又等，天色从灰白变得逐渐明亮，又是满山白雾弥漫了，还不见娜红来。

金文才疑惑地猜想，那枪声难道会与娜红这个小女子有关？他很为她担心。

又过了好一会儿，那两扇沉重的寨门终于缓缓打开了，有几个人背着竹箩出来，匆匆走往远处的山林去捡野菜了。金文才他们也不好过去询问。

这样又等待了一会儿，才见娜红满脸是泪地往小竹楼走来。

她还不等金文才他们询问，就悲切地大哭起来，哭得那样伤心，劝也劝不住，哭够了，才哽咽着把叶妙和岩浆偷情，被窝朗牛绑往人头桩的事说了个大概。叶妙一向喜欢娜红的聪明、伶俐，从前她还受窝朗牛的宠爱，生活条件较宽裕时，就经常给娜红衣物、吃食，还让娜红照照她那面珍奇的小镜子。

今天一早，娜红听说叶妙被绑往人头桩了，她忘了窝朗牛是个惹不得的人，从下寨跑得气喘吁吁地赶往人头桩，求窝朗牛放掉叶妙。

窝朗牛没想到这个小女子竟敢管他这个大头人的事，气得大发脾气地把她臭骂了一顿。如果不是山药及时把娜红拉开，她还会被窝朗牛狠打一顿。

听了娜红的叙述，金文才他们既惊讶又很生气，小康更是愤愤不平地说："这样的事也要砍头？真是太残忍了！"

娜红哭着说："不是砍头，是绑在人头桩前受罪，那比砍头还难受呢！过不了两天就会被蚂蟥、毒蚊虫把血吸干，活活地痛死。"

金文才也很气愤："这就是你们还没有获得解放的佤族人的现状。"

娜红还不懂什么叫"解放"，只是满脸是泪地望着他们，央求地说："你们是好人，有枪，有'集中炸'。窝朗不敢惹你们！你们去救救三娘吧！窝朗牛最怕'集中炸'呢！"

这个朴实、天真的小女子以为，只要金文才他们去往上寨的窝朗牛大竹楼前一扔手榴弹（"集中炸"）就可以把窝朗牛吓倒，老老实实地把叶妙放掉。

金文才他们怎么能够这样简单从事？但是见死不救，又于心不忍，人民解放军就是要关心人民群众的疾苦嘛！但是这事又发生在民族地区中最难开展工作的蛮丙部落，而且是窝朗牛的家务事，很是不好过问。

这里离西盟太远，他们又没有带电台，也就不能及时向团首长请示报告。

小康见过叶妙，对这美丽、待人客气的少妇，有着极好的印象，如今也是为她的生死而着急。他对金文才说："金参谋，我们去劝劝那个窝朗牛吧！"

金文才迟疑着没有回答。他昨天和窝朗牛见过一次面后，就印象极深刻，他感到：这个长期独占一方的大头人，是个极为自负的人，早就养成了唯我独尊的作风，容不得别人过问他的事。

他想，窝朗牛正在气头上，肯定不会听从任何人劝告。昨天才好不容易和他谈妥进驻工作组的事，万一为释放叶妙的事惹恼了他，把答应工作组进来的事推翻，那就影响大局了。

小竹楼内顿时陷于令人窒息的沉默中。金文才在苦思，小康、小杜也没有了主意。

娜红又可怜地哭了："求求你们了，想法救救她吧！三娘太可怜了，她是好人呵！"

她哭得伤心，那双美丽的大眼睛也肿成了两只鲜红的桃子。

金文才无法拒绝了。他想，进上寨去救人也是具体地做民族工作，只是这工作比较复杂、特殊，而且风险大。如果做好了，能劝说窝朗牛改变主意，不仅是救了叶妙一命，还可能获得蛮丙部落群众的信任，把这里的工作大大地推进一步。

他对哭得可怜的娜红说："不要哭了，我们去劝窝朗牛。"

娜红激动得双膝一弯跪了下来："天哦！三娘有救了！"

小康忙去扶她："不要这样，不要这样。"

娜红还是连连叩头："我是代三娘谢谢你们……"

金文才深为娜红的真情所感动，担心地说："就是不知道窝朗牛听不听我们的劝告。"

娜红天真地说："他敢不听吗？窝朗其实很怕你们，那天晚上听说你们要进部落来，他愁闷得一晚上都没有睡好呢！"

这讯息对金文才很是重要。他问："会有这事吗？你怎么知道的？"

"真的，是真的事！是大娘悄悄告诉三娘，三娘又说给我听的。"

金文才觉得，这从一个侧面反映了窝朗牛的心态，也表明人民解放军进驻西盟佤山所产生的震撼力。他很高兴，又说了一遍："好，我们就去窝朗牛那里劝说他。"

娜红激动得又要跪下来。

金文才把她拉住，问："你今天还能不能给我们送信呢？"

娜红这才想起来，她还要去小河那边呢，忙抹干眼泪问："信在哪里？给我！我现在就去送。"

她想，昨天看见的那些解放军，不仅人多、枪多，"集中炸"也多，应该叫他们也赶紧过来帮忙。

金文才把信折成一个小三角交给娜红，帮她在背篓里藏好。叮嘱她快去快回，又向她再次保证：他们会尽量拯救叶妙。

娜红很相信金文才的许诺，背着藤篓飞快地下了竹楼。

金文才见娜红走远，消失在远处浓厚的白雾中了，才愁闷地叹了口气："这事难办哪！"

小康不明白地问："不去找窝朗牛了？"

金文才说："怎么能不去？既然答应了娜红，就应该守信用。而且从道义上讲，也不能见死不救。我们必须去劝说窝朗牛。只是这件事困难很多，我们要谨慎地处理。"

他们检查了一下枪支子弹后，仍然让小杜在外客房留守，又让小康带上一些小礼物，就往寨子里走。

小康年轻，想事方法简单，如今又受娜红的重托，也就急于往寨子里走。这次，他不是像平常那样在金文才后边跟随，而是由于走得性急，不断冲在前边。

这天早晨，上寨、下寨的佤族人被叶妙这件事所惊动，多数妇女都心情郁闷地没有出去砍柴、找野菜，而是三五成群地凑在一起议论。

佤族人在男女的交往方面，一向崇尚自由，并不像那些长久处于封建社会的民族约束得严格。哪个女子和哪个男子好了，周围的人不会大惊小怪，更不会横加干涉。人们同情叶妙又害怕窝朗牛，不敢去阻拦、劝说，只能悄悄向天祈祷，求"莫伟其"神开恩，救救叶妙。

他们见金文才、小康进寨子来了，又好奇地围上来追问："可是去找窝朗？"有个中年妇女知道他们也送了礼物给叶妙，就叹息地告诉他们："三娘被绑往人头桩了。"

"哪个三娘？"金文才故意问。

"就是得了你们银耳环和镜子的那个漂亮女人嘛！"这个妇女很诧异，送了人家那样贵重的东西，怎么连姓名都不问？

"为什么？"

这个妇女摇摇头不敢说，只是愁闷地叹气。

金文才也看出了，发生在叶妙身上的这件事影响不小，如果袖手旁观，不及时介入，可能会在初进佤寨时就失去民心。

五娘娓其被大娘开导了一番后，也是心生愧疚，更担心天上的神灵惩处她。如今正愁闷地坐在大竹楼外的晒台上发呆、想心事。附近虽然有着三五成群的女人在一起聊天，却没有人过来和她说话，似乎猜测到了是她告发了叶妙。

她很颓丧，脸色也没有了平日焕发的容光，见金文才他们过来了，才勉强打起精神笑了笑。

金文才问她："窝朗牛在家吗？"

"出去了。"

金文才其实已经知道窝朗牛去了人头桩，但是他不能随便往那充满禁忌的地方闯，就说："你帮我们去找找他好吗？"

"我不敢去！"娓其想起那天晚上摸进人头桩搬动神石的事就很后怕，哪里敢再去？这又是大白天，她会被"莫伟其"神清楚地辨认出来。如果天神一发怒，把她也捉到人头桩下，那才可怕呢！何况现在三娘叶妙也捆在那里，她怎么敢与叶妙见面？

"怕什么？"金文才问。

娓其红着脸不说话。

金文才说："那我们就在这里等他。"

娓其接受过金文才的礼物，对这尊贵的客人不敢怠慢，也就客气地说："请上楼来坐嘛！"又转身向竹楼内喊了声："大娘，有客人来喽！"

大娘出到竹楼门口恭敬地向金文才弯腰行礼，诚挚地表示她的邀请。

火塘里没有烧火，只用灰盖住一些余烬，从明亮的竹楼外边走进来，眼前一片昏茫。

大娘忙往火塘内加上几根细柴，用吹火的竹筒急速地把火吹旺。竹楼内又变得暖和、光亮了。她还从架在火塘上边的篾棚里抓出一大把茶叶放进陶罐里，在火塘里慢慢烤着，烤得微微焦黄了，再冲上滚烫的开水，请金文才他们喝现烤的香茶。

佤山夏秋多雨，冬春的上午大雾浓厚，下午阳光灿烂，很适宜茶树的生长，也就叶厚味重，特别是现烤现泡，茶色金黄、香甜。这是在佤山以外的人难以喝到的醇香好茶。

金文才喝着茶问："寨子里发生了什么事？半夜里有人打枪，窝朗又大白天就去了人头桩。"

大娘叹息说："是我们家里出了麻烦事。"

金文才故意望望竹楼里，又看看大娘和娓其，说："你们家的人都很好嘛！"

大娘只好说："是三娘叶妙惹事了。"

"三娘叶妙？"金文才又故意问，"是不是住在旁边小竹楼的那位大嫂？"

大娘点点头。

"昨天我们还见了面，她也很好嘛！这究竟是怎么一回事？能说给我们听吗？"金文才说。

大娘为难地摇摇头，娓其更是把那俊俏的、如今由于心情紧张、正涨得通红的脸低得几乎藏进了怀里。

金文才关切地说："有哪样为难处要我们帮忙吗？尽管说，我们已经是熟人了！"

大娘想了想，窝朗牛对这两个送过他们厚礼的客人很是尊重，让他们也来劝劝，可能会起点作用，就把叶妙与岩浆幽会，从而惹恼了窝朗牛的事说了一遍。但是省去了娓其的告密。

金文才故作惊讶地说："哎呀！为这点事，就捆往人头桩？太过分了吧！一家人，何必这样。你们劝劝他嘛！"

大娘叹息说："唉！我劝了。他不听。"

金文才又转向娓其："窝朗牛最喜欢你，你也劝劝嘛！"

娓其羞惭地低下头，轻声说："他也不会听我的。"

其实娓其心里也在盘算着，怎么请求金文才他们出面劝告窝朗牛，不要把叶妙在人头桩前弄死。

娓其想了想后，就说："你们是从西盟张大官那里来的尊贵客人，你们去劝说，他会听的！"

"是吗？"

大娘和娓其都点头。

金文才很豪爽地说："好！我们来劝。人不是蚂蚁，不能想掐死就掐死。你们佤族人尊敬的神，叫什么？"

"'莫伟其'神。"娓其一边说，一边双手合十向天作揖。

"对！你们的'莫伟其'神也不会同意他这样对待叶妙大嫂！"

大娘感动地双手合十："是这样！是这样！"

娓其更是心悸地不敢作声。她这时候更觉得自己出于嫉妒，那样狠心收拾叶妙，是有违神的仁慈。

金文才他们等了又等，烤茶都喝了好几碗，却不见窝朗牛回来。小康着急地悄声对金文才说："这个窝朗牛不会在人头桩那里把叶妙杀了吧？"

金文才也搞不明白，窝朗牛是否会那样做，只能担心地说："不会吧！如果真是那样就糟了。"

小康又说："金参谋，我们不能在这里傻等。我们还是得赶紧去人头桩看看。救人要紧呀！"

金文才为难地摇头："那是佤族人奉为神圣的禁地，从来不准外人接近。我们可是要尊重他们的民族风俗。"

小康急了："我们就这样干等着？"

金文才也被小康催促得心里有些着急了，他问大娘和娓其："你们能去人头桩把窝朗牛请回来吗？"

她们都摇头。

"哪个能去呢？"

大娘想了想，才说："只有老魔巴才能随时进出人头桩。"

金文才也想见见这个被佤族人看作法力无边、具有神秘色彩的魔巴。

他记得前些日子在西盟时，团政委赵纬向将要进驻各大部落的工作组讲述如何遵守民族政策时，特意谈到了佤族的魔巴，指出："魔巴会装神弄鬼，念符烧咒。但是不要简单地把他们的言行看作迷信、落后。他们虽然不识字，没有读过书，却很了解佤族的历史、风俗，也就很机智，可以说是佤族的'知识分子'。因此，他们经常以神的代言人身份出现，在佤族群众中很有影响力。要尊重、团结魔巴，通过他们帮助我们做佤族人的工作。"

金文才想到了这些，也觉得不应该忽视魔巴，应该利用这机会去看看魔巴，就对娓其说："你带我们去魔巴家好吗？"

在娓其的感觉中，魔巴那眼窝深深凹下去、时时眯着但是一睁开就有着一种能看透一切的犀利光芒的眼睛，是那样令人畏惧。她这几天自感做了亏心事，都是躲着魔巴，担心魔巴会看出她半夜去过人头桩，如今哪里敢答应，忙摇头说："我不敢去。"

大娘安木素了解娓其的恐惧心情，心想，这个娓其要是一直这样胆小就好了，三娘也不会受罪了。

安木素是个很善良的妇人，就走到竹楼外寻找有什么人可以差遣。

这个时候，成年人都外出劳动了，她只好喊住了一个在附近玩耍的男孩，给了他一个烤苞谷，要他带金文才他们去见魔巴。

这个还光着屁股，但是腰间也像佤族汉子一样挂着把锋利小刀的男孩，可不怕魔巴，高兴地啃着烤苞谷，跳跳蹦蹦地跑在前边带路。

远远看去，魔巴那挂满了红、蓝、黄、紫、白、黑，各种色彩神幡的破旧小竹楼，在薄雾笼罩下像座彩色的竹轿，颇为神秘。

在竹晒台上悠然地抽着旱烟的魔巴已经看见了金文才他们，客气地向他们招手，请他们进竹楼里去坐。

昨天晚上魔巴也被那两响枪声惊动了，今天一早又有人来告诉他，三娘叶妙被绑往人头桩了。

叶妙为人温柔、善良。从前她还住在大竹楼里时，魔巴每次去与窝朗牛商量事，叶妙都会热情招待他，请他喝泡酒，还特意为他烤几块下酒的牛肉干巴。魔巴的衣衫破了，她还会为他缝补。

所以，魔巴一向对叶妙很好，为她被窝朗牛冷落而不平。今天更是对窝朗牛事前没有和他商量，就把叶妙绑往人头桩而生气。但是他畏于窝朗牛的权力，也不敢公开拦阻。在这部落里，大头人的权威，还是要尊重。

魔巴见金文才他们突然来访，有些诧异。但是他从事祭祀活动几十年，作为神的代言人，很懂得随时利用天上的神来解释人间的事。他微闭着眼睛喃喃地念了几句咒语，然后对金文才说："早上'莫伟其'神派了几只鸟雀在我头上飞着、叫着，那是告诉我，今天有尊贵的客人来。哦！原来是你们！"

金文才和小康有些惊讶，真有这么神吗？但面对说得这样笃定的魔巴，他们也只好含笑点头。

魔巴虽然没有听说过汉族"无事不登三宝殿"这句成语，但是凭他这一辈子的处世经验，还是明白，这两个解放军如果没有事，是不会来找自己的，就说："你们是远客，我知道你们有事情才来找我。请上楼来坐吧！"

年轻、单纯的小康又一次被惊住了，心想，这个一身破衣烂裤的干瘦老头真是神了！

金文才进了那布满厚厚的灰尘、一片破烂的竹楼后，才客气地说："魔巴，你真是神灵的化身，什么都知道。我们相信，你一定早知道了，我们昨天看望了窝朗牛，今天也会来看望你。"

魔巴没有作声，只是很得意地点头。这两个从远处来的客人也明白自己在部落里的重要性仅次于窝朗牛呢！

金文才递过去一套青布衣裤、两包香烟，说："这是一套衣衫。还有点香烟，不知道你可喜欢？"

昨天，魔巴就听人说，金文才他们送了很多贵重的礼物给窝朗牛，就连岩松、山药这些年轻人也抽到了一种比老草烟香得多的好烟。这使他听了很是羡慕，也有点失落：自己是个在部落有名声、有法力的人，他们怎么不予理会？不过今天这两个解放军终于亲自上门来送礼了，使他很是高兴。

他经常为部落里的人请神送鬼，有泡酒喝，有肉吃，却没有人给他送衣衫。

佤山不产棉花，布衣衫是很金贵的东西，所以他虽然"贵"为魔巴，是佤族有权力的上层，也穿得和那些穷苦人一样褴褛。

他把金文才送的这套崭新的衣服裤子看了又看，摸了又摸，很是喜欢，就当场脱掉那身破衣烂衫，把新衣裤穿了起来。俗话说，人要衣裳，马要鞍。他穿上这身新衣裤，人也突然显得有精神了。

见魔巴并不急于拆开香烟的外包装，金文才猜想，他可能还没有抽过这种纸烟，就从自己口袋里拿出两支烟，先给自己点燃一支，才递给魔巴一支。

在香味浓郁的缭绕轻烟中，魔巴感觉很是舒适，心情更是愉快。他急速地吸完了一支，并不去拆自己的那两包烟，而是伸手向金文才要了第二支，吸够了，才神清气爽地说："部落里的人都不知道，你们为哪样要来这里，是好心还是歹意。我只好求'莫伟其'神指点，神的意旨是：可以让你们进部落来。我就去告诉窝朗：你们是好人，不会伤害我们蛮丙人。"

金文才很高兴魔巴能这样说，又给他敬了一支烟，说："你们部落里的人都说：你能上通神灵。你的话就是神的意旨，很灵验。"

"是这样，是这样。"魔巴更得意了，"我对'莫伟其'神最虔诚了，天天念咒拜祭。神灵在天上看得清楚，当然信任我。"

小康故意问："那个三娘叶妙是得罪了'莫伟其'神吗？"

魔巴愣了一下："她？"然后摇了摇他那瘦削的脑袋，"没有，没有。她只是和那个岩浆好上了，惹翻了窝朗。"

"你们的'莫伟其'神没有说要惩治叶妙吧？"金文才问。

魔巴摇摇头："'莫伟其'神不管这些男女间的小事。"然后又幽默地笑道，"我们佤族人的祖先从司岗里出来的时候只有一男一女，以后男男女女越来越多，就是'莫伟其'神允许男女相亲相爱。"

"叶妙既然没有违反你们的'莫伟其'神的规矩，就不能随便弄死她吧！"

"是这样。"魔巴同意地点点头。

"你是大魔巴，应该管管这事吧！"小康说。

魔巴这才省悟，这两个解放军是为了叶妙的事来找他的。但是他一向很聪明、机智，猛吸了几口烟后，才笑着说："'莫伟其'神没有叫我管这件事。不过神灵也指点我了，叶妙命不该死，会有贵人出面救她。"

他的机智引得金文才和小康都笑了。

金文才坦率地说："我们是想劝劝窝朗牛，只是他如今在人头桩，我们外人不好上去，见不着他呀！魔巴，你是可以随时进出那里的人。你帮我们去找找他好吗？"

魔巴很了解窝朗牛的横蛮脾气，他怎么肯去招惹这个正在气头上的大头人？他在部落里被窝朗牛尊敬有加，经常有肉吃，有泡酒喝，不仅因为他有着与神灵相通的特殊身份，还因为他很懂得怎么巧妙地与这个性格暴躁、处事专横的大头人周旋。窝朗牛处于盛怒中时，他沉默地闪开；窝朗牛遇见为难事时，他帮助出主意，解释、劝说。

如今，他怎么肯去找还处于盛怒中的窝朗牛？不过，他也不想在这两个尊贵的客人面前表示他对窝朗牛的畏惧，就笑嘻嘻地对金文才说："不要急嘛！他不会在人头桩前过夜，会下来的。"

小康却很着急，说："迟了，叶妙大嫂就没有命了。"

魔巴又从金文才手里接过一支烟，缓缓吸着，语气淡定地说："死不了，死不了。就是她那一身鲜嫩的皮肉会被蚊子、毒虫咬烂一些。唉！这也是在劫难逃。她太漂亮了！命却很苦。"见小康表现出那不以为然的神情，他又补充了一句："你们不晓得，窝朗牛这个人呀！脾气暴躁，气头上，如同一只发怒的豹子，挨近不得。他认定了要做的事，哪个也劝阻不得。哪个劝，他就和哪个拼命！"

"你也不敢劝？"小康问。

如果不是在喝多了泡酒的时候，魔巴的思路一向很灵敏，他立即意识到了这场谈话正滑向对自己不利的一面，不应该在两个外人面前继续谈论窝朗牛。如果传出去，那会得罪与他关系密切的窝朗牛，就把话题一转："我不是不敢劝，是'莫伟其'神没有叫我做的事，我不能去做。"

小康说："你就可怜可怜那个三娘叶妙，帮她求求你们的'莫伟其'神嘛！"

魔巴却笑了。他那满是皱纹、如同一个老丝瓜瓢的干瘪脸上，似乎被洒上了一些水，有些湿润、光亮了。他巧妙地应对着："三娘叶妙是个好女人，我一向像对待自己的女儿那样喜欢她。她有难，我能不管？今天一早，我就问过'莫伟其'神了，神说不要急，有贵人来救她。"

小康不耐烦地问："贵人在哪里？"

魔巴却笑着不回答了。

小康又问："窝朗牛为什么这样恨叶妙大嫂呢？"

魔巴说："其实窝朗是喜欢老三叶妙的。他那几个婆娘，二娘、四娘，有的死了，有的跑了，他都不在意，也不见他大发脾气；只有这个叶妙，他不放她走，也不准她与别人好，如今见她与岩浆好，才生气了，还要收拾她！"

小康说："是她还很漂亮？"

魔巴摇了摇头："如今不如更年轻的老五娓其漂亮了。是有件事让窝朗还挂念着她。"

金文才又给了魔巴一支烟，还帮他点燃，让他把事情说清楚。

"那年，窝朗突然得了莫名其妙的怪病，发冷发热，人一天比一天干瘦，全身长满了像鱼鳞一样的肮脏东西，挖了好多草药来吃，就是不见好。从别个部落来了个草医说：'要从人身上刺出血来趁热吸，才能够滋润身子。'叶妙听说了，也不管有没有用，割开自己的手指就往窝朗嘴里塞……"

"哎呀！"小康惊叹地说，"太深情了！"

金文才摇头："这是什么偏方？太不科学了。"

小康问："有用吗？"

魔巴笑了笑："我也不晓得有没有用。后来，西盟张大官的医生也来了。"

小康叹息说："叶妙大嫂对他那样好，他还要杀她。这个窝朗牛也太……"但是见金文才瞪着他，他才不敢再往下说。

金文才说："窝朗牛怎么把人家叶妙的好处都忘了？"

魔巴苦笑着说："他是在气头上，当时叶妙如果不又哭又闹地顶撞他，向他认个错，他也不会对她那样凶狠。"说着，他又叹了口气，"这个窝朗呀！哪个敢惹他？他一生气，就会像胸口上那头牛一样，狠狠地撞过来。"

"我看他是这样的人！"金文才点头。

"你们是他尊敬的客人，也劝劝他嘛！"魔巴却趁机把这为难事推向金文才。

"好！"金文才说，"你我都一起劝劝他。"

"这个——我得想想。"魔巴很认真地说。

这时候，一个汉子找到了这里，说窝朗牛请魔巴去人头桩那边。

魔巴却坐着不想动，推托说："你告诉窝朗，我这里有尊贵的客人呢！"

金文才忙劝他："魔巴，你去吧！你不想在这个时候劝说他，就为我们带个口信，说我们在他的竹楼里等他，有重要的事情和他商量。回来我们请你喝泡酒，吃牛肉干巴。"说着又给他点燃了一支烟。

魔巴见金文才这样催促他，泡酒、烤牛肉干巴又是这样诱人，这才勉强答应了，动作懒散地说："好嘛！我去看看。"

六、解救叶妙

从窝朗牛的大竹楼去往人头桩，要从下寨穿过整个上寨那众多拥挤的小竹楼，走出上寨后，再攀爬一道路段崎岖的高坡。

这偏僻的后山，树林深密，平日很少人走动，也就没有人去修整那些长满青苔、经常被雨水冲毁的路段，这里从而越来越陡滑。壮健的汉子大白天空着手往上走，都会累得气喘吁吁难以攀登，如今山药他们在这深沉的夜雾中抬着个沉重的活人，又视线不清，难以分辨那不断被小树林、杂草遮掩的曲折小路，走得既吃力又缓慢。

窝朗牛昨天来人头桩时，是大白天，视线清楚，就已经走得很吃力，但是那是应神灵的召唤，他还是打起精神挣扎着往上攀。

如今是黑夜，也就走得极为吃力。特别是他已经很长时间没有在黑夜里爬山钻林了。今天白天又没有休息好，如今才走了一段路程，他就累得气喘吁吁，两腿发软，那过于肥胖的身子直冒油汗。

他不想再往上爬了，趁那几个汉子把抬着的叶妙放下歇息时，对山药说："你们把她抬到人头桩后，就捆在那棵大柏树上。捆紧些，不要让她跑了。"

山药问："你不上去了？"

"不去了。"

"哪个给'莫伟其'神叩头交代？"山药又问。

"你。"

"我？我不敢！"山药急忙推拒，"我是哪样人？'莫伟其'神会相信我？"

窝朗牛也觉得山药的话没有错。这个蛮丙部落只有他和魔巴在"莫伟其"神面前有话语权。这样的大事，哪里能够随便交给一个小伙子？他想了想后，就说："先把她捆在那里。等天亮了，我再请魔巴上去处置。"

山药他们只好继续抬着叶妙往上走。不过没有窝朗牛在后边押送，他们也就敢于放松身心，走走歇歇，还同情地安慰叶妙，叫她不要哭泣："莫伟其"神会保佑你的……

被捆着塞在箩筐里的叶妙，开始还伤心地哭着，哭久了，嗓子哑了，没有气力了，也就不作声了。

事到如今，哭也没有用，只能任由他们抬着往死路上走了。

不过她还不明白，事情怎么会弄成这样。那天晚上，她本来还在和岩浆尽情欢乐，却突然被窝朗牛派来的人抓住，像要被宰杀的猪狗一样被装进了箩筐里。这是怎么一回事呵？是不是那天晚上和岩浆大胆闯进人头桩，惹怒了"莫伟其"神？唉！当时怎么那样性急、糊涂，做出了别人不敢做的事，人头桩是祭供鬼神的地方，怎能随便往里闯？如今后悔也没有用了……

她就在这种恐惧、疑惑、痛苦的复杂心情中，任由山药他们抬着往那将要把她置于死地的山坡上走。

这一路上，叶妙虽然想得很多，后悔这有限的一生做了不少错事，但是并不后悔和岩浆的来往。和岩浆的偷情是她主动投入的，也是这几年中，她被窝朗牛冷落了后，性生活过得最愉快的一些日子。她只是后悔没有早些和岩浆离开这蛮丙部落，才落得这个下场。幸好岩浆没有被枪打着，跑脱了。

她又在费力地猜想，岩浆跑往哪里去了呢？进了原始森林，还是去了别的部落？他会回来救自己吗？也许他就埋伏在这附近的树林里呢！

她费力地睁开哭肿了的眼睛向周围观望，天色很黑，小路两边的稠密枝叶上积满的雾水，被走动的人撞动后，急速地洒落下来与她脸上的眼泪混合在一起，冰凉、刺人肌肤。到了这一步，已经是命悬一线，没有救了。她又心酸地流出了眼泪。

黑暗中的人头桩前，堆积着潮湿、腐烂的树叶以及鸟兽粪便，散发出呛人的霉臭气味，令人很是难受。

山药等人惶恐地不敢再往里走，就把叶妙放下，念念有词地祈祷着："'莫伟其'神，不是我们要来这里乱闯，是窝朗牛叫我们把三娘抬上来。请你不要见怪……"

他们把装着叶妙的箩筐在人头桩前放下，再把她捆在离人头桩不远的那棵大柏树上，一边捆，一边说："三娘，你不要怪我们。我们也没有办法……"

一个小伙子，还故意把绳子捆得松松的，让叶妙不致太难受。

这都让叶妙深为感动。她淌着眼泪说："你们心地好，我知道。我死了，如果阴魂还在，不会找你们的麻烦……"

山药忙说："三娘，你不要死，不要死！你是好人！我们都为你恳求'莫伟其'神，让你熬过这场劫难。你自己也向'莫伟其'神恳求恳求吧！"

捆在人头桩的人，虽然命悬一线，也不是个个都会丧命。许多年前，有过一个男子得罪了窝朗牛的祖父，被捆到人头桩下。也许是他太壮实了，或者有人悄悄给他擦药、喂水、喂吃食，虽然被连续捆了三个昼夜，人萎缩得只有一口气了，却还活着。寨子里的人都认为是奇迹。他们请魔巴找窝朗牛祖父说情，说："这是'莫伟其'神不收他。"窝朗牛祖父只好顺从"天意"把那男子释放了。

叶妙也知道那件事，但是想到自己如今是孤身一人，有哪个会来帮忙？特别是前一天，自己还和岩浆夜闯过人头桩。"莫伟其"神怎肯饶恕自己？

她茫然地环顾四周，林深雾重，这冬天的山林好冷呵！

山药不敢在这阴气很重的人头桩前多停留，对叶妙说："三娘，窝朗牛还在下边等着我们。只有让你一个人留在这里了。你不要难过，你是好人，'莫伟其'神会保佑你的。"

他走出了几步，又匆匆折回来，附在叶妙耳边轻声说："三娘，你不要急。我会去找魔巴，问他有哪样办法救你。"

叶妙只能含着眼泪点头。

夜很黑，视线不清，布满雾露的山路又滑。窝朗牛本来想在半山腰歇息一下，等待天亮后再缓缓往上走。但是在这里坐下不久，娜红和几个年轻姑娘就赶来了，围住他，你一句我一句，像一群山雀似的"叽叽喳喳"地说个不停，诉说三娘叶妙的好处，央求窝朗牛放了叶妙……

窝朗牛很是生气，厉声斥责她们："你们是哪家的姑娘？这样不懂规矩？这些事是你们小女子管的吗？滚！都给我滚回去！"

在佤族人当中，还没有出嫁的姑娘都受人宠爱，娜红她们也就比较大胆、任性、爱撒娇，不高兴时，还敢对比她们年岁大、甚至有权势的人出言不逊。她们见窝朗牛不仅不听她们的求告，还训斥她们，心里都很委屈。娜红嘴噘得高高地嘟囔着：“窝朗，你好狠心哟！怎么这样无情无义？从前三娘对你那样好，你怎么一点也记不得？不怕‘莫伟其’神收拾你？”

“哪样？哪样？你这个小女子说些哪样？不怕我剁了你的手脚？”气得窝朗牛文在胸前、两臂的牛头、牛角又在狠狠冲撞。

他抬腿就踢了娜红一脚。

这几个姑娘才猛然省悟，惹翻了窝朗牛，是会丢掉小命的，急忙拉着娜红就跑。

她们跑远了，窝朗牛还在怒气冲冲地大骂。如果山药他们在旁边，他会叫他们把这个不知天高地厚、敢于顶撞他的娜红也绑往人头桩去。

但是这个敢于对他出言不逊的娜红在顶撞他的同时，也无意提醒了他：这次他在狠心收拾叶妙时，却忘了在事前向“莫伟其”神禀告呢！

他虽然是部落里的大头人，但处理这类事关人命的大事，也得依仗神灵的支持来震慑部落里的人们，不然人们会不服气的。

早晨的大雾，浓厚、冰凉，把人们都裹在刺骨的寒气中。

窝朗牛离开自己的竹楼时，走得匆忙，也忘了拿床毯子来披着，如今在潮湿的野地上坐久了，逐渐觉得全身发冷，也就不想再往那又高又冷的人头桩走了。那大山高处的风更大更冷呢！

他准备先回竹楼去烤烤火，喝几筒泡酒，暖过身子后，再把向“莫伟其”神禀告的事交给魔巴去办。

他正想往回走时，善于体贴人，又细心的大娘安木素担心他在坡上会被冻着，叫人给他送来了毯子、泡酒。

他有些惊讶：怎么我才这样想，毯子、泡酒就送来了？可是老天不让我回寨子去？出于对神的畏惧，他只好在这里停留着，让送东西的人回去告诉大娘，尽快把魔巴请到这里来。

过了一会儿，魔巴缓慢地往陡坡这边走来了。

狭窄、陡峭的小路泥滑难行，他边走边嘟囔着埋怨：“寨子里这样多男子汉哪里去了？就没有一个人出来修修路，也不怕神灵怨怪……”

他却忘了，神是不在地上行走的。

他很不乐意卷入这场窝朗牛对叶妙的惩罚中。他一向认同佤族人的传统观念，男欢女爱是正常事，就像公雀引着母雀，母雀引着公雀满天飞转一样。

他心里暗想，你窝朗牛有了更年轻漂亮的小婆娘，就不要人家叶妙了，还蛮横地不准人家叶妙和别的男子好，也过于歹毒了！

他走到后寨门口，又被那几个挨了窝朗牛训斥的小女子拦住，要他显显法术拯救叶妙。

他限于和窝朗牛相互依仗的关系，不敢明白地表示他对叶妙的同情，又一时间想不出拯救叶妙的办法，只能哼哼唧唧地听着，听得不耐烦了，才挥挥手："走开！给我走开！我是魔巴，还要你们教？我自己会按照神灵的旨意去做……"

但是他也明白，解救叶妙是件很困难的事。哪个拗得过窝朗牛？

他越想越心情烦乱，也就心事重重地走得更缓慢。磨蹭到半坡上时，太阳已经在雾中升得很高，在用它那无比强的热力把浓雾烤得稀薄，使其如一缕缕细丝般飘散了。

窝朗牛已经等得不耐烦了，但是又不好对有法力的魔巴发脾气，只是冷冷地问："你怎么现在才来？"

"家里来了尊贵的客人，我得好好地招待他们，把他们送走。这条坡路又这样陡。我的腿痛，得慢慢走。"

窝朗牛这才注意到，今天魔巴的穿着不同于平日的破破烂烂，换了一身新衣裤，就明白是那几个解放军去了魔巴家，但是仍然故意地问："哪个部落来了人？"

魔巴正为有解放军专程拜访他而得意，就说："不是我们阿佤人，是那几个从西盟来的解放军。"

窝朗牛警惕地问："他们有事找你？"

魔巴本来想说"可能是为了三娘叶妙的事"，见窝朗牛脸色不好，就不提了，但还是想炫耀炫耀解放军对他的敬重，就说："他们说，昨日去了你们家。今天特意来看看我，还送了这身衣衫和香烟给我！"说着取出两支香烟，递了一支给窝朗牛，"香，好吸得很呢！"

窝朗牛缓缓地吸着烟，却没有心情去品味香烟的醇味，而是想那几个解放军一定有什么事才去找魔巴，就板起脸很认真地询问："这两个汉人一定有事才会去找你。"

如果是别的人，就可能被窝朗牛这似怒非怒的神情吓着，魔巴却表情淡定地回答："我怎么晓得？他们来了，才坐下烧了一根烟，你家大娘就叫人来找我，说你喊我有事。我只好把他们请走，也没有烤碗茶给他们喝，真是慢客了。"

窝朗牛这才略为放心，也只好说："他们和从前来过的汉人不同，对我们很客气，讲礼数。"

魔巴赶紧把这话题引开，问："这样早，你找我有哪样事？"

"我把叶妙绑往人头桩了。"

"你要整死她？"魔巴故意问。

"嗯！"

"向'莫伟其'神禀告过了？"

"还没有。"

"唉！"魔巴故作无可奈何地叹了口气。偏偏这时候几只乌鸦"哇哇"叫着从头上飞了过去。那沙哑的、不吉祥的叫声很是烦人。

窝朗牛也感到了自己在盛怒中没有祭祀"莫伟其"神就匆忙处置叶妙，是对神的不敬，忙说："请你来，就是要你去人头桩走一趟，帮我祭告'莫伟其'神。这个叶妙太坏了，是要狠狠收拾的！"

"香火、供品呢？"

佤族人对他们的"莫伟其"神可是极其尊敬的，大的祭祀要杀牛，小的祭祀要杀鸡，不能一无准备就往人头桩前闯。

窝朗牛本来应该明白这些礼仪，但是昨天夜半他在盛怒中把这些应该办的手续都忘了。如今被魔巴一说，他也觉得自己过于疏忽。神圣的"莫伟其"神可是不能怠慢，更不能亵渎。

他有些颓伤，也就没有了平日的威风，讷讷地说："你帮我先求求'莫伟其'神不要见怪。我们再补办祭品好吗？"

魔巴没有作声，心里却暗暗得意，这次总算把这个一向专横自大的窝朗牛难着了。他没有答话，而是颤巍巍地站起来，面向人头桩方向，双手合十地念着咒语，似乎在为窝朗牛向神灵请求宽恕。

这举动弄得窝朗牛也为之惶然。他不敢再坐着，也站起来，双手合十，低声求"莫伟其"神原谅他的疏忽。

过了一会儿，魔巴才睁开眼睛，对窝朗牛说："我已经求过'莫伟其'神不要怪罪我们。"

窝朗牛的神情已经完全陷于木然，问："我去叫大娘杀只鸡来祭供吧！"

魔巴点头："这事不能马虎。"

这时候，山药他们从人头桩前下来了。

几个年轻人卸下了装着人的箩筐，走得很轻松，一路上本来还有说有笑，远远看见窝朗牛和魔巴在一起，都神色大变，屏气敛声地不敢作声了。

在这些人面前，窝朗牛又陡然恢复了他平日的威风，板着脸问："人呢？"

"按照你的吩咐，绑在人头桩旁边的大树上了。"山药恭敬地回答。

"捆得紧吗？"

"很紧。"

"不要让她跑了。"

"人都只有奄奄一息，跑不了。"

"不要弄死了！"魔巴忙说，"还没有祭祀'莫伟其'神就被弄死了，鬼魂没处收留，会变成冤鬼见人就缠。"

这虽然不是黑夜，但是冬天的山风正冷，听魔巴用低沉的话语说鬼魂的事，也还是令山药他们紧张得背脊上发凉。蛮丙部落的人都知道，几十年前，有个女子得罪了窝朗牛的父亲老窝朗，也是还没有祭祀"莫伟其"神，就被绑到人头桩折磨死了。据说，那女子的冤魂变成了一只猫头鹰，月黑风高的晚上就飞来老窝朗的竹楼外喊叫。声音凄厉，就像一个充满冤屈、愤恨的妇人在哭泣、咒骂，一晚又一晚，赶也赶不走。叫得老窝朗夜夜难以入睡，请魔巴念了许多次咒语，那只猫头鹰才消失。但是老窝朗却被折磨得大病了一场。

山药忙说："人头桩那里阴气重，毒虫多，我不知道她能熬得了多久。"

窝朗牛当然知道人头桩周围的环境恶劣。他叫人把叶妙绑往那里，也就是要把她往死里整，只是当时在气愤之中忽略了要先祭祀神。

如今，他也紧张了，却又不肯公开认错，还大骂山药他们："哪个叫你们这么快就弄死她？"

吓得山药他们也不敢回答。

又是魔巴出来为他们解围，用商量的语气对窝朗牛说："是不是叫山药再上去看看？不要还没有祭'莫伟其'神就死掉了。"

窝朗牛这才从神情急躁中回过神来，连连点头："可以，可以。"

善于服侍人的大娘，想到窝朗牛和魔巴等人，从昨晚到今天上午，一直在坡上坡下来回奔走，还一点东西没有吃，一定很饿了，特意烤了苞谷、牛肉干巴送来。她听说山药又要返回人头桩去，特意多抓了几块烤得焦黄、喷香的牛肉干巴给山药，悄声说："给你三娘也吃点。"

这正合山药的心意，连连地点头。

人头桩周围树林深密，那些深藏在枝叶间的毒蚊子、小黑虫嗅到了人的气味，纷纷扑向叶妙，贪婪地在她脸上、四肢叮咬。她的皮肤柔软，立即肿起了许多小疙瘩，又痒又痛。

那些挂在树上的旱蚂蟥也如同一片片草黄色的枯叶飘落下来，紧紧黏在叶妙身上，把吸管插入她的皮肤，悄然地吸着血。

这种旱蚂蟥是南方亚热带雨林里最凶狠的吸血鬼，如果有几十只贴在人身上，一夜之间就能把一个壮健的人的全身血液吸干。

叶妙知道这些蚂蟥的厉害，但是，她如今被绑着不能动弹，更无法去拍打，只能痛苦地呻吟着……

她痛得逐渐昏迷，似乎是坠落在一个寒冷、黝黑的深潭中，有无数蛇蝎围拢过来啃噬她，痛得她大叫："岩浆，救我！快来救救我！"

四野荒寂，没有人应声。

她又哭着喊："妈哟！你救救我！"

昏迷中，她似乎看到了双眼全瞎的老母亲在跌跌撞撞地向她扑来，但是潭水太深，雾又黑而浓厚，老母亲无法挨近她。她挣扎、哭叫，终于抓住了老母亲的手。那双本来枯瘦的手，却突然这样有力气，使劲摇撼着她，把她从昏迷中摇醒了。

出乎她的意料，站在她面前的却是山药他们。

折回来的山药，离人头桩还有着远远的一段路，就听到了叶妙的痛苦呻吟、哭喊。他们忙加快步子奔了上去。这只是不长的时间，叶妙脸上、手上已经完全红肿变形，很是怕人。

佤族人经常出没于深山老林间，从他们的祖先起，就积累了丰富的治疗毒虫叮咬的经验，会使用各种草药，及时采摘来医治自己。

山药忙对叶妙说："三娘，你不要急。我给你找药去。"

他钻进附近的潮湿林子里，仔细寻觅到了一大丛被他称为"灰及"的茎叶粗大、浆汁极多的草药，忙拿过来在叶妙脸上、身上揉搓。那白色的浆汁和特殊的气味，是蚊虫、小黑虫、旱蚂蟥的天敌，刚才还疯狂地在叶妙身上蠕动的大大小小毒虫，像被火烧、电击了一样，有的急忙飞走，有的僵硬地往下掉。叶妙身上的红肿也在逐渐消退。她这才从死亡线上缓缓退了回来。她又感动地哭了："山药，你救了我的命！"

山药安慰她："三娘，你是好人，命大，死不了。是魔巴叫我上坡来看望你呢！"

"哦？"叶妙很感意外。

山药又说："魔巴是神的人，他一定是奉'莫伟其'神的意旨，叫我们回来看你。三娘，你不要着急。你会有救的！"

叶妙又哀声向天祷告："'莫伟其'神，感谢你救了我！"

树林里的枝叶在风中晃动，还有几缕柔如细丝的云雾从枝叶的缝隙间飘进来，可能是神在回答她。

山药把大娘安木素给的牛肉干巴撕成细丝，一点点喂给叶妙吃，还找来山泉水给她喝，让她从衰竭状态中逐渐恢复体力。

她也逐渐觉得身体内又有了热力，不像先前那样灵与肉都像被砍碎了似的往深渊底处坠落。

金文才和小康在窝朗牛的大竹楼外边等了很久，都不见窝朗牛回来，只好在附近的竹楼之间转来转去。他们来蛮丙部落许多天了，还没有仔细看看这个大部落的情况呢！

寨子里的竹楼，有大有小。灰白色的茅草屋顶经历了夏秋的日晒雨淋，多数已经破旧、枯朽，似乎大风一吹，就会化成细碎的粉末飞扬起来。

佤族人极穷困，那些进出于竹楼喂猪喂鸡的妇女，在这样寒冷的冬天，也没有御寒的冬衣。生过孩子的妇女，几乎只是下身系着一条破筒裙，上身全是裸着，任由那因为营养不足而过早干瘪的乳房裸露在外边。

她们忙进忙出，并不因为有生疏的男子走近前而感觉羞愧。

年轻、单纯，平日在连队里很少与妇女来往的小康却不敢正面观看她们。他对金文才说："参谋，应该报告团领导，赶快把救济品送来。还应该多给妇女们一些衣衫。你看，她们太可怜了。"

金文才在西盟时，就参与了筹措给佤山各个部落发放救济物资的工作。他们都了解佤族人的穷困，也给妇女多准备了一些衣物。

他点头："给她们的衣服、粮食，早就列入了计划。如果不是窝朗牛拖延着迟迟不肯与我们见面，这两天那批粮食、盐巴、衣衫也该运到这里来，发放到她们手上了。"

他们又去了十几家人的竹楼观看。这远处于大山深处的佤族村寨，平日难得有客人进来。人们虽然贫穷，但是仍然热情好客。淳朴的妇女们对他们既好奇又深感亲切，一再热情地请他们上楼去喝烤茶。

金文才本来想调查、了解这个部落哪些人家最贫困，以便重点救助，也就随着她们进竹楼去观看，从而看到了一幅又一幅极其贫困的图景：屋内几乎是四壁萧条，没有存粮，没有可换洗的衣物，床铺是一堆乱草。他们看了，长久为之叹息。

时间过了中午，窝朗牛还是没有回来，他们只好往"外客房"走，准备回去煮饭吃。

他们在寨门口遇见岩松背了一只猎获的麂子回来，毛色金黄的麂子很肥壮。

金文才称赞他："岩松，你真有本事。"

岩松很是得意，高兴地对金文才说："拿腿麂子肉去吃。"说着就背着麂子和他们一起往"外客房"走。

岩松是个有经验的猎手，标枪、弩弓都使用得很熟练，经常在山林出入，也很了解各种野物的特性，善于利用地形猎取。

几天前，他在老林附近那条小溪边，发现了两只麂子的深浅蹄印，就跟踪去猎取。

麂子肉鲜嫩，是肉食中的上品，不过也很难猎获。它们不仅动作灵巧跑得快，而且一旦发现有同类在这一带山林被袭击，其他的麂子就会迅速远走，再也不来这里寻食。所以人们又得艰难地去新的山林追踪。

岩松很有耐心，并不立即去追捕这两只麂子，而是特意在小溪旁边的几处浅水洼里撒了些盐，诱引它们常来饮水。麂子最喜欢盐水，喝了含盐的水还会再来，在多次饮水后，逐渐放松了对周围的警惕。

一连许多天过去，直到昨天傍晚，岩松才觉得捕捉的时机成熟了，就早早地去往那条小溪边，埋伏在附近的树林里，架好了弩弓等待着。

夜半时分，那两只麂子从山林深处悄悄下到小溪边来喝水了。

麂子本来警觉性很高，林间草丛中稍有响动，就会惊得一蹿多高地奔向很远；但是一连几天下到这小溪边，都山林静寂，没有异样，还有可口的盐水喝，它们也就失去了警觉，只顾贪婪地低头喝水。

这是个月色明亮的晚上，那如同水银泻地的月光，透过小溪两边稀疏的枝叶照射在这两只小动物身上，让岩松看得很清楚。他扳动弩弓一箭射过去，准确、强劲地射中了一只麂子的腹部。这只麂子只痛苦地抽动了一下腿，就倒下了。另一只麂子则吓得一蹿多高地冲进树林里逃走了。

岩松很得意。这次顺利地猎得这样一只肥壮的麂子，将使他在部落内外声名大震。

佤族人习俗，无论是镖牛、捕获猎物，都要分送全寨子的人共享。岩松得过金文才他们的礼物，正想还赠，如今恰好在寨门口遇着，就决定把最好的一腿肉奉送。

金文才也想找岩松谈谈叶妙被绑往人头桩的事，也没有推辞，还递了一支烟给岩松，把他请往住处去聊天。

岩松到了"外客房"前，却不立即上竹楼去，而是拔出佩在腰间的小刀，就在竹晒台下的一块大石头上对这只麂子开剥，把一条壮健的前腿肉送给金文才。

金文才了解佤族人的习俗，他们送东西给你，不能拒绝，不然他们就会认为你看不起他，也就欣然地接受了这腿麂子肉，还很有兴趣地听着岩松讲述猎取麂子的过程。

岩松告诉他，诱引麂子来山泉边饮水，要用食盐，但是在佤山食盐是很金贵的东西，只能靠那些小商贩从山外远程运进来，价格昂贵，一条壮硕的水牛也只能换得一二十斤盐。夏秋漫长的雨季，道路阻塞，商贩来不了，许多人家只能淡食过日子。

金文才深知岩松猎取这只麂子的成本很高，又叫小康拿了一块十来斤重的盐巴送给岩松。

岩松捧着这样一大块盐巴，深感意外，两眼都激动得在闪光，他从来没有拥有过这样多的盐巴呢，连声说："给我这样多盐巴？礼太重了！太重了！"又自言自语地说："我阿爸家也没有这样多盐巴呢！我要分点给他，还要分点给三娘，她的盐巴吃完了，前天还来向我讨要呢！"

金文才说："你就留着自己吃吧！明后天我们工作组的人来了，会带来很多盐巴、衣服，每家每户都会送一些。"

岩松很是高兴，又咧开他那厚实的大嘴唇笑了起来，连续说："有盐巴煮麂子肉，会更香更好吃！"

那满脸憨厚的笑容，就像正在吃着放了盐巴的麂子肉。

金文才从岩松的话语里感到他还不知道叶妙出了事，就说："你不知道你家的三娘叶妙被绑往人头桩？"

岩松确实不知道这一情况，惊得几乎要跳起来，声音急促地问："什么？什么？你说什么？哪个敢这样做？"

金文才简略地把从娜红、大娘安木素等人处听来的情况说了一遍。

岩松听得直摇头、叹气。

他和他母亲一样，也和三娘叶妙相处融洽。

他当然不知道，岩浆和叶妙的偷情，是相互吸引，而且开始时是叶妙占主动。他只是怨恨岩浆，太胆大了，也就愤怒地咒骂岩浆："岩浆这个烂贼，可是色迷心窍？上下寨那么多女人，他不去黏，偏偏要去勾引我家三娘。"

他知道他的父亲窝朗牛的脾气，对痛恨的人一定要置之于死地，毫不手软。他又伤感地叹息："可怜的三娘，这次是死定了！"

他又向金文才哀求："你们救救她嘛！"

金文才说："我们去找了窝朗，他不在家，去人头桩了。我们又去找了老魔巴，要他去劝劝窝朗。"

岩松很了解魔巴，连连摇头说："他呀！他怎么敢劝我阿爸？"

"你去劝嘛！"小康说。

"我？我更不敢劝了。你们不晓得，我阿爸的脾气太暴躁了，惹翻了他，会和人拼命的。唉！唉！这个三娘呀！这次死定了……"

岩松一边说着，一边连连摇头、叹息。

小康本来又想骂"这个窝朗牛太专横了！"，但是怕金文才批评，只好强忍住这已经涌到嘴边的话，只是说："他见你打回来了麂子，会高兴的。你也趁机劝劝他嘛！"

这话提醒了岩松。他勉强地点头："我试试看。"

他扛起麂子离开时，又说："你们也去劝劝我阿爸。你们是从西盟来的尊贵客人，他不会对你们发脾气。"

"好！我们吃过饭还会去找他。"金文才说。

岩松扛着麂子回到上寨，先砍下一半留在家里，然后扛着另一半去献给窝朗牛。这是部落里的老规矩，猎获物都得送给大头人一腿最好的肉，他是儿子更要把一半送去，以表孝心。

恰好窝朗牛也从人头桩那边回来了。

他好久都没有吃到鲜嫩的麂子肉了，见岩松打来了麂子，他那从昨天晚上起，就因为过于恼怒而一直紧绷着的脸，才有了一丝笑容，吩咐大娘："拿泡酒来！趁着麂子肉新鲜，我们烤几块吃。"

佤族人不会吃炒菜，有了肉只会用来煮、烤。

大娘和娓其忙挑选了几块前腿肉切成细长条，涂上盐巴、辣子和野花椒，用竹扦插着，放在火塘上烤，一会儿就烤得焦黄、肉香四溢。

他们一边烤，窝朗牛一边吃，还大口地喝着泡酒，很是高兴。

酒劲上来，窝朗牛的话也多了，又说起了从前他是怎样猎取野猪、老熊的。有一次夜间去伏击麂子，他还带了三娘叶妙去呢！

岩松见窝朗牛正处于兴奋、愉悦中，就趁机询问："阿爸，你把三娘绑往人头桩了？"

刚才还笑着的窝朗牛没有回答，脸上却顿时布满了乌云。

蹲在窝朗牛身后边服侍他喝酒吃肉的大娘，忙向岩松使眼色，示意他不要再说。但是岩松在几筒泡酒入门后，头也有些晕了，没有注意到大娘的眼神，仍然往下说："阿爸，你放了三娘吧！要收拾就收拾岩浆那个烂贼，是他坏……"

他的话还没有说完，窝朗牛就怒气冲冲地一抬手，把半筒泡酒泼了过来，怒喝道："哪个叫你管我的事？"

冰凉的泡酒淋湿了岩松的头发、脸、衣衫，也泼得他清醒了许多，才想起来，他的父亲一向是对事情做了决定后，从来不允许他们插手。

他只是救三娘叶妙心切，今天的麂子肉又烤得香，他又喝多了泡酒，在酒意驱使下，却忘了这些。

如今见惹得窝朗牛大怒，他是又怕又后悔，但是话已经说出了口，已经收不回了。他低垂着头，更不敢作声，任由窝朗牛像条发疯的公牛狂野地咆哮着。

窝朗牛今天的泡酒喝得多，脾气更大，愤怒地指着岩松："你说，你说，哪个叫你来说的？"

他知道岩松平日常带着岩浆出去活动，岩浆早就是岩松的心腹，还以为是逃脱了的岩浆托人来找岩松帮他说情，也就把岩松骂得更凶了。

岩松开始时还低着头任由责骂，被窝朗牛逼得紧了，心里一慌张，却说："那几个解放军也说，不能这样对待三娘，叫我劝劝你呢！"

窝朗牛更是怒不可遏："你怎么和他们搞在一起了？"

岩松忙辩解："没有，没有。我只是回来时，在寨子门口遇见他们，送了他们一腿麂子肉。"

窝朗牛气得大骂；"汉人！汉人！这些汉人还没有住进来，就要管我们部落的事。这还得了？"

岩松吓得那棕黑色的脸上直冒汗，想走又不敢挪动脚步。

安木素、娓其也是面面相觑地不敢相劝。

窝朗牛还在怒吼："我早就说过：石头不能当枕头，汉人不能当朋友。你们不听！"

吼着，吼着，他又大怒地说："我要把他们赶出去，赶回西盟，再也不准他们进部落来！"

这时候，魔巴从人头桩那边回来了。他离竹楼还远就听见窝朗牛愤怒的吼叫。他机智地没有立即上竹楼去，而是躲在下边静静地听着，弄清楚了事情的原委，也有了应对的办法，才缓缓地走上竹楼，见了窝朗牛还故意地问："哪个又惹你生气呀？"

窝朗牛板着脸不回答，只是问了一声："祭供完了？"

"完了。"

"'莫伟其'神没有怪罪我们吧？"

"怎么说呢？"魔巴并不立即回答，而是接过大娘递过来的泡酒筒先满饮了一口，又拿起一条烤麂子肉慢慢嚼着。他在人头桩那边走上走下，早就又饿又渴了，如今也想思索一下，怎么应对窝朗牛。

如果是别人，窝朗牛是不允许这样怠慢自己的，但是魔巴与一般人不同，是有法力的人。而且经常是他主动问魔巴，魔巴又经常是慢吞吞地回答，他对待魔巴不能不客气几分。

魔巴把一小筒泡酒都喝完了，才抹抹嘴巴，说："我两次把祭献的鸡摆上那块石头，都突然跌了下来。我晓得是神发怒了，又跪下念经、求告，神才接受了我们的供品。"

窝朗牛那因为发怒而涨红了的脸，也变得满是阴云。他没有料到，由于自己在盛怒时的疏忽，会引来神的不满。他更恼恨那个叶妙了，都是她惹来的事。

大娘却关切地询问："'莫伟其'神是怪罪我们怠慢了他，还是要我们放了三娘呢？"

如果是平常日子，窝朗牛会斥责大娘多事，但是这正是他想知道的事，也就仍然沉默地不作声。

魔巴很懂得怎么维护窝朗牛的权威，并没有立即回答，而是又拿起一条烤得焦黄的麂子肉，津津有味地嚼着，过了一会儿才说："窝朗没有叫我问嘛！"

大娘急了："你该问问嘛！"

心里充满了负罪感的五娘娓其也轻声说："魔巴，你问问嘛！"

处于焦虑中的窝朗牛，脸上怒气少了，多了几分惶然，他也在急迫地等待魔巴的回答呢！

娓其又给窝朗牛送上一块盐巴、辣椒、野花椒都涂得均匀的麂子肉，还把泡酒筒斟满递给他，让他吃得香，然后才说："我说，应该请魔巴问问'莫伟其'神；遇事不问，也是对'莫伟其'神的不敬呀！"

她的语气娇柔、恳切，很容易为窝朗牛接受。

大娘也趁机说："魔巴，你去问问'莫伟其'神吧！三娘这个人是有错。不过该怎么收拾她，我看还是要听'莫伟其'神的！"说完又看了窝朗牛一眼。

这次窝朗牛只是板着脸没有作声，似乎也同意了。

竹楼里几个人都暗暗嘘了口气，叶妙是不是有救？要看"莫伟其"神的恩典了。

他们都焦急地望着魔巴。

魔巴却仍然是微闭着眼养神，看得大家很是焦急。

大娘看不下去了，贴近魔巴耳边悄悄说了句："鸡杀晚了，煮不熟呵！"

魔巴这才哼了一声，说："去弄供品吧！"

大娘忙下楼去捉鸡、杀鸡。

窝朗牛沉闷地喝着泡酒。其他人怕又会惹怒他，仍然不敢作声。

他们就这样一筒又一筒，把两大筒泡酒都喝完了。好在窝朗牛家粮食多，酿的泡酒也多，平常日子，竹楼一角都立着几大筒泡酒，要喝的时候，只要往大筒里灌水就行了。

等到大娘杀好鸡，再放进土罐里煮熟，可以用来祭祀时，魔巴、窝朗牛都醉得躺在火塘边大声打着呼噜，喊也喊不醒了。

挨了窝朗牛的臭骂，一直处于紧张状态的岩松，也趁这机会溜了出来。他刚下竹楼，就远远见到了来找窝朗牛的金文才、小康，他急忙挥动手臂，示意他们不要过来。

"怎么哪？"金文才见岩松的神色这样紧张，不知又发生了什么事。

"我阿爸酒醉睡着了，不要去惊动他。"岩松一边说一边把金文才和小康引到离大竹楼不远的自己家。

岩松的妻子奥兰正在竹楼外的晒台上切割麂子肉，见来了尊贵的客人，很是高兴，笑盈盈地站起来欢迎："哎哟！是西盟来的大官呀！快请里边坐。"

她和那些皮肤微黑、俊俏的佤族妇女一样，也是长眉大眼，高挑身材，脸部轮廓鲜明。从明亮洁净的眼神里还可以看出，她是个聪明、能干的女人。

岩松的竹楼不大，也是四壁萧条。但是竹楼外的平台上挂了几副麂子、野猪的头骨，表明主人擅于狩猎。屋内的几件用具都摆放得整齐，竹篾楼板也擦洗得很干净，显示了女主人的干练。

岩松先让金文才他们在火塘前坐下，烤上一小罐茶，才把刚才窝朗牛大发脾气的事说了一遍。

他告诉金文才："他还说，要把你们赶出部落呢！"

"把我们赶出部落？为什么？"小康很不满意地问。

岩松不愿对金文才他们撒谎，老实地说："我说了，你们要我也劝劝他。"

"劝劝他有什么错？"小康更不满意了。

岩松哪敢回答，停了一会儿才说："他这样对你们，不好，真是不好！"

金文才没想到还没有去劝窝朗牛，事情就会变得这样严重，心想，这个窝朗牛也真是太专横了。但是他这个久经战阵又长期从事侦察工作的军人，一向是处变不惊。他显得很淡然地说："没有什么关系，他是泡酒喝多了容易发脾气，等他酒醒了，冷静下来了，就不会那样做了。"

"是吗？"岩松怀疑地问。

他不敢说窝朗牛固执，只好说："他呀！可是比石头还硬。"

金文才说："那是你们从来没有人敢对他讲道理，他就以为自己完全对了。"

岩松摇头："他那样凶狠、蛮横，骂起人来那样厉害。我们哪里敢多说几句。"

金文才笑了："就是因为你们太怕他了，他才那样凶狠。"

岩松想了想，点头："是这样！不过他是我阿爸，又是部落里的大窝朗，做对了，做错了，都没有人敢反驳他。"

金文才也同情地点头："是这样。不过我们为了救你们三娘的命，还是要劝说他。"

他又问："你们部落有多少人支持你阿爸把叶妙绑往人头桩？"

岩松说："我才从山里回来，没有问。"

"你估计呢？"

"男的喜欢女的，女的喜欢男的本来是好事情。我猜想，除了五娘一向烦她，别的人是懒得管她和岩浆的事。"

"那就是说，我们劝你阿爸把叶妙放掉，部落里不会有多少人反对。"金文才说。

"不会，不会。这是救二娘的命，会有好多人喜欢你们。"

紧接着，他又说："就怕我阿爸不听，还会大发脾气，把你们赶出部落。那个时候，我们也不敢劝他。"

金文才说："你们害怕他，就不要劝。不过你要劝说部落里的人不要反对我们，更不要牛角号一吹，就提着明火枪、砍刀来赶我们。"

"不会，不会。你们救三娘，他们还会悄悄地请你们去家里喝泡酒呢！"说着，他高兴地对正在切割麂子肉的妻子说，"把肉烤烤，我要和解放军大哥喝几筒泡酒。"

岩松的妻子见来了贵客，早就把用来涂抹烤肉的盐巴、辣子、野花椒准备好了，还凉拌了两木盆野蒜、野茴香，让他们敞开胃口喝酒吃肉。

小康被岩松妻子的真情待客所感动，悄悄向金文才建议："是不是也送点礼物给这位大嫂？"

金文才让小康从军用挎包里取出一副银耳环、一块线织的花头巾递给了奥兰。

这太出乎奥兰的意料了，愣了好一会儿，才问："给我？送给我？"

昨天她见三娘、五娘都得到了贵重礼物，很是羡慕，还在想着，等岩松狩猎回来后，让他也去为她讨一副银耳环，只是担心人家不会给。如今，人家却主动送给她了，真叫她高兴，忙放下正在烧烤的麂子肉，擦干净手，欢快地佩戴了起来。只是她没有镜子，不知道自己是怎样漂亮，只能问岩松："好看吗？"

"好看，好看！"岩松也很高兴。

小康又被感动了，对金文才说："参谋，好事成双，再送她一面镜子嘛！"

金文才笑着点头："好嘛！"

奥兰更是喜出望外，拿着镜子照了又照，一再说："太好了！太好了！我太喜欢了！"又激动地对岩松说："人家那么好，拿什么谢谢他们呢？"

岩松摇头："我也不晓得。你当家，你看看怎么谢吧！"

金文才忙说："不用谢！这都是人民政府让我们带来的，等我们的工作组来了，还会给你们送来更多的东西。"

纯朴的奥兰更是感动，连声说："不敢要了，不敢要了。这礼物够重了。"

岩松想起刚才被窝朗牛责骂的事，不由得感叹地说："人家解放军这样好，阿爸还见不得人家，说要把他们赶出部落呢！"

"为哪样？为哪样？"岩松妻子奥兰那双美丽的大眼睛睁得更圆更大了。她刚才在竹楼进进出出，没有听见岩松向金文才叙述他挨窝朗牛骂的事。

岩松只好又简略地向奥兰说了一遍。

奥兰当然知道窝朗牛一向专横武断，但还是说："三娘就是可怜嘛！是要救她。"

她沉吟了一会儿，又对岩松说："你是他儿子，他当然可以随便骂你、打你。他敢骂解放军大哥？解放军大哥是尊贵的客人，又不是他的儿子、奴隶！

人家解放军人多、枪多。听说在西盟有几千人，个个都带着'集中炸'。哪个不怕他们？"说着，她那佤族年轻女子的胆大、泼辣劲又表现出来了，对金文才说："解放军大哥，他若骂你们，你就甩给他一个'集中炸'！他最怕'集中炸'呢！"

吓得岩松急忙制止她："你乱说些哪样？阿爸听见了，会把你拴往人头桩。"

她却故意问他："把我拴往人头桩？你不会来救我？"说着又妩媚地笑了，"我才不怕呢！我向解放军大哥要个'集中炸'来，哪个也不敢惹我。"

奥兰这豪爽个性，引得金文才、小康都笑了。

小康笑着说："难怪岩松不敢像窝朗牛那样娶五六个老婆，大嫂厉害得很呢！"

说得奥兰反而羞红了脸，又低下头去继续烤肉，停了一会儿，才笑着说："我对岩松可好了。他可不怕我。你们问他，可是这样？"

过了一会儿，她又说："我也只是说说，我也没有见过'集中炸'是怎么厉害呢！"

在那边的大竹楼里，大娘安木素见魔巴酒醉后长时间昏睡不醒，推他，喊他，仍然是昏昏沉沉地不动弹。她想到可怜的叶妙再在人头桩前绑一段时间，就可能丧命。一着急，也不怕得罪这个和鬼神有往来的人，抱起一筒凉水泼往魔巴脸上，惊得他从睡梦中一跃而起，大叫："可是下雨了？"

引得五娘娓其大笑，忙用块破烂头巾去帮他擦拭脸上、脖颈子上的水。

待魔巴清醒过来了，大娘安木素才对他说："魔巴，你还要去敬神呀！鸡都煮烂了。"

"敬神？哦！是要敬的。"魔巴说。但他伸了个懒腰后仍然困倦地不想动。上午去往人头桩，在那狭窄、陡峭山路上走上走下，对他这个瘦弱老人来说，已经够累了，如今又是酒后困倦，他实在不想再动弹，昏昏沉沉地坐在那里不断打哈欠。

大娘给他点燃了一袋老草烟，待他吸够了，清醒一些了，又催促他："魔巴，该去祭神了！"

他才勉强站了起来。

大娘也知道老衰的魔巴行动艰难，关切地说："我让岩松他们背你上山去吧！"

魔巴高兴了："你真是太晓得'莫伟其'神的意思了，他正要我这样告诉你呢！"

大娘也不管这话的真假，忙双手合十向天作了个揖，就赶紧去往竹楼外找岩松他们。

从天亮前到傍晚，这漫长的一整天，被捆绑在人头桩前的叶妙，又渴又饿，全身被捆得发麻，特别是涂抹在身上的草药药性正在减弱，蚊虫、小黑虫又"嗡嗡"叫着拥上来叮咬。她几次眼前一阵阵发黑，衰竭地陷于昏迷中，恍惚中死神的黑翼在不停地扑打着她，既沉重又恐怖……

她深感身心极度的痛苦，这是死期临近的前兆。她连呻吟的力气都没有了，只能无力地低垂着头等待死亡的到来。

黑雾浓厚地围绕着她，令她呼吸急促，昏迷过去。

也不知道过了多长时间，她在神志模糊中，觉得有人凑近她叫喊她："三娘！三娘！"

这喊声如同从生命的彼岸掷出的一根长长绳索，把她从漫无边际的、不断浮沉的黑水迷雾中拉了回来。她觉得没有原先那样难受了。

又过了一会儿。她觉得自己似乎正浮沉于一道清凉的溪流间。水的冲击给了她活力，她才逐渐苏醒。

她的面前站着几个人。都是她熟悉的人，有魔巴、岩松、山药、岩峰。

山药正抬着一小筒水，往她嘴里灌。

魔巴虽然经常和垂危的病人打交道，见多了那些憔悴的面容，但是没有想到前两天还很壮健、漂亮的叶妙，突然变得这样干瘦。他惊异地喊着叶妙的名字，还怜悯地叹息："唉，唉，可怜的叶妙呀！你怎么成了这个样子？好鲜嫩的一朵花，成了被牛蹄子踩烂了的癞蛤蟆。你又没有得罪'莫伟其'神，怎么能受这样大的罪？"

叶妙心里却很明白。她想说，我没有对"莫伟其"神不敬，只是惹着了窝朗牛。但是如今身心过于虚弱，她没有力气说出来，只能无声地嚅动着嘴唇。

这可怜状，让魔巴、岩松、山药看了更觉得凄惨。

岩松、山药见蚊虫、小黑虫还在猖狂地叮咬叶妙，又忙着去为她寻找草药。

魔巴把煮熟了的鸡在石头上摆好后，就开始跪拜念咒语。出于对叶妙的同情，他没有代窝朗牛表达对叶妙惩处的要求，而是默默求告"莫伟其"神开恩，拯救这个可怜的女子。

他求告得很真诚。他想，我一定能感动"莫伟其"神的。这当然不为跪在一边的岩松、山药所知，其实他们也在暗暗恳求"莫伟其"神拯救叶妙。

一只藏在附近树林里的猫头鹰可能是嗅到了鸡肉的香味，悄悄地飞了过来，正要盘旋而下叼食鸡肉，又发现了跪着的魔巴等人，急忙扑扇着翅膀飞走了。但是鸡肉的香味又令它舍不得远离，过了一会儿又飞了过来，不过仍然不敢在这些人面前扑向鸡肉，它盘旋了一会儿，只好又飞走。等它第三次闯进来时，魔巴他们已经念完咒语，全都站了起来，吓得猫头鹰急忙飞走，再也不敢来攫食了。

这都被魔巴看在了眼里，他忙向猫头鹰飞走的方向一再作揖，并大声祷告："'莫伟其'神，你的意思我明白了！我明白了！我会去告诉窝朗……"

他明白了什么？岩松、山药想问又不敢问。

魔巴撕下了一块鸡肉给山药，示意他去喂给叶妙。

山药把这鲜嫩的鸡肉撕成一丝丝塞进叶妙嘴里。这高蛋白的食物，使得叶妙如同吞食了救命仙草，人也逐渐有了精神。她望着虽然脸上满是深沟似的皱纹，却深含着慈祥神色的魔巴，哀声求告："魔巴，魔巴，你救救我！"

魔巴低声说："叶妙，你不要急，'莫伟其'神已经答应对你开恩了！"

"哦！"叶妙感动得要跪下来，只是身子被捆在树干上不能往下蹲。

叶妙当然不知道，那两个给过她镜子、银耳环的解放军，从娜红那里了解到她被绑来人头桩后，就着急地在寨子里奔走，找大娘、找魔巴、找岩松他们，想法解救她。

她只知道，在她被捆绑了这样久，生命处于奄奄一息时，岩松、山药、魔巴给她水喝、喂她牛干巴、鸡肉……她脆弱的生命才得以延续。

天色已经完全昏黑。冷峭、狂猛的大风呼啸着在山野间滚来滚去，山林也似乎失去了原有的稳重，在颤抖地跟随着呼喊。

山野的夜，特别是人头桩前的夜晚是如此阴森、恐怖。过去在人头桩前绑久了的人，多数都很难熬过一两个夜晚。魔巴和岩松他们都在为可怜的叶妙担心，如果他们离开了这里，那些毒虫又会拥上来吸叶妙的血。已经很虚弱的叶妙，还有多少血给那些毒虫吮吸？

魔巴一边念着咒语，一边在费力思考，怎样才能拯救叶妙。他想了又想，只能拖延着，先不让叶妙死掉。

他和岩松临走时，对山药、岩峰等人说："你们就在这里守着，不要让她跑了。"

山药、岩峰忙点头。

魔巴又补充了一句："冷，就烧堆火烤烤；她想喝水，帮她去找。"

火可以取暖，还能把蚊虫、旱蚂蟥都赶走。

窝朗牛这酒醉后的一觉，从上午睡到傍晚都没有醒来。大娘安木素和娓其也不去惊动他，还给他盖上两条棉毯，让他睡得舒畅。

这期间，奥兰上楼来看过两次，都被大娘安木素和娓其告知，窝朗牛在睡觉，让她转告金文才他们：不要急，多等一等，晚上或者明天再来。

大娘安木素知道金文才他们是为了释放叶妙而来，担心他们提出这事后，脾气暴躁的窝朗牛会和金文才他们大吵，甚至把他们赶出部落。

她想，还是等待魔巴从人头桩回来后再仔细商量。

金文才也明白，在民族地区做工作，性急不得，只好耐心地在岩松家等待着。

大娘安木素见窝朗牛一直睡着，魔巴又迟迟不见回来，很是为叶妙的生死着急。

如今见魔巴上了竹楼后，一副从容镇定的态度在火塘前坐下，就估计是"莫伟其"神开恩了，忙凑近前，悄悄地问："怎么了？要不要喊醒他？"

魔巴在人头桩前上上下下忙了这样久，早就口渴了，连喝了三碗浓茶，才慢吞吞地说："喊醒他吧！"

娓其忙去摇动窝朗牛。

酒后的窝朗牛睡得很是舒畅，醒来后，也喝了一碗大娘为他烤的浓茶，心情很愉快。他见魔巴还坐在那里，还以为他也是刚刚睡醒，就说："你怎么还没有去祭拜'莫伟其'神？"

大娘说："他已经从人头桩回来了。"

窝朗牛这才觉得自己睡了很久，忙问："'莫伟其'神有旨意吗？"

魔巴说："我按照你的请求，恭敬地献上供品，一再叩头、念咒，说了叶妙的事。'莫伟其'神一向关心我们部落，对你求告的事从来都回答得快。我还跪在那里时，一只大鸟就飞了过来，进来又出去，出去又进来，一连三转……"

"哦！"窝朗牛很是惊愕。大娘和娓其听了也发出了惊叹声。

魔巴指着岩松说："他们都看到了。"

岩松点头："看到了。我们这样多人在那里，大鸟也不害怕，还把宽大的翅膀抖了又抖。"

"大鸟飞来干什么呢？"窝朗牛问。

"鸟本来是怕人的，那只大鸟不但不怕我们，还一再飞过来大声喊叫，像要对我们说话。那是神的化身呵！"

"哦——"窝朗牛更是为之肃然。

魔巴说："我当时就明白了'莫伟其'神是在指点我们该怎么做。"

"神的意思是哪样？"这时候的窝朗牛，比谁都着急。

"鸟要飞，人要走。"

"什么？他说的是什么意思？"窝朗牛还不明白。

魔巴郑重地说："他要你放了叶妙。"

"哪样？要我放了她？"

"我看是这样！"

窝朗牛一时间乱了方寸，他没有想到拜祭"莫伟其"神后的回应会是这样。这真是与他原来的想法不吻合。放了那个有错还敢在他面前又哭又骂的叶妙，真是有损他的威严。他为难地长久没有作声，只觉得头肿胀得发痛。

善于服侍他的大娘感到了他的焦虑，用块破布在冷水里浸湿、扭干，帮他擦去额头上的汗；一直在旁边不作声的五娘娓其也端给他一碗烤茶，让他解渴、定神。

这两个最亲近的女人的细心体贴，使他深感安慰。他问："你们说怎么办呢？"

她们不敢作声。

"说啊！你们说话呀！"

大娘这才小心翼翼地说了一句："'莫伟其'神的意旨还是要听从吧！"说完又问五娘娓其："你说呢？"

娓其为了弥补自己的过错，也轻声说："是这样。"

窝朗牛长久地板着脸没有出声。他见竹楼里的人都在等着他的决断，也觉得神的意旨不能违拗，但是又不愿意就这样轻易地饶了那个叶妙。他沉重地长长吐出了一口粗气后，无可奈何地说："太便宜她了！"

竹楼里的人都不敢作声。但是他那焦虑、凶狠的眼神却在他们之间扫来扫去，要求给予回应。

大娘只好又说："叶妙是不好。不过在人头桩前捆了这样久，不死也脱了一层皮。已经够她受了！"

娓其也点头："是这样。"

窝朗牛听了，才觉得稍为解恨，两只肥厚的大手一拍："好！我听从'莫伟其'神的旨意！"

说完又望着魔巴，想听听这个神的代言人的意见。但是聪明的魔巴却是两眼紧闭，双手合十地向天作揖："'莫伟其'神，窝朗牛是你虔诚的弟子。你保佑他吧！"

这给竹楼里的人感觉，那法力无边的"莫伟其"神就在他们茅草屋顶的上空，把他们的一举一动、一言一行都看得清清楚楚，也都悚然地连连向天作揖。

竹楼内又是死一般的沉寂。过了好一会儿，窝朗牛的情绪才略为平静下来，也就想和魔巴进一步商量，放了叶妙后，怎么处置。是把她赶出部落去，还是把她卖掉？他可是用两头大水牛把她换来的呵！还有那个岩浆还没有抓回来，该怎么办？

这时候，竹楼外边却传来了金文才与岩松妻子奥兰说话的声音，好像是向这边走来。

娓其去竹楼门口看了一眼，对窝朗牛说："那两个解放军来了。"

窝朗牛很不想在这时候与外来人见面。他冷冷地问："他们来干什么？"

大娘、娓其都没有作声。

魔巴缓慢地说："可能也是受'莫伟其'神的指点，为叶妙的事来找你。"

窝朗牛想起来了，大娘和娓其曾经告诉他，这两个解放军早上就来过，想劝说他释放叶妙，只是他不在家，没有见着。如今，他那刚刚压下去的怒火又勃然兴起，忍不住大吼了起来："他们来干什么？我们家的事不要他们外人管！"

竹楼里的人都不吭声。他们都习惯了，窝朗牛发脾气的时候，不要插嘴、答话，不然会引来麻烦。

窝朗牛见没有人答话，又继续吼道："他们敢管我的事，我就把他们赶出部落去！"说着就对在一旁的岩松说："去叫人敲响木鼓，喊拢人，听我的吩咐！"

幸好金文才他们这时候还在竹楼外边与岩松的妻子聊天，没有立即进大竹楼来，不然一场由窝朗牛发起的冲突，就难以避免了。

大娘焦虑地推了一下魔巴，示意他劝劝窝朗牛。

魔巴却没有立即吭声，任由窝朗牛又暴躁地狂喊了一阵，才摆动着他那消瘦的脑袋，轻声说："赶不得！"

窝朗牛瞪了他一眼："怎么哪？"

魔巴神情严肃地说："怎么能随便赶呢？你忘了？他们进部落来，是'莫伟其'神答应的。"

窝朗牛顿时泄了气，但是仍然恨恨地说："'莫伟其'神没有让他们进部落来欺负我！"

娓其虽然是这次事端的制造者，对叶妙的恨意也没有完全消除，但是在她心目中，送过她贵重礼物的这两个解放军，可是令她极为尊敬的客人。她很不愿意窝朗牛与金文才他们有冲突，忙凑往窝朗牛身边，柔声细语地劝说："哎！他们怎么敢欺负你呀！你是大窝朗，哪个不尊敬你呀！你看他们一见面就送了那样多好东西给我们。"

窝朗牛仍然固执地说："我不想见他们！"

大娘也过来劝："人家是从西盟张大官那里来的客人，怠慢不得。如今都来到竹楼底下了，怎么能够不见面？娓其说得有道理，他们对你很是尊敬。我看他们来看你不会有坏意，还是让他们上来吧！"

这几句话使虚荣心很重的窝朗牛又减少了一些怒气，他又看了看一直微闭着眼睛、似乎在默默祷告的魔巴。

魔巴这才睁开眼睛，对窝朗牛说："我刚才闭眼祷告时，眼前出现的不是黑雾，是几道红光，那红光罩着你这座大竹楼，特别罩着你，好明亮。我看不是坏兆头。"

窝朗牛听得很是舒畅。这时候，火塘里的火烧得正旺，确实把他脸上、身上映得通红，也烤得他身上发热。

魔巴又说："请他们上来吧！先听听他们想说些哪样，多几个朋友总是好事情。"

窝朗牛只好同意地点头。

大娘给娓其使了个眼色，这年轻妇人就灵巧地赶往竹楼外边去迎接客人。

娓其见了金文才，笑得很是亲切。戴在手上的银手镯轻轻晃荡着，更是增添了她的妩媚。

金文才和小康也亲切地向她点头、问好，还问："窝朗牛好吗？"

她压低声音说："刚才还在为三娘叶妙的事冒火呢！"

"哦——"金文才明白了，这是聪明的娓其向他们传递信息，提醒他们不要提及叶妙。他点点头，表示明白了。

小康没有随同进去，仍然抱着冲锋枪在外边竹晒台上警戒。

竹楼里的气氛有些压抑。窝朗牛板着脸端坐在火塘上方，一声不吭，坐在一旁的魔巴则是灵魂出窍了似的闭着眼睛、懒散地把身子靠在柱子上，只有大娘客气地站起来请金文才往火塘边坐。

作为主人的窝朗牛这样慢客，虽然使金文才有些意外，但他还是在火塘边坐下，然后从容地喝了一口大娘端给他的烤茶，才说："窝朗，我们工作组就要进你们部落来了。我是来问问，你们还要什么帮助，除了衣服、盐巴，还需要什么。"

金文才他们在西盟时，团领导就告诉他，将来工作组进驻蛮丙部落时，送去的第一批救济物资将会有一千斤盐巴、一千套衣裤和妇女用的筒裙。先送给最穷困的人家，以后再陆续运来。这些物资是用中央民族事务委员会特意拨给西盟地区的救济专款购置的。

窝朗牛当然不知道，这期间，部队派出的那个班，早在离部落不远的小河边等待，而且那个小娜红已经悄悄带着金文才的信去催促他们过来了。他因为还在生气，摇头说："不要！我们什么都不要！"

金文才惊讶地问："怎么什么都不要？这两天我们在寨子里看了看，好多人家都没有盐巴吃，没有衣衫穿。有的人家是被褥都没有一条，两三个人合用一条破毯子呢！"

这是事实，窝朗牛也只能点头承认，不过他还是断然地拒绝："我们部落里的人是很穷。我们也拿不出猪、鸡来换你们的盐巴、衣衫。"

金文才忙告诉窝朗牛："我们不要你们的猪、鸡。这些盐巴、衣衫，是共产党和人民政府送给你们的。每家每户都有一两件。"

窝朗牛从前也接受过一些部落以外的人的礼物，那数量很少，而且只是送给他个人，从来没有听说过送给全部落人的事。金文才他们却这样慷慨，把他也惊住了。他怀疑地问："我们部落人多呢！你们能有那样多东西来送？"

"有！我们来你们部落前，人民政府就把那些盐巴、衣服运到西盟了。保证全部落每个人都有一份。"

"你不要哄我！"窝朗牛怀疑地摇头，"那要多少头牛羊来换？"

"刚才我就说过了，不要你们的东西，那些衣服全都是送给你们的。"

全屋子的人都惊住了，就连魔巴也从"昏睡"状态中睁开了眼睛。

"哎呀！太好了！我要一条红筒裙！"娓其兴奋地说。

金文才笑了："有的，有的。会给你一条红筒裙。大娘、叶妙，还有全寨子其他妇女都能得到一条筒裙。"

窝朗牛又生气了，板着脸问："你们也给叶妙那个烂婆娘？"

金文才装作突然省悟的神态，说："哦——叶妙不在寨子里，被你绑往人头桩了。我看她罪不该死。窝朗，放了她吧！"

窝朗牛神情冷漠地说："这事不要你管！"

"不是管。是劝你。"

"也不要你劝！"窝朗牛又显得很蛮横。

"我们是朋友。劝劝还是可以吧！"

"我不想听！"

金文才也严肃地说："事关人命，你怎么能不听劝告呢？"

急于得到那条艳丽红筒裙的娓其，怕他们吵起来，忙说："叶妙不会死，'莫伟其'神已经告诉魔巴，让窝朗饶了她……"

她的话还没有说完，就被窝朗牛厉声呵斥："多嘴！"

娓其不敢再作声了。她虽然被窝朗牛宠爱，但遇见他发脾气，还是得小心。

金文才转而问魔巴："是这样吗？"

魔巴又微闭起眼睛，缓慢地点了点头。

金文才又对窝朗牛说："窝朗，你们的'莫伟其'神都开恩了，那就放了她吧！"

窝朗牛恼怒地说："'莫伟其'神只是要我饶了她，没有要我放了她。"

金文才有些奇怪，怎么叫"饶了她"？绑在人头桩前不放，那还不是死路一条。

他当然不了解，窝朗牛的恨意还重，特别是，他把叶妙收作第三房妻子时，用了两头牛。按照老规矩，把人从人头桩前释放了，就要给这个人充分自由，以后不再过问她的事。放了叶妙，就如同白白放走了两条很值钱的牛。对叶妙充满了恨意的窝朗牛怎么甘心？

魔巴提醒金文才："窝朗的意思是，不能白白放了叶妙。要她先赔还两头牛。"说到这里，他又特意问窝朗牛："是不是这样，窝朗？"

窝朗牛板着脸不作声，不肯定也不否定。

"她赔得起吗？"金文才问。

谁也不回答。但是竹楼内的人都知道，叶妙的老爸早就病死了，她老娘哭瞎了眼睛，家里穷得小竹楼要倒塌了，都没有劳动力去修缮。虽然寨子里有相互帮助的传统，但那也得拿出饭食、泡酒来招待来劳动的人呀！她们家穷得一顿饭菜都招待不起人们，哪里还拿得出两头牛来？

这些情况，金文才也了解，还是故意地问："如果叶妙赔不出来，就只有继续在人头桩下绑着？"

竹楼里的人仍然不出声。

小康忍耐不住了："不行，不行，不能这样！"

自感威严的窝朗牛，平常哪里允许人们在他面前喊叫？如果是他部落的人，他早就勃然大怒了，但是魔巴等人一再提醒他，这几个解放军是从西盟来的尊贵客人，而且一直对他很友善，刚才还说了要送给部落里的人大批衣物、盐巴呢！

他耐着性子没有再发脾气，只是略带嘲讽地说："她的事和你们有什么关系？你们急哪样？"

金文才没有想到窝朗牛会这样冷酷，叹息说："窝朗，你把她在人头桩再绑两天，她还有命吗？"

窝朗牛蛮横地回答："我不管这些。你是不是想要她做婆娘？好！送给你。"

这真是令金文才哭笑不得，他严肃地说："窝朗，你把话扯到哪里去了？我们人民解放军有严格的纪律，也就是你们说的规矩，不准拿人民群众一针一线，哪里会要你们的女人做婆娘？何况三娘叶妙还是你的婆娘。我们只是想救她一条命！"

"你管得好宽！"窝朗牛一生气，又几乎忘了魔巴刚才传达的"莫伟其"神的意旨。他胸前文着的牛头、两臂上的长长牛角又在剧烈地冲撞。

金文才也感到自己刚才过于激动，忙把语气放缓和，说："窝朗，你家的事，我是不能管。我们是听说你们的'莫伟其'神很关心部落里的人的生死，你这样收拾三娘叶妙，问过了你们的神吗？我们汉族也有神，神说过，救人一命胜造七级浮屠，也就是说比造七层高塔还会得到神的喜欢……"

佤族地区没有佛塔，但是他们有人去过傣族地区，见过那独具特色的白塔，虽然不高大，但还是建筑精美，时常有傣族男女带着香烛、供品去拜祭。可以看出，那佛塔是能庇佑人平安的吉祥物。

这又让窝朗牛肃然地想起了"莫伟其"神的意旨，不敢再发火了。

金文才的巧妙解说，使得竹楼内气氛暂时得到缓和。但是大娘安木素想到叶妙在人头桩前已经捆得很久了，再捆下去，就性命难保，忙对窝朗牛说："你就看人家解放军的情面，放了叶妙吧！她有错，你也把她收拾够了。"

窝朗牛还是阴沉着脸不答话。

魔巴也很不满意窝朗牛这样不给人家解放军情面，但是他不好再说什么，只好又闭上了眼睛做祈祷状。

这个细微动作再次提醒了窝朗牛，自己再怎么生气，"莫伟其"神的意旨还是违拗不得呢，就对金文才说："你想要我放了她？可以！叫她给我牵两头牛来！"

金文才问："她家有牛吗？"

"三娘家穷，出不起。"岩松小声地说。

"多嘴！"窝朗牛瞪了岩松一眼，又蛮横地吼着，"哪个叫我放她，哪个就拉两头牛来！"

金文才也生气了："我没有牛，我只有一匹马！"

窝朗牛听岩松他们说过，这几个解放军带有一匹毛色雪白、浑身都闪着银光的高大、壮实的好马。那是自己部落那些矮小、瘦弱的山地马不能比的。如果自己能骑上，是很威风的。他略带嘲讽地问："你舍得给我马？"

马是部队临时配备给金文才用的，他本来无权送人，但是他如今在气头上，又急着救人，就脱口而出："只要你放掉叶妙，就给你！"

"你们都听到了吧！"窝朗牛大声吼着。

竹楼里的人都愕然。

窝朗牛又冲着金文才大声说："牵过来！"

金文才没想到窝朗牛会对自己的马感兴趣，这才感到过于冲动了，但是他明白，如今在窝朗牛面前不能反悔。他想，这事是对是错，等我回西盟再向团首长说清楚，要检讨，要赔偿，要处分，以后再说。如今，时间紧迫，救人要紧。

外边的夜色越来越浓重，金文才就对魔巴他们说："你们都做个证明吧！我给他马，他必须放掉叶妙。"

大娘、娓其都不敢作声，只是连连点头。

只有魔巴闭着眼睛说："'莫伟其'神在天上听着呢！"

"好！我们就按照窝朗的要求来办。哪个也不能反悔！"金文才毅然地说，然后对着竹楼外的小康大喊，"小康，去叫小杜把我们的那匹马牵来！"

竹楼四面透风的篾墙不隔音，守在外边的小康一直在注意听着金文才和窝朗牛的谈话。

他很着急，再这样拖延下去，可怜的叶妙只有死在人头桩前了。如果不是要遵守部队纪律和民族政策，年轻气盛的他，会冲进来加入这场事关人命的"辩论"，甚至与窝朗牛大吵起来。这时候，他觉得事情有了转机，忙大声地回答："是！"跳下竹楼就去牵马。

金文才又郑重地对窝朗牛说："你是用两头牛换的叶妙，我不会让你吃亏。你若嫌少，等我们的工作组进了部落，我再给你一匹马！"

窝朗牛没有回答，心里却在暗暗思索："这个汉子很厉害，办事也很干脆。不能让他再带着更多的人和枪进部落来，得趁早把他们赶出去。"

大娘却感动得淌下了眼泪。

娓其想到这都是自己对叶妙的嫉妒引来的麻烦，愧疚地低下了头。

魔巴这才睁开那微闭的眼睛，对愣在那里的岩松说："你蹲在这里干什么？还不赶快去把你三娘放回来！"

大娘趁窝朗牛不注意，悄悄把一葫芦泡酒塞给了岩松。

岩松这才从过于激动的状态中清醒过来，长长地"啊——"了一声，冲出竹楼门，就往下跳，以平日在山岭间追逐岩羊的飞快速度奔往人头桩方向。

叶妙虽然有好心的山药他们烧起一堆火为她御寒、驱赶毒虫，让她不致立即被冻死、被毒虫叮死，但是想到窝朗牛杀心很重，不肯轻易饶恕人，她又觉得自己仍然是生还无望，又伤感地痛哭起来。

山药他们也无法劝她，只有任由她哭泣。

夜色越来越浓，风也更冷。山药、岩峰他们在坡上坡下奔跑了多次后，也很累了，困倦地在温暖的火堆前睡着了。叶妙却睡不着。她只能默默地不断求告"莫伟其"神拯救她。

神在哪里呢？在这被一堆时明时暗的篝火映照着的人头桩前，看不见，也接触不了。她又陷入了绝望中。

又不知道过了多久，"神"终于有了"回应"，在人头桩一侧的那条小路上传来了急促的脚步声。

还没有等那些人走近，叶妙就听到了那跑得气喘吁吁的岩松用激动的声音大喊："三娘，三娘，你有救了！有救了！"

山药、岩峰也都被惊醒了。他们又高兴又有些不相信，窝朗牛怎么会放三娘？真是"莫伟其"神亲自来到人间拯救三娘了吗？

叶妙更是觉得眼前的火堆都在急速旋转。她激动得又一次昏迷过去。

岩松也顾不上回答山药、岩峰的问话，而是先把叶妙从树干上解下来，把那一葫芦泡酒灌往她嘴里，帮她提神养气。待叶妙恢复了精神，他才把解放军劝说窝朗牛的过程，简略地说了一遍。

山药、岩峰很是惊讶，叶妙更是感动得大哭。

等叶妙哭够了，岩松才说："三娘，快向'莫伟其'神叩头吧！不是他把那几个解放军引进部落，哪个劝得了我阿爸？为了救你，人家还把那么好的一匹马都给了我阿爸。"

叶妙又哭着跪了下去，向那被稠密的枝叶遮蔽的黑暗天空叩头再叩头。

一只栖息在高处树枝上的夜鸟，也被他们激动的话语声惊醒了，急促地啼鸣了几声。给叶妙和岩松等人的感觉，这是神在回答她的感谢。

他们把火堆弄熄后，就轮流背着叶妙往坡下走。

陡峭小径两边的枝叶和垂下来的带刺的藤条，不断触及她的头脸、手脚，有时很痛有时很痒。她却感觉是大山的神灵在不断亲吻她、提醒她："你有救了！你有救了！"她感动得又想哭。

他们把叶妙背到她住的小竹楼下，想往楼上背又不敢，就让岩松上大竹楼去询问窝朗牛，该怎么安置叶妙。

见岩松进来，窝朗牛那阴沉的脸色又充满了恼怒，也不说话。还是大娘关切地问："把三娘带回来了？"

窝朗牛却大怒："她是哪样三娘？她如今不是我们家的人了！"

岩松既困惑又紧张地问："那怎么安置她？"

窝朗牛指着金文才说："交给他。是他的人了！"

金文才颇感诧异："怎么能这样？"

窝朗牛板着脸说："我收了你的马，当然得把她交给你！一样东西换一样东西，两家都不吃亏，这是我们佤族人的规矩！"

金文才忙向他解释："我们只是劝你不要整死她，哪里能要她？"

窝朗牛却蛮横地说："我不愿再看见她！你不要她，我就杀了她！"

他说得那样狰狞，竹楼里的人都吓着了。

金文才只好又劝他："窝朗，你不能这样。随便杀人，你们的'莫伟其'神也不会答应吧！"

这时候，一直微闭着眼睛养神的老魔巴，双手合十说了句："请'莫伟其'神保佑窝朗！"

这低低的声音却如同一道无形的重锤敲向窝朗牛，使他被震慑，也使他又想起了还有神灵在上，他那正腾起的杀气顿时被压了下去。他有些不知所措，沉闷地停歇了好一会儿，才气呼呼说："我不管你要不要她做婆娘，我是不准她再留在我的寨子里。"

他是那种极其专横、冷酷，对女人爱之欲其生、恨之欲其死的人。从前他的一个排行第四的妻子失宠后，就逃跑出去，因为害怕他追杀只好迁往很远的其他部落。

如今为了在外人面前维护他的大头人尊严，他更是显得固执、蛮横。

金文才不再和他争辩。他在想，可怜的叶妙既然和这个窝朗牛决裂了，也确实不能再住在离大竹楼这样近的小竹楼里，应该远离窝朗牛，人身才有安全。这部落里的人家怕得罪窝朗牛，也不敢收留她。但是送往哪里去呢？他一时间也没有了主意，他想，总不能送往西盟吧？那样真是会被蛮丙部落的人误以为是他这个解放军趁机娶了叶妙呢！

这时候，竹楼外边传来了由远而近的马的嘶鸣声。小康把那匹白马牵来了。

从这里去往下寨门外的路并不长，但是舍不得这匹好马的小康、小杜特意把白马刷洗了一番，还给马喂饱了吃食。所以现在才来到这里。

寨子里的人晚饭吃得迟，吃完晚饭后，多数人都在火塘边吸烟、喝茶。这时听见外边有马的蹄声、嘶叫声，都好奇地跑出来观看，还相互打听是怎么一回事。也就很快知道了，是解放军用这匹好马救赎三娘叶妙。

人们都深为解放军的义举感叹。还有一些人跟随着来到窝朗牛的大竹楼下看热闹。

金文才请窝朗牛下楼去看看马。

窝朗牛却端坐着没有动，他从马的响亮嘶鸣声中就知道这是一匹高大、健壮的好马。

金文才这才想起来，窝朗牛是不愿意与还停留在小竹楼下的叶妙见面，就约了岩松一起下楼去，让他代表窝朗牛接收这匹马。

竹楼下挤满了看热闹的人，有的看马、摸马，有的蹲在憔悴不堪的叶妙身边安慰她。

岩松的妻子奥兰见叶妙满脸满身都是毒虫叮咬的伤痕，忙赶回去端了一竹盆热水来帮她擦拭……

金文才想到岩松妻子是个泼辣、大胆、有主见的人，就把她喊到一边，悄声问她："你能够帮你们三娘找个住的地方吗？你阿爸把她赶出来了。"

"唉！三娘太可怜了！"岩松的妻子叹息说。她本来想让叶妙先在她家住下，但是她也知道岩松惧怕窝朗牛，不会同意收留叶妙。她想了想，说："三娘是小寨人。送她回去吧！"

金文才问："她家还有什么人？"

"一个瞎了眼睛的老阿妈。"

"怪可怜的。"金文才说，"这样很好。可以让她回去照顾她老娘。"

他请岩松的妻子和几个热心的妇女把叶妙扶起来，先去她那座小竹楼里收拾一下，有什么东西需要带走。

叶妙却不愿再进入那令她积聚了太多伤心的狭窄小楼，而且家徒四壁，也没有什么可以带的。叶妙推开围着她的人们，激动地扑向金文才，跪下来一把抱住他的腿，哭着："大哥，大哥，我的救命的神……"

金文才被弄得手足无措。他也明白，如果被大竹楼上的窝朗牛听见了，又会引得这个专横的大头人不满，忙叫那几个妇女扶着她往下寨走。

她们才走出了二三十步，大娘安木素就急匆匆地赶来了。她知道叶妙的那副银耳环被窝朗牛扔进火塘烧掉了，就把前两天金文才送给她的那只银手镯塞到叶妙手里。

叶妙深感意外，不肯收，但是大娘紧紧抓住她的手硬塞给了她。

岩松的妻子奥兰也在旁边劝她："三娘，这是阿妈的情意。你收下吧！"

叶妙只好哭着接受了。她当然不知道这一天，大娘为了拯救她可是费尽心机：不仅用心地开导五娘娓其让那个女人消除因妒嫉产生的恨意，又请求金文才、魔巴出面劝说窝朗牛……

大娘也感到，叶妙这一走，可能再也难见面，难过地掉下了眼泪。

这些都被金文才、小康、小杜看到了，也很感动，心里暗暗决定，过几天应该再送一份银器给大娘。

大娘还想送叶妙一程，却被岩松拦住，对她说："阿妈，你快回去。你不在，阿爸一发脾气又没有人劝了。"

她这才抹着眼泪停下。

岩松往前走了几步，又折回来悄声对大娘说："阿妈，你给阿爸多灌几筒泡酒，把火塘里的火烧得旺旺的，让他早些睡觉。"

大娘点点头。

窝朗牛入睡前都要喝几筒泡酒。喝多了泡酒，竹楼内又暖和，就会睡得更沉。

夜深了，月亮也不知道被呼啸的大风刮到哪里去了。

漆黑夜晚，不好摸黑抬着已经是满身伤痛、困倦不堪的叶妙在那陡峭的山路上行走。这几个妇女和金文才、岩松、山药商量了一下，先把叶妙引领到金文才他们住的小竹楼上歇息，把火塘烧旺，给她喝水，烤苞谷给她吃。

在火塘的光亮下，可以看得清楚，叶妙经过这一夜折腾，已经是衣裙破烂，满身伤痕，如果不是山药他们及时给她擦拭了草药，她早被密集的毒虫、蚂蟥叮咬死了。如今她躺在竹楼板上还在长一声短一声痛苦地呻吟。很是可怜！

金文才叫小康从小药包中取出一瓶碘酒，又从带来的救助物资中取出两套衣裙，交给岩松妻子和那几个妇女，要她们帮助叶妙擦拭身上红肿、溃烂的伤口后，再换上新的衣裙。

他和小康、小杜、岩松、山药几个男子则走到小竹楼外的大树下等待着。

冬夜的大风是这样冷，本来就衣衫单薄和只裹了一床破棉毯的岩松、山药都冻得抖了起来。金文才和小康、小杜虽然穿着军棉衣，也是难以抗拒那如同针刺的寒气。他们先是蹲着，想躲闪那一阵又一阵扑来的冷风，但是没有用，随着山间夜雾的升起，开始悄悄降霜了。他们觉得衣衫、脸、手脚，也在悄悄变得如冰块般僵冷，一个个都被冻得颤抖了起来。

山药颤声地说："会冻死人呵！得生堆火！"

岩松这才想起来，不能让这几个好心的解放军也陪着他们整晚挨冻，还是得让他们回小竹楼里去歇息。他说："我看还是要快些把三娘送回小寨去。"

山药心里也是这样想的，但是他为难地说："天这么黑，山路又陡滑。"

岩松说："我们多捆扎几根火把，再找几个身体壮实的汉子来，轮流背着三娘走。"

金文才也考虑过，如果叶妙在他们的小竹楼上过夜，可能会被不明情况的人怀疑他真的想娶叶妙呢！境内外的敌特甚至会以此造谣。他说："你们安排吧！"

山药担心地说："如果窝朗有事找我们怎么办？"

岩松笑着说："不怕。他喝多了泡酒，这一晚上都不会醒的。"

他们把住在下寨门口的年轻男子汉都喊了起来。

听说是送三娘叶妙，一些年轻妇女也自愿加入了护送的行列。她们心细，担心叶妙回小寨后没有吃的，还凑了些苞谷、小红米带上。

大山里多松树。松脂厚而多油，是山里人用来引火做饭的好材料，每个人家都贮存了不少。也拿了出来做照明的火把。

叶妙在火塘前喝了水、吃了烤苞谷，又躺了一会儿，精神好多了。她也想赶紧回小寨去，离窝朗牛愈远愈好。她很是感激这几个解放军救了她，临走时，又一次扑向金文才，紧紧抱住他的腿跪了下来，大哭着："好人，好人，我的恩人……"

金文才忙把她扶起来，安慰她："叶妙，不要这样。这是我们共产党、人民解放军应该做的事。你先回小寨去，等我们的工作组来了，我们还会去看你，给你送去粮食、盐巴、衣服。"

叶妙更是感动得大哭。

那由一大伙人高举着、燃得正旺的松明火把，如一条长长的火龙缓缓离开了寨门口，逐渐走远了，火光也越来越小，逐渐变成了几点火星，消失在山岭间稠密的树林里了。金文才和小康、小杜还在外边的寒冷夜风中，关切地观望着远处。

回到小竹楼的火塘边，他们才想起来，早上去小河边给丁勇班长送信的娜红怎么还没有回来？是不是出事了？

他们也就守在火塘前长久难以入睡。

山野间狂野呼啸的北风更猛烈更冷了！

七、岩浆在永恩部落

那天夜里，岩浆慌张地从叶妙的竹楼后面跳出来后，幸好守在那里的是平日与他相处得很好的山药，机智地放了他，他才得以脱险。山药待他走远了，对天放了两枪，以表示没有拦阻住他。

当时的岩浆不敢通过上、下寨的寨门往外跑，而是从上寨后边紧靠大山的一处较低矮的寨墙翻了出去。

夜正深沉，山野一片漆黑，狂猛的大风一阵阵旋转着刮过来，发起撼人神志的巨大响声。岩浆心慌意乱间，觉得好似有很多人在后边呐喊着追赶他。

他在黑暗的树林中慌不择路地狂奔了一阵，跑得昏头涨脑，也不知道闯到了哪里，只觉得周围密密麻麻的大树小树，如同一张大网笼罩着他。他无力撕开这令他窒息得茫无边际的大网，只能拼命往前冲，被树根、荆棘绊倒了又爬起来，爬起来才走上一段路又被绊倒。他也不知跑了多久，跌了多少跤，跌得鼻青脸肿，浑身作痛。

风声逐渐小了，后边似乎没有呐喊的追赶声了，他也跑得筋疲力尽了，估计已经没有人趋近来追拿，才放慢脚步在树丛、荆棘间小心地摸索着向前移动。

原始森林深密，不时有各种不知名的怪鸟在长一声短一声地凄厉啼鸣，还有大大小小的野兽在时远时近地吼叫，这都增添了这夜的森林的恐怖。如果是从前带着弩弓、明火枪，他不仅不会惧怕，还会循着鸟兽的声音去寻机猎取，但是他今天晚上在慌乱中从叶妙家跑出来，连一把小刀都来不及拿。

这下半夜将过去的天亮前，正是大小野兽饿醒了，爬出巢穴出来寻食的时候。他如今手无寸铁，如果撞上了那凶猛的野猪、豹子可不好对付。他越走越紧张，就爬上附近的一棵大树去躲着。

在长满青苔的潮湿大树上坐定后，他才开始梳理那刚刚过去、充满了惊恐混乱的事情经过。今夜的遭遇真是太可怕了，如果守在竹楼后边的不是山药，他肯定会被子弹击中……

他又想起了叶妙，可怜的她怎样了呢？残忍的窝朗牛肯定不会放过她。

他很后悔这些日子，不该如此得意忘形，大胆地在夜里一次又一次地溜进叶妙的竹楼。当时只图两个人在一起时满足肉欲的欢快，而忘了那是在窝朗牛的大竹楼旁边。偷情不审视处境，还敢放纵，真是昏了头。如果像从前那样，小心地相约在远处寂静无人的山林里幽会，就不会有这样的事了。事后想来，只怪自己太大意了！

他深感惭愧，事情发生了，一个男子汉，却无力保护一个心爱的女人，只能失魂落魄地落荒而逃。如今，他只能默默地祷告，一再向"莫伟其"神求助。

但是他的求告能够为"莫伟其"神理解、原谅吗？而且人间、天上相距这样远，他的求告能透过树林里深厚、稠密、黑暗的枝叶上达云天吗？

冬天森林里的下半夜特别冷，寒气在夜雾中无声无息地扩展，严实地包裹着他，从他身上的每个毛孔里浸入他的骨髓，冻得他像全身散了架似的抖动。

他想收集一些枯枝叶烧个火堆来取暖，但是没有带打火石，也没有带钻木取火的工具。就是有这些引火物，也不能点燃火，这里离寨子太近，容易被窝朗牛派来追寻的人发现。

他就这样在寒冷中颤抖着熬到天色逐渐明亮。

他担心天亮后，窝朗牛还会派人来追拿，不敢在这里再停留，就溜下大树，摸索着往前走。在稠密的树林里走了一段路，他才发现，这片大树林离寨子并不远。他从小就跟随着大人来这里拾柴、砍柴，长大了后，还经常进来捕捉一些小动物。只是晚上天黑了，心情又乱，当时没有分辨出来。

他很快寻觅到了人们进出树林所踩出的小路，并迎着从外边涌进来、被稠密的枝叶层层过滤、变得如同轻烟般飘浮的白雾，向远离寨子的方向走去。

森林外边则是浓雾迷茫，把远近的山峦、树林都遮没了。但是他还是根据熟悉的岩石、老树辨认出了周围的地形。他记得，浓雾掩盖的山坡下边是一道长长的深谷，谷底有一条一年四季都水深难涉的山溪，沿着溪流往南走，可以去到山腰间那条较宽敞的、通往大山外边的山路。那里离蛮丙部落较远，估计窝朗牛还不可能派人到那里拦截。

他就在浓雾中摸着潮湿的岩石一步步往下走。

早晨的山野，除了从山谷底下传来的潺潺流水声外，空寂无人。这使他略微有了一些安全感，也就敢于加快速度向下滑。

他在溪流边喝够了水，又洗了洗脸和脚，精神好多了，只是奔跑了这样久，肚子早饿了。

这冬天的山林找不到可以食用的野果。他只能硬撑着疲累、饥饿的身子往前走。但是越走越饿，两腿如同抽掉了筋骨似的发软。走着走着，就在一个陡峭的山坡前一脚踩空跌倒，把旁边的小树丛中一只毛色灰白的斑鸠惊得飞了起来。

这使他惋惜不已，斑鸠肉可是比鸡肉、牛肉还鲜美的，如果能捉来斑鸠烤吃，可是能充饥解馋的。

他埋怨自己，可是饿昏头了，怎么没有注意到这野地里到处是刺棵！斑鸠多是躲在刺棵里做窝。从前他经常在刺棵里掏摸斑鸠。不过凭他的经验，斑鸠窝里可能还会遗留鸟蛋，就伸手去摸了摸，果然有两只小小的、还带着斑鸠体温的蛋。他立即在蛋壳上戳了个洞，一口一只吸掉了。这是高蛋白的营养品，也就暂时缓解了那过于折磨人的饥饿感，他又有了精神继续寻路往山谷外走。

时间已近中午，浓厚的白雾轻柔地随风散开，飘远了，消失了。他也就能把周围的山形地势看清楚，不必担心在浓雾中突然遭伏击了。不过面对那苍青的山林，他的心情仍然很紧张、茫然，寨子是回不去了，往哪里走呢？他更惦记着叶妙的死活，想了想后，决定去往南边离大路较近的山林，在那一带可能遇见一两个从寨子里出来打猎、寻找野菜的人，也许能打听到有关叶妙的信息。

他在那一带树林里转了一会儿，却没有遇见一个人。他很诧异，人呢？怎么一个都不见了？

他不知道，昨天发生了窝朗牛捆绑叶妙的事后，部落里的人都很关心那件事，也就无心走远，只在寨子附近找点野菜、挖点野山药就急匆匆回去了。

他孤单、茫然，心情更是紧张。再三考虑后，他只好大胆地走到从蛮丙通往大山外的那条曲折多弯的小路边，在一片高过人头的茅草丛中躲着，盼望能见到一个过路人打听情况。

他屏气敛声地在草丛中蹲着，也不知等了多久，人又很累很饿了。他正准备站起来去找些野菜充饥时，却看见远处有道鲜艳的身影，如同一片红色的云在晃动，再仔细看看，那是一个系着红头巾的女子匆匆走了过来。

他不敢贸然出去，又闪在树后小心地观察，才认出来是他熟悉的娜红。

岩浆知道叶妙一向和这个年轻姑娘相处得融洽，被她看见了自己，她也不会去向窝朗牛告发，就大胆地喊了一声："娜红！"

娜红正走得急，被突然传来的喊声吓了一跳，紧张地四处张望，也不敢回应。

岩浆又喊了一声："娜红，我是岩浆呀！"

娜红这才从那熟悉的声音，辨别出了确实是岩浆。她很意外怎么会在这里遇见他，忙问："你怎么跑到这里来了？"

岩浆却没有立即回答，而是可怜地说："有没有吃的？给我一点，我要饿死了！"

从昨天半夜里到今天上午，时间不算长，但是他在树林、山谷间奔走了这样久，体力消耗很大，又被惊恐、饥饿折磨，原来肌肉结实的健壮身体，突然变形了，脸色发灰、双颊下陷，就像一个用灰色的泥浆涂抹成的假人。

娜红见他神情这样狼狈，不好再问他是怎么跑到这里来的，忙从背篓里把自己准备带在路上吃的烤苞谷拿出来给他。

他急促地吃完了，才问："你可晓得三娘怎样了？"

提起叶妙，娜红就对岩浆有气。她埋怨地说："你还像个男子汉吗？勾扯着三娘做了那种事。人家来抓你们了，你却丢下她跑了。也不管她的死活……"

娜红的语气是这样严厉，一句接一句责怪岩浆，自私、胆小、连个穿筒裙的妇女都不如……

岩浆也是深感惭愧，任由娜红又骂又嘲讽。

娜红对岩浆嘲讽够了，才把叶妙已经被捆往人头桩，她和几个姑娘去央求窝朗牛放叶妙，还被窝朗牛踢了一脚的事说了一遍。说完又气愤地责怪岩浆不敢去救叶妙，而是远远地躲在这里……

岩浆很明白，绑往人头桩，就十有九死了。他颓唐地蹲在地上唉声叹气，喃喃自语："完了，完了，那还有命活吗？"

他被娜红骂得无地自容，颓伤地说："好！我回去，和她一起去死！"

娜红忙拉住他："我只是说说你，哪里是真的叫你去送死？你斗得过窝朗牛吗？他有枪有人。你快逃走吧！不要再在这里乱拱，如果让别人看见你，他们会去告诉窝朗牛。窝朗牛说了，抓住你后，不会让你顺顺利利去死，他要先砍掉你的手脚，一点点折磨你。"

岩浆听得毛骨悚然。他又可怜兮兮地问："娜红，你说我怎么办？"

娜红说："你回去也没有用。跑远些，先找个地方躲起来吧！"然后就急匆匆地背起背篓走了。

岩浆问她去哪里，她遵从金文才的叮嘱，不肯说是去送信，谎称要去找竹笋。

岩浆也不敢再在这路边上多停留，但是如今孑然一身，能躲往哪里呢？他想起了，离蛮丙大寨不远的小寨有他一个表叔。如今自己身上的衣裤被荆棘、树枝撕烂了，穿不成了，只有去表叔那里要点吃食和一套衣裤，然后再逃往与窝朗牛有仇的永恩部落。

他恨死窝朗牛了。他要去劝说永恩部落的大头人带着人来打窝朗牛。

他不敢在山寨之间的小路上走动，又钻进路边的树林里，依靠山林的掩护，在山岭间忽上忽下地艰难行走，傍晚才抵达小寨附近。

过去他每次来小寨，都要去往叶妙家，送点吃食给她那瞎了眼睛的老娘，帮老人背上几筒水，做些老人干不了的粗重活。今天他不敢往那破竹楼里走了，在寨子外边躲到天黑，人们都缩在火塘前烤火、吃烂饭了，他才悄悄溜进他表叔家。

这天中午，窝朗牛就派人来告诉小寨的头人尼可士，如果岩浆来了小寨，就把他抓起来，还叫尼可士头人把捉拿岩浆的事告诉全寨子的人。

他的表叔见他如今果然来了，吓得心惊胆战，哪里敢收留他？他表叔家穷，拿不出衣裤给他，但是还是很念亲情，把一床仅有的旧棉毯一撕两半，让他用那一半去御寒，又给了他一些苞谷、一小块打火石和引火的绒草以及一把长刀。这都是在山林里生活不可缺少的物品。然后就催促他赶紧离开。

他也知道，这里离蛮丙部落太近，不能久待，谢过表叔后，就匆匆离开了。

他又摸黑进到附近山头的树林里，在一大片可以遮挡火光的大柏树间，捡拾干枯的枝叶烧起了一堆火。

有火，可以御寒，也不怕野兽来袭击，还可以烤苞谷吃，不必像昨天晚上那样蜷缩在大树上受冻挨饿了。

他平日和寨子里的年轻人在一起，虽然都很穷困，却无拘无束地过得很是愉快，还能偷偷地与叶妙寻欢作乐，如今躲在这山林里，孤单、寂寞，很是愁闷，也不知今后怎么办。胡思乱想中，倦意渐渐上升，人也迷迷糊糊地睡着了。

金红的火光把本来青绿的枝叶涂抹得五彩斑斓，大风吹过来又在晃动中不断变幻着不同的图景。处于困倦中神情迷糊的岩浆，时而觉得面前出现了窝朗牛那怒气冲冲、凶狠、狰狞的牛头、牛角，时而是叶妙那满脸是泪的可怜身影……弄得他心神恍惚，更是紧张、恐惧，觉得自己对不起叶妙，当时怎么没有拉着她一起跑？虽然是情况紧急，也不能那样只顾自己逃命嘛！

他困倦地在火堆前睡着了，也不知道睡了多久，火堆里的柴快烧完了，火的热力也变小了，他才被冻醒。他先察看了周围又变得阴森的树林，见仍然是那样寂静，没有异常动静，才敢往火堆里加柴。

又过了许久，却听见山下有嘈杂的人声，他担心是窝朗牛派出来抓他的人，赶忙把火堆捂小，然后悄悄溜往树林边上去观望。只见从蛮丙大寨通往这小寨的山路上，有一长列人群打着火把走来，只是离得太远，看不清楚那是些什么人。

他不知道这是获救后的叶妙，以自由之身被蛮丙部落的好心人护送回小寨来了。

远远望去，那点燃着许多火把，如同火龙般的长长行列，很是吓人。

他以为是窝朗牛派出的人赶到这里来了，很是紧张，心惊胆战地想，这小寨也逗留不得了，决定立即离开这里去往永恩部落。

永恩部落处于南锡河以北，也是个拥有近万佤族人、由十几个大小村寨组成的大部落。

永恩大头人岩翁也仿效沧源那边的佤族头人，自称"王子"。他人多枪多，也就极其骄横，对周围的其他部落动辄刀枪相向。

蛮丙也是大部落，窝朗牛哪里肯受永恩部落的欺压，也就时常抗拒，以致多年来双方械斗不断。

最近，岩翁头人见人民解放军进驻了西盟周围的村寨，担心那些部落会借助解放军的势力来打他们，也就允许从西盟败逃出去的、由匪首屈洪斋组织的"反共抗俄救国军"驻扎在他们部落附近。

屈洪斋这支反动武装，虽然打着国民党军队的旗号，但实际上并不在国民党军的正式编制以内。他只是抗日战争时，在国民党军队中当过连、营长。日本投降后，国民党军队大整编，军降成"整编师"，师降成"整编旅"，不是中央军嫡系的部队，则以各种名目撤销。他不是中央军校出身的军官，属于没有"后台"的人，也就被"复员"回到澜沧江以南的家乡。他怎肯心甘寂寞？这里山高林密，地处边远，国民党政府政令难以抵达，他就趁着边地政局混乱，以"保境安民"为名，啸聚了一群人成立了一个"自卫团"，活动于澜沧、西盟一带。当时，忙于内战的国民党政府也无力整顿他们，就索性给予了他一个"自卫团"团长的头衔，使得他有了"正式"名义来招兵买马。云南解放前后，一些溃兵、散匪纷纷从内地南窜，也被他收拢于旗下。人枪增多，他索性自封为西盟"反共抗俄救国军"的司令官，并得到败退到境外的、被台湾的国民党任命的所谓"云南省政府主席"李弥的默认。

1952 年冬，人民解放军进军西盟，他自知人少，武器差，战斗力弱，不敢抵抗，枪声一响，就利用对周围道路的熟悉，天亮前又有浓厚的大雾作掩护，带着他的几百人逃往当时的"中缅未定界"一侧。

那天，他们逃得快，人员与枪支都没有损失，也就还想寻找机会策动与蛮丙部落有仇的永恩部落和他们一起反攻。在他看来，再占领一两个部落，也好向李弥和台湾方面请功，索取正式的委任和军火、银饷。

败退到台湾的国民党人都寄希望于美、苏两大国的冲突引发第三次世界大战，屈洪斋这伙人也在等待这一时机的到来。

一向深处大山一隅，与政治斗争无关、又不识汉字的岩浆，本来只是个朴实的山民，当然不了解这些复杂的国内外形势。他如今只是得罪了大头人窝朗牛而无处藏身，才想投奔永恩部落。

从蛮丙部落去往永恩部落的这条山路，过去是从西盟往南通向缅甸的通道之一。但是这些年由于战乱和部落之间的械斗，已经是商旅绝迹，就连附近村寨的佤族人也不敢来这一带狩猎、挖野菜。

这横断山脉纵谷南段土地肥沃，夏秋雨水多，阳光炽热，树木、藤条没有人砍伐，又长时间人迹罕至，从而给了野生植物疯狂生长的良好条件。几年之间，快速形成了一大片新的原始森林，更是大小鸟兽繁衍的好地方。

前几年，蛮丙和永恩两个部落常有械斗时，岩浆曾经多次被窝朗牛派往这一带侦察、设伏，不过那时候至少是七八个人一起出动，都带着长刀、明火枪、老式七九步枪，不像他现在这样孤身一人，狼狈、可怜。

岩浆有很长一段时间没有来过这里，已经认不得这一带的地貌了，越走越觉得这片无边无际的树海是这样阴冷、潮湿、恐怖，到处是大小野兽出没时留下的痕迹。

他很紧张，得时时提防突然从大树后边扑过来的豹子、野猪。

虽然他离开小寨时，他表叔给了他一把长刀，但是单靠一把长刀是难以对付那些又大又凶猛的动物的，也不容易捕捉那些行动敏捷的小动物来充饥。

这使他深感远离了部落的无望与无助。

他还特别担心会突然遇见永恩部落的人，从前他们在多次械斗中交过手。那都是些身手矫健，下刀快、掷出的标枪准确的搏杀能手。

他还担心，树荫这样深密，会突然从大树后边跳出几个永恩人把他砍了。再想起自己从前和永恩部落械斗时，经常是冲杀在前，如今即使到了永恩部落，如果被他们辨认出来，也是性命难保……

他深感自己选择投奔永恩部落过于冒失，那如同把身子往豹子的大嘴里塞。

他想折转身往回走。但是去往哪里？又一时间没有了主意，只想先离开这块阴暗、潮湿、恐怖的地方。

他越想越紧张，几乎是像后边有人在追杀他似的，疯狂地在大树、藤条之间连跑带跳地乱窜，跑得气喘吁吁，浑身是汗，慌乱中也没有仔细分辨是否来时走过的那座山林。

横断山脉南段连绵起伏的大山之间有着无数险峻深谷。这些山谷被稠密的原始森林覆盖并连成一大片，人在其中，只觉得大树连着大树，眼前一片昏茫，难以分辨南北东西。不是常在这一带活动，并仔细地在大树上做了记号的人，经常会被困于树林间，冻死、饿死、累死，或者被腐烂的落叶、鸟兽粪散发出的浓烈沼气熏死……

今天的岩浆，就这样昏头涨脑、方向不明地错走进了与永恩部落相接连的一座山林。

他奔跑了这一阵，耗尽了力气，腿脚软了，肚子也饿了，只好靠着一棵枝叶繁茂的大树坐下来歇息，歇够了才在附近寻觅，有没有野物可以猎取。

一只灰色兔子悄悄地从树丛中溜了出来。

这森林深处很少有人来往，兔子也可能没有被人追捕过的经历，只是突然觉得有了一种它从来没有闻见过的异样气味（它是被岩浆那浓重的汗臭味所刺激了），忙停止了啃草，警觉地竖起两只长耳朵，用它那对鲜红的眼睛四处观察，这才发现不远处有个它没有见过的、与别的野兽不同的大东西正悄悄地向它走来，它急忙一跃而起，闪进一排大树后边逃走了。

岩浆手里没有弩弓、标枪，本来打算紧走几步，就近用刀去砍。

兔子的动作这样敏捷，他哪里砍得着！

他很失望。如果能打到这肉肥味美的野兔，用火烤来吃，是很鲜美的！

他这才感觉到，再有狩猎的本事，没有合用的工具还是不行。

他走走停停，好不容易才走出这片令人窒息的稠密树林。

在这两大片森林接壤之处，有一条水流清澈的山溪，山溪那边有一片长得密密麻麻的金竹林。金黄色的竹子在阳光照射下，闪耀着灿烂的金光，令刚从昏暗大树林里走出来的岩浆为之目眩。

这种只有亚热带的滇西南山岭高处才特有的金竹，与那些黄竹、紫竹、凤尾竹完全不同，竹竿细（只有大拇指那么粗）、实心、皮厚，也就特别坚硬，有如铁质铸成，是做手杖、棍棒的好材料。

岩浆想起了过去用标枪飞掷野物的事，如今也可以削几根坚硬的金竹来做标枪嘛！

岩浆砍了几根，把一头削尖，形成了可以锋利地刺入人与兽的体内的利器。

增加了这些武器，他才略为胆壮，继续在大森林中找路前行。

他很希望这时候能有一两只兔子，或者一头麂子出现，让他能试一试这特制的"标枪"的作用。

但是他在附近转悠了一遍，却没有找到一只野物。

他很奇怪，刚才那么多鸟兽都哪里去了？他困惑地边走边想，才从那令人难以忍受的过分寂静中逐渐省悟过来，是自己刚才砍伐金竹的响声，把附近的小野物惊跑了。

森林里土壤肥沃，是动植物自由繁衍的宝地。大小野物多，但是也是个优胜劣汰、弱肉强食的大博杀场，所有的动物都得在看似静悄悄，实际是险情四伏的环境中小心活动，才不会被比自己厉害的野物捕杀，自己又能利用特有的优势捕捉到比自己弱小的物种。

岩浆作为一个狩猎者，这时候，却由于心情的急躁而忘了这些，行动既不隐蔽，又过于匆忙，怎么能猎取到野物？

他定下心来后，又恢复了从前在大森林中行走时应有的小心、谨慎、轻捷，眼耳并用地一边行走，一边仔细观察着周围的动静。

森林仍然是这样寂静，听不见鸟鸣兽吼，就连外边的巨大风声也因为树林太深密而传不进来。但是岩浆知道，既然树林这样深厚，那些大树藤条间一定有着善于保护自己的大小野物深藏着，得小心观察才会避开危险并有所猎获。

他就这样又走了很远。走着走着，突然前边的大树之间蹿出了一头毛色灰白、身躯肥壮的野牛。

野牛见了岩浆，并不惊慌，而是鼓起圆而大的眼睛狠狠瞪着他，似乎在怨怪他，怎么敢进入它活动的领域。

这一带山林本来没有野牛。大约是几百年前，有几头家养的水牛，在待宰杀前挣脱了捆绑，逃进了大森林，森林里有丰富、鲜美的野生植物，就再也不想出来，以后又遇上了同样是逃亡者的公牛、母牛，从而结成了森林深处的一个新的动物群体，并一代又一代繁衍、扩大。它们在求生存的过程中，不断与其他兽群搏斗，原来家养的柔顺个性逐渐消失，潜在的凶暴野性又开始显现，并依仗它们硕大的身体和锋利的双角，一次又一次击败那些凶猛的野兽。

这头野牛却没有立即向岩浆冲过来。受遗传基因的影响，它模糊地感觉到，对面出现的似乎是一件似曾相识的东西，也就拿不定主意，是应该过去表示亲近之意，还是狠力攻击。

岩浆早就知道森林里野牛的凶猛，吓得一转身就跑，跑了几步后，就机灵地闪进了旁边的一棵大树后边。

野牛却不肯放弃岩浆这个突然出现的异物，昂起头上的双角，瞪着圆而大的双眼追了过来，似乎还要辨明白，这个从前没有见过却又似乎熟悉的家伙究竟是什么东西。

野牛完全失去了戒备，只是急匆匆往前冲，却忽略了左右两边，从而把它的肥大的腹部呈现在岩浆视线内。

岩浆是部落里的镖牛高手。从前镖牛时，他善于用梭镖狠狠插往牛的腹部，透过肋骨之间的缝隙直达牛的心脏……

如今，他那镖牛的技能又得到了充分发挥。他握紧这根金竹制的"标枪"狠力插进这条野牛的腹部，痛得野牛大吼一声，蹿起多高又重重跌下，把身体下边的杂草小树挤压得东倒西歪……

岩浆疾步冲近前，又狠力把另一根"标枪"从野牛柔软的肛门插进去。

野牛虽然躯体庞大，但也经不起这两次直透要害的狠刺，痛得直往前狂奔，跑出不远后，终于因为剧痛而大喘着气倒了下来。

岩浆见野牛只是痛苦地喘息着，已经无力伤人，就追上去，举起长刀对准野牛的脖子连砍几刀，取下了那颗角粗、眼圆的牛头。

这一切，他干得快速、利落，似乎又恢复了从前在镖牛场上的威猛。可惜如今周围没有人，特别是叶妙不在场，不然一定会得到她深情的赞扬。

他很高兴，有了这头肥壮的大野牛，够他吃好多天了。

他不急于解剖这头大牛，而是先割下一些肉来烧烤充饥。

森林里遍处都是枯枝落叶，他收拢了一大堆，用打火石引燃，烧起了一堆火，又砍了几根粗树枝搭成一个三脚架，用来烤肉。

火大，很快就把切下来的牛舌、牛肉烤得焦黄，香气四溢，滴在火上的牛油不断燃起蓝色的火焰。

虽然没有盐巴、辣子做佐料，但他正饥肠辘辘，仍然吃得很香。

处于大山深处，生产方式原始落后、一向极其贫困的佤族人，平日粮食都不够吃，更不要说肉食了。虽然每年节庆日也会杀一两头牛，但那是一个寨子的几百人来分配，人多肉少，哪里能吃得尽兴？今天一头大野牛任凭他处置，想吃哪个部位就割下来烧吃。

他不停歇地吃，这是他一生吃得最多最饱的一次。

肠胃被撑得饱饱的，实在吃不下了，他才停下来靠着大树歇息，盘算怎么处理这么多牛肉。

他又想起了被绑在人头桩前的叶妙，要是她也跑了出来，那多好！一起在这老林里烤吃牛肉，既没有危险，更不会寂寞。可是她现在却生死未卜，也许已经不在人间了吧！

想到这些，他又很是难过。

  野牛的躯体实在是太庞大了。他吃不完，也只能砍下一部分肉背着走。把这么多好肉遗弃，他实在是舍不得，也就不想立即离开，何况背着这么多生肉走在大森林里，也不方便。他决定在这里再停留一两天，把要带走的四条牛腿烤熟，再在烤肉的同时多吃些肉。

  他吃得尽兴之时，却忘了自己是孤身在一座危机四伏的大森林里。火堆、烤牛虽然给他带来了温暖，解决了饥饿问题，他却因为贪吃烤牛肉，迟迟没有离开这险境，几乎送掉了命。

  横断山脉南段地形复杂，起伏的大山间有时会呈盘旋状陡峭地突出于云天之间。岩浆不知道，他错走进的这座大山的原始森林看似深邃，其实离永恩部落并不远。只是树林过于稠密，他听不见，更看不见那不远处的寨子里的动静。永恩部落的佤族人也心悸于这山林深密，野兽多，平常如果不邀集一伙人，三两个人是不敢进入这里狩猎的。

  屈洪斋率领的那几百匪徒，退到永恩部落附近后，为了解决官兵们的肉食，也只能靠山吃山，去山林里猎取一些野物，并在打猎的同时顺便侦察西盟方向的情况，但是又怕遇见人民解放军的巡逻部队，就把他手下人也装扮成了佤族人，并邀约了永恩部落的佤族人一起活动。他答应供给永恩人枪支、子弹，永恩人也愿意做他们的伙伴。

  这天，屈洪斋手下的中队长陈鲁光带着三个兵丁和永恩部落四个佤族人一起来到了这大森林里。

  走着走着，他们见山林越来越深密、阴森，不敢再往里边走了。这附近的鸟、兔就够他们猎取了。但是他们正要折转身时，突然一只黄羊撞了过来。黄羊壮实，肉又鲜美，是好食物，不像兔子肉草腥味重。

  但是，他们还没有来得及射击，黄羊已经发现了他们，一转身矫健地蹿进了旁边树林里。

  那几个佤族汉子怎肯罢休，大吼着就追，屈洪斋的兵丁们也跟随着追。

  追着追着，黄羊失踪了，他们也追累了，就在一块林间空地坐下歇息。

  大树林里有着万千种不同种类的植物，散发出不同的清香，混合在一起构成了一种老林里的特有气息，如果突然有异味混入，就会被突出地传播得很远。

  一个嗅觉灵敏的佤族汉子突然叫了起来："香，好香！有人在烤肉吃？"

其他的人认真嗅了嗅，也闻见了这特异的、能诱人食欲的烤肉香味。

"走，去看看是哪个打得了野味？"有肉大家吃，这是佤族人的传统习俗，何况这是在正需要食物充饥的大森林里。那几个化装成佤族人的兵丁也很有兴趣地跟随着走。

穿过几层时疏时密的树林，那烤牛肉的香味更浓郁了，刺激着他们的食欲，他们的脚步也加快了。

这几天，岩浆不停地在山林间奔走，实在是太累了，如今吃饱了，又在火边上烤得暖和，就舒畅地睡着了。他敢于在这大森林里放心地睡觉，也是因为有堆燃得正旺的火，野兽不敢接近。但是他却没有想到，可能会有比野兽更危险的人过来。

他睡得太熟了，一点没有听到那几个永恩部落的佤族人走得快速、沉重，不断撞动荆棘、藤条的脚步声，更没有想到死神的黑翼已经在他头上拂动。他还是睡得那样香，梦里似乎又和叶妙在一起缠绵……

在别的民族看来，佤族男子的外形都是一样，深凹的大眼，高颧骨，厚嘴唇，皮肤棕黑发亮。但是在佤族内部却能从肤色的深浅、脸庞的轮廓，眼、耳、鼻、嘴唇等部位分辨出外人与自己部落人的不同。

永恩的佤族人刚一接近岩浆，就看出来了，这个在火边上睡觉的汉子不是他们部落的人。

他们停下来再一仔细审视，就认出了，这个人在几次蛮丙部落与永恩部落械斗中都出现过。当时，这个人手持长刀呐喊着冲杀，很是厉害！

他们大吃一惊，蛮丙部落的人怎么来到这里了？如果是过去，他们早就一刀把岩浆活砍掉了。但是这次出来前，急于了解西盟一带情况的匪司令屈洪斋，再叮嘱他们：不管是遇见解放军还是其他寨了的佤族人，不要随便砍杀，能活捉，就尽力抓回来。活捉一个人，奖给解放前通行于云南省的自制银圆一百个"半开"（两个"半开"抵一块银圆用）。

现在火堆边上只有一个睡着了的人，那就更好抓了。

他们放轻脚步，动作迅速地扑了过去。

睡得正熟的岩浆被按住了手脚后，才被惊醒。他还来不及去抓身边的刀，几把雪亮的长刀已经架在了他身上，逼得他不敢动弹。

"从哪里来？"永恩部落的人问。

岩浆嗫嚅着不敢说，他怕永恩部落的人一刀把他砍了。

"我晓得你是蛮丙部落的人！"一个在械斗中和岩浆交过手的永恩人指着他说，"我认得你！"

岩浆只好点头承认。

"砍掉！砍掉！"另外几个永恩汉子带着强烈的仇恨情绪大喊起来。

"砍不得。我们司令要我们抓活的回去呢！"那个名叫陈鲁光的中队长说。

那几个永恩汉子这时候是以杀为快，哪里肯同意。

陈鲁光又说："我们司令说了，如果捉住了人，要等他和你们头人问过话，才能送往人头桩去祭鬼。"

岩浆像脑袋上被狠狠重击了一棒，几乎要晕过去，这是怎么一回事？他和叶妙都逃不脱被绑往人头桩去的厄运？

那几个永恩汉子还在不依不饶地晃动着长刀要把岩浆当场砍了。

陈鲁光又说："屈司令给的一百个半开可以买很多的盐巴呢！砍了他，你们就得不到那笔奖赏了！"

那几个永恩部落的汉子，才不再嚷着要砍杀岩浆了。他们在附近树林里找了几根细软有韧力的藤条，把岩浆紧紧地捆起来后，就忙着去火边吃烤野牛肉。

他们很是高兴，抓到了一个蛮丙人，还有这么多烤牛肉吃。

他们也是吃得饱饱的、撑得肠胃发胀，仍然没有把那头野牛的五分之一吃完，就用带来的藤背篓盛着，准备带回去分送给寨子里的人。

他们见收获甚大，也就不想再往远处走了，得意地押解着岩浆，一路大声呼啸着回永恩部落去。

多年来的大小械斗，使得永恩部落的"王子"岩翁对蛮丙部落的人，特别是窝朗牛恨之入骨。

这天岩翁正在屈洪斋那里喝酒。为了联络感情，屈洪斋常常请岩翁王子过来喝他们用汉族工艺酿制的甜白酒。这种甜白酒完全用大米做原料，酒精度不高，却比佤族的泡酒更甜更有味，很合岩翁王子的口味，他也就有请必到。

屈洪斋也怕这里的佤族人一时冲动或者被人收买而突然袭击他们，不敢把他的军队安置得离永恩部落太近，而是选择了永恩部落附近的一座山岭。

他的所谓"司令部"，是一排茅草棚，在周围挖了几道战壕，布上带刺的铁丝网，防守很严密。

岩翁王子每次来时，都要一层又一层越过那些堑壕，觉得很是不方便。他很不满意地对屈洪斋说："你们是整哪样？挖这样多坑坑？"

"防老虎、豹子。"屈洪斋笑着说。

"你们有那样多好枪，还怕几只老虎、豹子？"岩翁不相信。

屈洪斋只好说："也要小心蛮丙部落的人带着解放军在夜里摸过来。"

"他们勾扯到一起了？"岩翁惊讶地问。

"是这样。我有情报，他们来往很密切，迟早会联合在一起来收拾你我。"屈洪斋说。

岩翁相信了，也生气了，破口大骂："这个窝朗牛！我要剥了他的皮！"

他再来喝甜白酒，就不嫌进门前障碍多，路难走了。

一听说抓了个蛮丙部落的人，正在屈洪斋那里喝着甜米酒、啃着烤苞谷的岩翁也懒得去询问，只说了声："拉到人头桩去砍了！"

这天与屈洪斋他们一起喝酒的还有一名来自中缅边境的李弥司令部、被称为"段高参"的客人。这个"高参"忙说："不要砍！不要砍！这个人会有用处！"

岩翁说："不行。我正要找一颗人头祭'莫伟其'神，请他保佑我们谷子丰收呢！"

"你还是用牛头去祭神吧！把这个蛮丙人给我。"这个"段高参"说。

岩翁摇摇头："不行！不行！蛮丙部落是我们的大仇家。用仇家的人头祭'莫伟其'神才更灵验。"

这个"段高参"只好悄声对屈洪斋说："屈老弟，我来这里以前，李弥司令官·再对我说，要想尽办法了解西盟那边的情况。我们既然 时间进不了西盟，如今有个人从那边过来了，为什么不仔细问问？"

"段高参"自恃年岁比屈洪斋大，军衔高，是李弥手下的少将高级参谋，这次又给屈洪斋带来了几十支枪和弹药及一纸正式委任状，所以，能以居高临下的语气称屈洪斋为老弟。

李弥原来是国民党军驻云南的第八军军长。1949年12月云南省主席卢汉将军起义时，李弥和第二十六军军长余程万被卢汉以开会为名诱捕，软禁于五华山。驻扎于城外的第八军和第二十六军的不愿起义的将校们，就煽动部队猛攻昆明。卢汉兵力微薄招架不住，只好把李弥和余程万释放。李弥随后飞往台湾，因为他还有一部分残余部队聚集在中缅边界的大森林里，又被台湾方面任命为"云南省政府主席"，长期在中缅边界作乱。在 1950 年春李弥指挥了近万人从滇西临沧方向攻入澜沧江以南，但是很快又被人民解放军打了出去，如今只好盘踞在中缅边界的缅甸一侧，纠集各类叛乱分子，想伺机再"反攻"。

这次李弥派"段高参"来联络屈洪斋和永恩部落，也是在他们的"反攻"计划之列。

屈洪斋很了解这个岩翁王子一向讲究以物易物，从来不肯把东西白送人，就说："我用一坛子甜白酒来换这个人，可以吗？"

岩翁又满饮了一碗甜白酒，狡猾地笑着："甜白酒？好喝得很哟！我想喝就来你这里，为哪样要用这个蛮丙人来换？"

是的！岩翁想喝甜白酒时，就摇摇晃晃地来了，不喝个尽兴是不走的。为了能尽量供应，屈洪斋特意指派两个善于酿制甜白酒的四川籍兵丁来酿酒。

"那么你想要什么？"屈洪斋只好问。

岩翁却狡猾地卖开了关子，仍然是那样表情淡然，笑着说："我哪样也不要，我只要砍这个蛮丙人的头。"

屈洪斋知道岩翁是想要价更高，心想，我也得看这个蛮丙人能给我们提供多少信息，值不值得用更值钱的东西去换，就说："岩翁王子，你既然一定要砍他的头，只好由了你。你能不能让我问他几句话？"

岩翁也想知道屈洪斋为什么对这个蛮丙人感兴趣，就豪爽地答应了："可以！可以！"

岩浆披在身上的那半张破毯子已经被一个永恩人抢走了，如今是蓬头垢面、满身伤痕地出现在屈洪斋那被称为"司令部"的茅草棚里。

他千辛万苦地在山林间奔走了几天，本来是想寻找一条生路，没有想到，还是难以逃脱被永恩人捉住并且将要被砍头的厄运。他颓伤地想，早知如此，还不如那天晚上不要走，和叶妙死在一起。

屈洪斋在佤山活动了多年，会说流利的佤语，也很了解佤族汉子宁折不屈的倔强个性。他先给了神情慌乱、疲惫的岩浆一支香烟，才语气和缓地问他："你是蛮丙人？"

岩浆手抖得拿不住烟，只能无力地点点头。

屈洪斋叫人给岩浆点燃香烟，并帮他塞进嘴里，待他猛力吸了几口，神情不那么紧张了，才问："你来永恩部落干什么？"

"我不是来永恩。我是在老林里烤野牛肉吃时，被他们抓来的。"

岩翁大喝了一声："那是我们部落的树林！"

岩浆被吓得又颤抖开了，忙说："我本来不想往那座树林里走，是走错了路。"

"你要去哪里？"屈洪斋问。

岩浆不知道应该怎么回答，只好老实地说："我本来要去永恩部落，后来害怕他们会杀了我，不想去了，就往回走，走着，走着，就迷了路。"

屈洪斋说："你们蛮丙部落和永恩部落是仇家，你去他们那里干什么？有什么事？是哪个派你去的？"

这怎么说呢？岩浆低垂着头不作声了。

屈洪斋觉得这当中有隐情，得慢慢盘问。他见岩浆赤身裸体冻得发抖，就叫手下人找了套旧衣裤给岩浆穿上，又让渴得难受的岩浆喝了一大碗水，以减少岩浆的恐惧，然后才说："你老老实实说，为什么想来这里，是不是帮助在西盟的解放军了解情况？"

"没有，没有。"岩浆连声辩解，"解放军只是和我们部落的大头人窝朗牛来往，送好东西给他的几个婆娘，没有给过我……"

屈洪斋这才知道，已经有人民解放军进入蛮丙部落，也就很是紧张，忙问："他们有多少人？"

"三个人。"

"什么？只有三个人？"屈洪斋和那个段高参都不相信。

"真的只有三个人。"

屈洪斋心想，这几个解放军也太胆大了，又问："他们去你们蛮丙部落干什么？"

岩浆只好把这两天他所看到的那几个解放军的情况说了一遍。

就这么简单？屈洪斋和那个段高参哪里肯相信，于是追问得更紧，要岩浆老实说出来永恩部落的真实目的。

岩浆只好把他和叶妙偷情被窝朗牛追杀，没有地方躲藏，只好来投奔永恩部落，走到半路上又怕永恩人记仇，不敢再往这边走的事说了一遍。

段高参一边听一边想，这虽然是个粗俗、头脑简单的人，但是在如今还找不到别的可用之人时，只有先把这个被迫逃亡的人利用起来，就对屈洪斋和永恩王子岩翁说："他虽然是蛮丙人，却和他们的窝朗牛结了仇。我看，不要杀他吧！"

岩翁前几次和蛮丙部落械斗都输了，如今正想杀这个岩浆解恨，哪里肯答应："不行，不行。我就是要砍掉他！你们拿什么来换，我也不换！"

"我给你一支枪呢？"屈洪斋知道好勇善斗的佤族人对于枪支特别喜爱。

岩翁顿时来了兴趣，认真地问："用枪来换？"

屈洪斋点点头。

岩翁就说："好呀！不过我要你那支卡宾枪。"

这种美制卡宾枪轻便、美观，可以打连发，是他所使用的老式汉阳造七九式步枪所不能比的，也一向为他所垂涎。从前他问屈洪斋要过几次，都没有得到。

屈洪斋苦笑道："你要价太高了。"

岩翁生气了："你舍不得用卡宾枪换？我就砍掉他！"

段高参见岩翁执着地要那支卡宾枪，就对屈洪斋说："给他！给他！这种卡宾枪算什么？美国人又给了我们一批新式武器。我回去请李弥司令官再给你们运几百支好枪来，够你装备一两个特务连。"

屈洪斋想了想，从西盟败逃出来后，一直没法笼络境内的佤族人，如果蛮丙部落也站到解放军那边，以后就更难反攻了。如今好不容易得到一个可以利用的人，确实不能放过。他见段高参这样说，也就慷慨地答应岩翁王子："好吧！把枪给你！"

岩翁有些不明白，这个蛮丙人怎么会这样值钱，反而怀疑地问："你要这个人整哪样？"

屈洪斋怎肯把他的真实意图告诉岩翁，而且是当着将要被利用的岩浆的面说出来，就含糊地说："我看他是个精明能干的猎手，没有枪和弩弓还能够把那么大的野牛打翻。我要把他收进我的部下。"

岩翁却不以为然地说："这算哪样？敢打老虎、豹子的小伙子，我们部落里多得很。要多少人？我给你！把他砍掉，砍掉！"

屈洪斋笑着说："你实在要把他砍掉也可以，不过那支你喜欢的卡宾枪就不给你了。"

这才难住了岩翁。他实在是太喜欢那支轻巧的卡宾枪了。据他所知，这远近，包括蛮丙部落的大头人窝朗牛在内，都是背着笨重的七九式步枪，还没有一个人有这种既轻便又能打连发的卡宾枪呢！是满足仇杀的欲望，还是获得卡宾枪？他只好选择后者了，就恨恨地说："好！把这个人交给你。拿枪来！"

屈洪斋把卡宾枪给了他。

抚摸着这支擦拭得锃亮、枪管上闪着蓝光的卡宾枪，岩翁很是得意。他用枪指着岩浆说："你这豹子抬（咬）的，算你命大。"

岩翁提着枪走出了屈洪斋那被称为"司令部"的茅草棚，恰好一群飞鸟从空中飞过，他端起卡宾枪扣了个连发，三只鸟翅膀一抖就先后跌落了下来，把正在附近的一些佤族人都看呆了，好一会儿才"啊哟哟——"地大叫起来："这是哪样枪呵？这样厉害？"

岩翁很是得意。

屈洪斋和岩翁的对话，以及用好枪交换他，都被岩浆听到了，看到了。

他是个朴实、不了解政治的人，当然不明白屈洪斋的用心，只感觉这"屈司令"是他的救命恩人。待岩翁一离开，他就激动地扑往屈洪斋面前，连连叩头："恩人，恩人，你是'莫伟其'神派来的好人吧！"

"起来！起来！"屈洪斋说，"我是看你可怜，才救你一命，以后你可要听从指挥。"

岩浆虽然不懂"指挥"二字，但是猜到了是要他听话，就连连点头："会的！会的！我会听你的话！"

屈洪斋在滇南边境活动了十几年，他的这支队伍从开始的百余人，一度发展到近千人，不管是汉族、拉祜族、哈尼族、佤族人，只要听命于他，他都收留。他那些汉族兵也多数是在这些民族地区生长的，能讲几种民族语言，对民族习俗也很熟悉。这也是这两年澜沧江以南的其他匪众在人民解放军打击下都先后垮掉了，他这支部队还能闪过打击、在佤山内外盘踞之故。

岩浆被编入屈洪斋这支队伍中，有饭吃，有衣服穿，还有一支步枪背着，使他在本来茫无着落的逃亡生活中，暂时有了个落脚处。只是他不明白这支打着"反共抗俄"旗号的队伍是干什么的。什么是"俄",他不知道,后来才知道"共"是解放军。据屈洪斋的兵丁说:"共产党是共产共妻,杀人不眨眼。"但是在他的印象中,那几个叫金文才和小康、小杜的解放军却对人很和蔼,还送了银耳环、小镜子给叶妙,不像要共用别人的财产、妻子的人呢!

这些疑问、想法,他当然不敢对屈洪斋手下的兵丁们说。

他又想起了叶妙。过去了这么多天,也不知道她究竟是死是活。他恨死了那个窝朗牛,并一再发誓:如有可能打回蛮丙部落去,一定要在窝朗牛的大竹楼下点把火,连人带竹楼一起烧掉。但是他也深知自己人单势孤,缺乏复仇的力量,只能寄希望于有着几百人的屈洪斋。如果这支队伍能打过去,自己一定奋力冲杀在前。他也就一再向屈洪斋表达了这一复仇愿望。

老谋深算的屈洪斋虽然也在谋划怎样向西盟方向进攻,但是他的想法不像岩浆那样简单,他如今是要趁着人民解放军的大部队还没有进驻蛮丙部落,把窝朗牛和那几个解放军除掉,先占领那块处于边境的战略要地。段高参告诉他,只要他这边一动手,李弥司令官的主力部队就会赶来增援,并趁机反攻西盟。所以,他才听从段高参的吩咐,用那支卡宾枪去换岩浆这个人,也是因为他正需要一个熟悉蛮丙部落情况,并且对窝朗牛有着深仇大恨的人来为他所使用。

屈洪斋和段高参分析了西盟佤山的形势,很明白,人民解放军在西盟有那样多部队,不会只派两三个人进蛮丙部落。那三个人只是打前站的人,大部队一定会随后前往。很有战斗力的解放军如果驻扎在蛮丙部落,又有了窝朗牛这个在佤族人当中有号召力的大头人支持,他们就反攻无望了。

段高参从李弥那里来这里以前,就得到台湾方面的指示:"中共很会在少数民族之间做统战工作,驻扎于中缅边境的反共抗俄军队也应该在这方面有所举措。"

他提醒屈洪斋:务必尽快行动,把那个窝朗牛收拾掉,或者拉过来一起对付解放军。

如今,岩浆来了,应该是一个可以使用的棋子。

这天下午,屈洪斋把岩浆叫到他的"司令部",让他换上了一套佤族人的青布衣服,给了他一支步枪、一把长刀、二十块半开银圆和一些干粮,要他去往蛮丙部落方向打探,那几个解放军还在不在,有没有增加新的人。

"就我一个人去？"岩浆有些害怕。

"又不是去打仗，要那么多人干什么？"

"那我去干什么？"岩浆抚摸着刚拿过来的步枪。这是一支枪管闪着蓝光的新枪，他很喜欢。

"悄悄了解情况。解放军进了你们蛮丙部落多少人，和窝朗牛是否和好……"

岩浆心想，不要去打打杀杀，也就没有什么危险了，而且可以趁便打听叶妙的下落。他又愿意去了。

屈洪斋又开导他："我们给你这支枪，是让你用来防身，不要在树林里被野兽吃了，不要在半路上被人砍了。"

岩浆这才明白，此行风险不是太大，很感谢屈洪斋对他的关心。

屈洪斋又说："你熟悉那边的地形，一路上躲藏着点，不要被人发现。早去早回。"

岩浆只好听从屈洪斋的吩咐上路了。

八、叶妙回到了小寨

这天晚上，岩松夫妇等一大群人护送叶妙回小寨时，那许多根火把炽烈燃烧起的光亮和喧哗，把小寨的人都惊动了。

这座位于蛮丙大寨以南的山林间，人口不多，极为偏僻、贫困的佤族小村寨的人们，长期以来都是过着日出而作、日落而息，既单调而又平静的生活。夜里，除了偶尔有饿急了的豹子、野猪蹿到寨子外边寻食，把人们惊醒外，他们都是睡得很安稳的。

第一个被惊醒的是竹楼建在村寨边上，这小寨的头人尼可士。

他这天白天进山林去打猎，奔走了一天，累得很，晚上也就睡得很沉。

人声火光接近他的竹楼了，他才被惊醒。昏然间他还以为是哪个部落的仇家利用夜色做掩护，绕过蛮丙大寨来袭击他们，忙抓起一把长刀往竹楼下就跳，同时大声呼喊着寨子里的人，都赶紧起来投入搏杀。

周围几座竹楼的男子也都被他喊醒，跑了出来，问他是怎么一回事。

他还没有弄清楚情况，只是指着那火把光亮处，说："不晓得是从哪里来的仇家。你们小心点！"

佤族男子天性彪悍，如果面临来敌，从来不考虑敌我的多寡，迎上去就拼杀。

他们就迎着凉飕飕的夜风和那逐渐移动过来的火光、人群，吆喝着冲了过去。

这却把护送叶妙的蛮丙人惊着了。这些小寨人可是发疯了？同一个部落的人过来了，还拿刀动枪地来阻拦，是不是窝朗牛知道叶妙要回小寨，派人去告知小寨头人尼可士，让他带着人来阻拦？不过窝朗牛派出的人是从哪里抄近路过来的，会走得这样快？

岩松却比较镇定。他叫自己这边的人先停下，自己举着一根火把向小寨人走了过去，见那边挥动着长刀的带头人是尼可士（佤族语"尼"是"老二"，"可士"是"冒出来"的意思），就生气地喊道："你可是从山洞里冒出来的时候，被泥巴糊住了眼睛，看不清楚是我们？"

尼可士和岩松一向很熟，这才惊讶地问："哎呀！岩松，怎么是你？大半夜打着火把带着人来干哪样？"

"送叶妙三娘回你们寨子。"岩松说。

"是送叶妙？天哪！我还以为有仇家来打我们呢！"尼可士忙把长刀收起，连连向岩松和蛮丙大寨的人道歉。

这天下午，尼可士头人就得知岩浆和叶妙通奸而被窝朗牛追杀，叶妙也被绑往人头桩了。他曾经长久为叶妙的不幸而叹息，如今的这半夜里，叶妙又怎么被送了回来？他就问："这是哪样一回事？"

岩松把窝朗牛在那两个人民解放军的劝说下释放了三娘叶妙的事简单地说了一遍。

尼可士头人没想到叶妙还能绝处逢生，既感意外也很感动，连声说："太好了！太好了！那几个解放军太好了！"

不过作为蛮丙部落管辖下的一个小寨的头人，尼可士是很了解窝朗牛的横蛮、暴烈脾气的，与他有关的事没有得到他的同意，他一发怒，那可是受不了。

这个处事谨慎的尼可士小心地问："你们把叶妙送回来，窝朗牛晓得吗？"

"没有告诉他。"岩松老实地说。

"哎呀！这样可不好。"尼可士头人皱着眉头说，"他晓得了会冒火的。"

岩松却不以为然，说："你怕哪样？我阿爸已经明白地对那几个解放军说，窝朗牛不要叶妙三娘了，还会管她往哪里走？"

"咳！"尼可士头人语气中带有几分责备地说，"你是他儿子，怎么忘了他的牛脾气？那年你家二娘安木娜被你爸赶出了部落。安木娜在班帅部落的表叔收留了她，你阿爸还是大发脾气，说是故意和他作对，要带着人去把班帅人都砍杀掉。如果不是岳宋寨子的头人出来劝说、调解，两边一打起来，又不晓得要死多少人……"

那件事的前后过程，岩松都清楚。在冷风中本来就感觉寒冷的他，也被吓着了，紧张得全身都涌起了鸡皮疙瘩。

他一时间没有了主意，转身问旁边的妻子奥兰："你说怎么办？"

奥兰不以为然地噘起了嘴："叶妙三娘又不是去往别个部落，是回她的娘家呀！"

尼可士头人无可奈何地说："这事何消你说，我还不晓得叶妙是我们小寨人？要是平常日子回来，我怎么会拦阻？如今是她得罪了窝朗牛大头人，我是怕连累我们寨子的人呀！"

"怎么办？"

"怎么办？"岩松、奥兰夫妻俩没想到事情会这样复杂，你望着我，我望着你，一时间没有了主意。还是尼可士头人说："你们不是说，窝朗牛肯听那两个解放军的话吗？请他们再去找窝朗牛说说嘛！"

岩松、奥兰想了想，也只能这样了，只好说："那先把叶妙三娘抬进她老阿妈家歇着吧！"

尼可士头人却把头摇了又摇："不行！不行！进不得寨子！"

奥兰更生气了："这样晚了，还叫我们把她抬回去？尼可士头人，你也太无情了！"

尼可士却不生气，只是说："岩松、奥兰，你们不要在这里充好汉。有本事找你阿爸去说理。我可是不敢惹他。"

奥兰却不示弱："你以为我不敢去？我会去。不过今晚先得把三娘安置好。总不能让她蹲在寨子外边受冻吧！"

"我们也不会这样对待叶妙。她太可怜了。"

尼可士苦着脸想了想才说："就让叶妙先在这寨子外边的大樟树下歇着。我叫几个人给她盖个小窝棚挡风避雨，再找个女的陪着她。吃的苞谷，喝的水，都由寨子里送。这样总可以吧？"

见尼可士头人这样说，岩松、奥兰也不好再与他争论了。

他们折转身回去，把这事与后边的人们一说，那些人也很理解尼可士头人的困难处境，只能同意。

躺在简易担架上的叶妙，想到这两夜一天处于死亡边缘的可怕遭遇，如今回到寨子门口，还遇到这么多麻烦，心酸地哭了。

尼可士头人和小寨的几个年轻男女，过去和叶妙都相处得融洽，都过来安慰她："叶妙，这是没有办法的事。你只是暂时住在寨子外边，我们会照顾好你的……"

叶妙的心情才略微安定，不再哭泣了。

尼可士头人又转回寨子去大喊了几声，小寨的人都先后拥了出来。他们了解了叶妙的不幸后，都很同情，有的凑过来安慰，有的在天蒙蒙亮后，在白雾迷茫中砍伐来竹、木，割来茅草，帮着叶妙搭建小窝棚，都很尽心尽力。

叶妙那瞎了眼的老娘也被人扶着出来。虽然她还不知道叶妙几乎丧命于人头桩前，但是叶妙被窝朗牛娶走后，就很难得回来，老人只能在孤单、困苦中煎熬。如今，叶妙突然被送回来了，但又不让进寨子，她不知是怎么一回事。母女只能拥抱在一起大哭……

人们又来劝说她们。简陋的小窝棚盖好了，叶妙也有了住处。

好客的小寨人却不让岩松他们立即回去。他们说，都是一个大部落的兄弟姐妹，平常难得见面，如今既然来了，就应该欢快地在一起聚一聚，唱唱歌，跳跳舞。小寨虽然穷，泡酒、烤苞谷还是有的。

岩松他们想到，也不能把身心都深受重创、还处于悲伤中的叶妙放下就走，就和小寨人围着叶妙的住处，烧起一堆火，喝酒、唱歌、跳舞。

大山里的人，生活单调、寂寞，不是节日或大的婚丧喜庆，难得有聚会。如今一玩开了，就近似疯狂地不愿停歇，人们醉了，跳累了，就在火堆前躺下，醒来后，又继续喝酒、跳舞、唱歌……

叶妙虽然因为饱受折磨，身心疲惫，无力参加这场突然兴起的聚会，不过在这种欢乐氛围中，还是得到了很大安慰。她想，还是打起精神来过日子吧！只是不知道岩浆跑到哪里去了，也不知道能不能找到他。

她当然不知道，那天晚上她被人送回小寨时，岩浆就藏在那附近的山林里。

岩浆也不知道，那令他恐惧的火光是人们把叶妙送回来了；如果知道，他就不会匆匆往永恩部落方向跑了。

这天晚上在蛮丙部落下寨寨门外的"外客房"里的金文才，送走叶妙他们后，像经历了一场拼搏一样，深感身心都很疲累。事后他也感到这样为了叶妙的事与窝朗牛强烈争辩，有些冒险，如果这个蛮横的大头人一生气，走向极端，把自己和小康、小杜都赶出去，甚至调动部落里的人来砍杀，那就麻烦了！但是面对叶妙生命危在旦夕，又不能见死不救。

如今事情虽然暂时过去了，但是，他和小康、小杜仍然不能安心休息，还在焦急地等待着从早上就出去了的娜红。夜这么深了，娜红怎么还没有回来呢？从这里到那小河边，虽然因为山势起伏，树林又深密，难以准确地计算里程，但是上次娜红去挖竹笋，早上出去，傍晚前也就回来了。今天怎么一去就没有踪影了？会不会遇见歹人，或者丧命于野兽的尖牙利爪下？

金文才有些后悔，不该差遣娜红这个弱小的女子，走那样远的路去完成具有几分危险性质的联系任务。

其实佤族姑娘大胆泼辣，平日一两个人满山野都敢转，见了小野兽也敢打。不过娜红出去了这近一天一夜，事前也没有对家里说明白去哪里，还是把她的老阿妈急着了。在寨子里见了人就问，可见着她家娜红了。有个妇女爱开玩笑，嘻嘻哈哈地对老人说："娜红喜欢那个小解放军，可是悄悄跟着他私奔了。"

老人虽然不完全相信，还是颤巍巍地爬上金文才他们的小客房看了看，见小康在，却不见娜红。她才省悟，是那个妇女逗她。但是她还是忍不住问，可有见着她的娜红。

金文才他们不好说娜红是为他们办事了，只能安慰老人，娜红没有走远，不会有什么事。

送走了老人后，他们也一再走下竹楼去往山路上观看。

山路隐没于浓厚的夜雾中，附近除了大风刮动枝叶的响声外，一直没有人走动的脚步声。

小康心里比金文才还焦急，有几次走出很远，穿过黑暗的树林，几乎要走到与另一座山岭接近的岔路口了，还是不见娜红的踪影，只好又折回来。

娜红接受了金文才他们的托付，也知道这事情很重要。

那天早上，她离开寨子后，一路上不敢耽搁，只是在半路上与突然遇见的岩浆说了几句后，就急匆匆地往小河边上赶。

她来到那条小河的边上时，时间已经接近中午，山间的白色浓雾正逐渐变得稀薄，化成一缕缕轻烟悠然地散去。

她踩着冰凉的河水走过小河，进到对岸的树林里后，却里外都很寂静，不见了丁勇班长和他带的人。她记得他们昨天说过会常在这小河边活动，如今去哪里了呢？

她仔细地在周围查看了一番，烧火煮饭的三角灶还在，就是不见人。

佤族人也常常有在山林间失踪的事，那多数是被凶猛的野兽咬死、吞食，或者被仇家砍掉。

她想，丁班长他们有那么多人枪，就是老虎、豹子来了，也吃不了他们呀！她只好坐在树林里等待。

等呀，等呀，也不知道等了多久，肚子都饿了，她就聚拢一些枯枝叶烧起一堆火来烤吃带来的苞谷。吃完了，又等了好一会儿，仍然不见一个人出现。她心慌意乱地坐不住了，就向通往西盟那个方向的山路上走，一边走一边大喊："阿哥——解放军阿哥——你们在哪里？我是娜红，我是娜红！"

那娇嫩、焦急的呼喊声传得很远，有时还会在山谷里引起悠长的回响。

那喊声经过山风、树林的掺和，是那样悦耳，她自己听了也觉得很是好听，就是听不到那几个解放军的回应。

她只好恳求山林之神帮帮她。

一只黑灰色的老鹰展开那宽大的翅膀在这附近的上空盘旋又盘旋，似乎也在帮助她寻找。

怎么办？她近乎无望了，再次跪下来向天祈祷："'莫伟其'神呵——你把那些解放军阿哥引领到哪里去了啊？让他们出来嘛！我有要紧事情见他们呀！……"

这当然没有用。

那些解放军还是无影无踪。

丁勇班长昨天与娜红见面时，并没有准确地约定今天中午再在这里见面。因为这几天，边境上时有形迹可疑的人出现，他就带着他那个班在昨天下午离开这里，往周围的山林巡逻去了。

娜红见日影正逐渐西移，不敢在这杳无人迹的山野再停留了，但是她带着的金文才那封信还没有交到那些解放军手里，怎么办？暮色苍茫中，四望起伏的苍青山林，无边无际地延伸到云天尽头，到哪里去找他们呀？她又急得流下了眼泪。

她在丁勇他们支锅煮饭的大树下又停留了一会儿，心想，怎么才能让那几个解放军阿哥晓得我来过这里，还有一封重要的信给他们呢？她倚靠着大树想了又想，眉头都皱紧了，皱痛了。

生长于山野的佤族姑娘，受瑰丽的大自然的孕育、感染，都具有爱美、表现美的天性，她们虽然不可能受到正规的美术教育，在老一辈人指点下，却能够把自己对美的感悟，通过岩画、刺绣、筒裙的纺织，生动地表现出来。聪明的娜红更是绘画的能手。她急中生智，拿出小刀把那棵几人合抱粗的大榕树的树皮刮掉了一大片，用烧焦了的木炭勾勒了一个女孩掉着眼泪，手指着一株梅花的画像，然后把金文才那封信用芭蕉叶包起来藏在附近的那株梅树下，再扫拢一些落叶厚厚地盖住。

做完了这些，她才略为安心一些，一步几回头地走了。

这时候，夜雾已经完全笼罩了山野，幸好她熟悉回去的路径，虽然走得慌忙，还不至于走错路。但是回到寨子外边的"外客房"前，已经是长夜将过，离天亮不远了。

见娜红一身寒气地闯进来，金文才、小康、小杜是又惊又喜，忙把火塘里加上柴，把火烧得旺旺的，让她烤火、喝热茶、吃干粮。小杜还故意问她："你跑到哪里去玩了？可把我们等急了。"

娜红很是委屈："你们要我办事，我会去玩吗？你们不晓得，我在那里见不到你们的丁班长是多么急人……"

金文才见她急得脸都涨红了，眼睛里还含着泪，忙说："小杜跟你开玩笑呢！我们见你迟迟没回来，都很着急，小康还几次摸黑走出很远去找你，怕你一个人有危险。如今你平安回来了，这就好了。"

娜红这才高兴了，亲切地对小康说："哎呀！小康阿哥，你太好了！难怪我一路上耳朵发烫。我想，是哪个在想我呀？"

说得小康连连摆手："不要这样说，不要这样说。关心你的安全，是我们的责任。"

听了娜红这近于"传奇"的叙述，金文才既觉得有趣，又有些无可奈何，有这样的"交"信办法吗？但是他也不好批评这单纯得可爱的姑娘。她可是尽了责任呢，而且人平安回来了，就是好事。

如今的问题是，丁勇他们那个班还会回到小河边那棵大树下，并且也会有娜红那奇特的思路"按图索骥"找到那封信吗？

他越想越觉得事情的可能性过于渺茫了。

娜红却很是关心叶妙的死活，又问起了叶妙在哪里。

金文才就把他们劝解窝朗牛的过程，以及用部队的马换得叶妙的自由，如今叶妙已经平安地回小寨去了……详细说了一遍。

娜红感动得大哭，扑在金文才身上连声说："神，'莫伟其'神，金参谋、解放军大哥，你们就是从天上下来的'莫伟其'神呵！"

金文才也为她的纯朴真情所感动。他想到娜红出来太久，她老阿妈还在焦急地等着她呢，就拿了一大块盐巴和一些针线给娜红，让小康先把她送回家。

娜红很高兴，得了这"贵重"礼物，还有小康送她。

夜深，所有竹楼内的火塘里燃着的火都熄灭了。上下寨一片漆黑。

小康不熟悉寨子里的路，在大小竹楼之间走得磕磕碰碰的，娜红就伸出手去拉住他。

小康从小到大，还从来没有和姑娘们拉过手，吓得像火炙了一样，想把手缩回来，但是娜红那激情四溢的充满温情的手是那么有劲，把他的手抓得紧紧的，哪里抽得动？他越抽，她抓得越紧。他怕惊动周围竹楼里的佤族人，又不好叫喊，只是低声说："不要这样，我自己走！"

娜红笑了："你是自己走嘛！我又没有扛着你。"而且还故意吓唬他，"你再不让我牵着你，我就把你扛起来！"

小康被吓着了，只好任由她紧紧抓着自己的手，再也不急于挣脱。

娜红很是得意，更是喜欢这黢黑的环境，故意带着小康在竹楼下面转，而不急于回去。

小康却很着急，心里想，怎么这样远呀。

这样在黑暗中绕够了，娜红才把小康引到了她家竹楼下，又趁他不防备，抱住他亲了一下，才笑着跳着进竹楼去了。

小康像掉了三魂七魄似的，哪敢在这里久留，跌跌撞撞地往回跑。

小杜见了他这狼狈状态，笑着问他："怎么哪？把枪栓丢了？"

小康不敢隐瞒，前言不搭后语地把刚才的事向金文才他们说了一遍，犹有余悸地说："这个姑娘，太、太令人害怕了。"

金文才也笑了："这有什么害怕的？佤族姑娘就是这样热情、大方。我们做民族工作就是要适应这些情况。只要你自己掌握好分寸就行了。"

小康着急地说："什么分寸？怎么掌握？她突然把我抱得紧紧的，挣也挣不脱，还有什么分寸？"说着又急了，"下次还是不要叫我一个人去送她。"

小杜却故意地说："你不去？我去！参谋，下次派我去送。"

引得金文才大笑。

他早就看出来了，那个热情奔放的娜红喜欢上了小康，也觉得小康这个小同志，纯洁、正派、守纪律。

来蛮丙部落前，根据团首长的指示，他们的任务是尽快做好窝朗牛的工作，让他同意民族工作组进驻，然后在这里有步骤地开展群众工作；但是他没有想到，在这短短的几天，这里对民族上层和群众的工作是通过这样特殊的几件事开始的，而且在佤族人当中有了较好的反应。

如果几天后，民族工作组能尽快进驻，人员多了，再及时大量发放救济物资，工作是能够较顺利开展的。

如今的问题是怎么能及时与西盟方面联系上。娜红送的那封信十有八九是丢失了。他想，团领导肯定急于知道他们来到蛮丙部落以后的情况，如今不能长久处于失联状态，是否亲自带着小康、小杜回一趟西盟？

他想，一两天之间，这里的情况不会有大的变化吧？

浓厚的夜雾正缓缓地变得灰白，天快亮了，小康、小杜已经在火塘边上睡着了。金文才忙了一天一夜，虽然也很疲累，处于焦虑中却长久睡不着。

在寨子里那座小竹楼上，娜红的阿妈见女儿平安回来了，很是高兴，也没有多问什么就放心地睡觉了。

娜红虽然很累，却还处于兴奋中，她很高兴今晚与她早就暗暗喜欢的小康有了单独接触的机会。只是她没有想到，这个男子汉比姑娘家还害羞，自己主动亲他，他却吓得躲闪，真是个老实人。这样使她更喜欢他了。

她下决心，以后要多和他往来，他若害羞躲着自己，就要像老林里的藤条缠绕着大树一样，紧紧缠着他，一点也不能放松。

娜红又想到了那个死里逃生的三娘叶妙，过几天应该去小寨看看那个可怜的人，告诉叶妙，在山上见着岩浆了……

想着，想着，她才怀着兴奋、欢喜的心情睡着了。

这天晚上，窝朗牛也没有睡好。叶妙的事还在使他心烦。

从前对部落里人与事的处置，都是由他说了算。

这次，他收拾叶妙，却没有想到会有这样多麻烦，特别是那几个解放军的介入，使他想起来就生气。虽然他以叶妙换到了一匹好马，但他仍然感觉到，他固有的权威，正受到外来人的干涉。

他想，他们才来了两三个人就敢这样插手部落里的事，如果多到几十个、几百个人进部落来，那就更厉害了。看来应该想个办法，尽早把这几个解放军赶出去。怎么赶？他又一时间没有了主意。

不过这两天，他长时间处于盛怒、焦虑中，身心都极为疲累，他想好好睡个大觉，就对大娘说："我要多睡睡。这几天，哪个来找我，都不要他们上楼来。"

大娘柔顺地点头："是哟！你是要好好歇歇。"

这三四天，他是吃了就睡，醒了又大吃，猛喝泡酒，醉了又进入沉睡……

金文才这几天，也知趣地没有去找窝朗牛。以他过去在民族地区的工作经验，他也感到这次刚进蛮丙部落来，就急切地插手窝朗牛的家事，是冒了几分风险；虽然最后用那匹军马换了叶妙的自由，却仍然会伤害窝朗牛的自尊心。

如今，事情刚过去，还是不要急于近距离与窝朗牛接触为好。

他想，丁勇班长既然从娜红那里知道了他和小康、小杜已经较顺利抵达蛮丙部落外边的情况，肯定会迅速向西盟方面报告，团首长也会快速做出部署。他思考了后，决定利用这几天时间，一边等待，一边在周围山上察看地形。这是边境，一旦有敌情，不熟悉地形是要吃大亏的。如果几天后，西盟还没有人来，他就亲自带小康、小杜回去汇报。

但是第四天早上，一个比金文才的设想更为严重并导致形势急剧恶化的情况发生了。

那天早上，窝朗牛醒了后，想找岩松问问部落里的情况，就让五娘娓其去喊岩松。

过了一会儿，娓其回来了，说："竹楼是空着的，岩松夫妻都不在。"

窝朗牛以为他们一早就出去打猎、寻野菜了，只说了句："怎么这样勤快？"

到了中午，他又让大娘去找，才知道，岩松他们是送叶妙回小寨去了，还没有回来。

他为之大怒："这个烂杂种，这种事也不问问我。"

如果岩松现在在他面前，肯定会被他又打又骂。

但是他想了想，岩松从前可不是这样，而是那几个解放军来了以后，才变得这样胆大妄为。

这又使他把怒气转到了金文才他们身上。他叫来了两个汉子带上长刀、步枪去守寨门，特意叮嘱，只许自己部落的人进出，不准那三个解放军进来。

他恶狠狠地说："要是你们两个人把他们放进来了，我就砍掉你们的手脚。"

这两个汉子哪里敢违反窝朗牛的吩咐，只是小心地问："如果他们强行进来，怎么办？他们有'集中炸'呀！"

窝朗牛也知道那"集中炸"的威力，但是如今在气头上，他还是怒气冲冲地说："你们就吹起牛角号，我会叫全寨子的人一起去打他们。"

这两个汉子只好硬着头皮去守寨门。

这天，娜红一早起来就忙着去寨门外扛水，并准备吃完早饭后去往小寨看望叶妙，也把在山上见着了岩浆的事告诉叶妙，以免这个可怜的女人着急。

当她走到寨门口时，却见两扇厚重的寨门半关着，旁边还站着两个带着刀、枪的汉子。

这种不同寻常的情况，是准备和其他部落械斗时才会出现的。

她心里一惊，忙过去询问："怎么哪？又要和哪家打架？"

这两个汉子都倾慕娜红的美丽，只是平日没有机会接近，如今为了讨好她，就把窝朗牛的命令详细地说给她听，甚至窝朗牛盛怒中的语气、表情都逐一详细地描述。

娜红如今的感情是完全倾向于金文才他们。她想，这个窝朗牛得了人家那样多好东西，还有那样一匹好马，才释放了三娘叶妙的，怎么又怪人家管了他的事，不让人家进寨子了？真是太要不得了。

她只是不敢当着那两个守寨门的汉子这样说。

她出了寨门并不急于去接水，而是放下空竹水筒往那"外客房"跑。

这时候，小康也扛着竹水筒准备去接水，走出竹楼就见到娜红往这边跑。

他对娜红那天晚上那份亲热还心有余悸，急忙一转身就往竹楼里躲。那急速、沉重的脚步声踩得这破竹楼的竹篾楼板都在"吱吱嘎嘎"作响地颤动。

金文才见他慌成这样，正要问："怎么哪？"接着又听见娜红那焦急的喊叫声："你跑哪样？我看见你了……"就明白是怎么一回事了，心想这个小娜红一定是有要紧事才这样一大早往这里走，就板起脸对小康喝道："你躲躲藏藏干什么？快去把她接上楼来。"

小康只好又往外走。

娜红正为小康躲开她而生气，见他又出来接她，那刚刚涌起的怨气又消失了。

紧接着，金文才也一脸笑容地出来向她招手，请她上竹楼去。她更是高兴。

金文才把跑得气喘吁吁的娜红引到火塘前坐下，又吩咐小杜把火燃旺，才问："娜红，这样早，一定有要紧事吧？"

娜红刚才跑得太急了，喘息了好一会儿，才急促地说："有，有，有件很不好的事……"

金文才又端给她一碗茶水，让她先喝茶再慢慢说。

娜红是个聪明、乖巧的姑娘，她虽然没有亲自听见窝朗牛说那些话，但是在复述守寨门的那两个汉子告诉她的那件事时，还是能凭着平日和窝朗牛的接触，把这个大头人盛怒中的专横语气表达得很到位。这使金文才感觉到了问题的严重性。

金文才深知窝朗牛的专横、多变。他感到原先预料中的麻烦事终于来了，心情很是沉重。

娜红关切地说："他不让你们进寨子去，你们就不要进去嘛！惹火了他，他真的会喊一大伙人来砍杀你们。"

金文才无奈地点点头："好！我们就暂时不进寨子去。"

年轻气盛的小康却问："进不了寨子怎么开展工作？"

金文才说："你急什么？我们只是暂时不进去。在寨子外边也可以工作，还有这么热心的娜红为我们帮忙。"

娜红见金文才这样看重她，很是高兴，连声说："是嘛！是嘛！有哪样事尽管叫我做。"

金文才也被她的真情感动了，说："娜红，你真是个好姑娘！你这几天帮我们做了很多事呢！"

说得娜红羞红了脸，连连摆手："不多，不多！我笨，没有做什么事。"

金文才这时候又陷入了沉思：既然窝朗牛突然变脸，不让他们进寨子，肯定对民族工作组进驻的事也会反悔。在这工作受阻之机，总不能就这样无可奈何地待在这破竹楼里，还得尽快从其他方面另辟蹊径。

他想，应该趁这时候，回西盟去请示汇报。但是他又担心离开这里后，会有意料之外的事发生。

见金文才双眉紧锁，一副心事重重的样子，娜红又关切地说："金阿哥……"

但见小康望着她，她又改口说："金参谋，窝朗不想和你们往来，你们也不要理他。你和我们来往嘛！寨子里的人都喜欢你们呢！"

这看似幼稚、天真的话语，却启发了金文才。他想，既然窝朗牛正在气头上，那就暂避其锋芒，先不要接近他，可以找其他佤族人做工作嘛！

他称赞娜红："你真聪明。好！我们听你的。他不让我们进寨子，我们就等一等，以后再去看他。"

娜红想到自己准备去小寨看望叶妙，就说："你们跟我去小寨好吗？"

金文才这才想起来，他熟悉的岩松、山药那一伙人，那晚送叶妙回小寨后，至今还没有回来，就问娜红："岩松他们怎么还不回来呢？"

娜红可了解这些年轻男女，笑着说："他们爱玩得很。好不容易约着去了一趟小寨，不喝够泡酒，不玩够，他们不会回来。再说，那里的人也不会放他们回来。"

金文才大笑："这才活得轻松、自在。你带我们去小寨看看好吗？"

娜红高兴地说："好，好。我正想去看看三娘叶妙呢！"她又关切地问小康，"你也去吧？"

小康红着脸不作声。

金文才说："去。他当然去。"

娜红更高兴了，拍着手说："小寨后边的大山上松树多，松鼠也多，我带你们去打松鼠，松鼠肉鲜嫩得很。"

小康看了看从马驮子上卸下来堆在竹楼里的东西，担心地说："我们都走了，这些东西怎么办？"

娜红说："你放心好了，不会丢失。我们佤族人守规矩得很。你不送给他，他不会乱拿。哪个偷了人家的东西，就会被赶出寨子去，再也不准回来了。"

金文才、小康、小杜听了，都为之肃然。他们来了这几天，经常离开这破竹楼，确实是没有丢失过一件东西。但是金文才又想了想，去小寨之前，还得把这情况巧妙地告诉那个能对窝朗牛产生影响的老魔巴，就对娜红说："你能帮我们去看看老魔巴吗？"

"可以，可以。要对他说什么？"

"你代我们送几包香烟、一块盐巴给他，告诉他，本来我们今天上午要去看他的，可是窝朗牛不让我们进寨子。"

"好。这话我会说。"

"我们送给他的东西，不要让别人看见。"

娜红也想到了寨门口有人守着，就说："我先去扛水。过一小会儿再来。"

她去到竹楼下扛起了水筒，又向小康招手："走！我们扛水去。"

小康犹豫着没有动。

小杜也催促他："去扛水嘛！"

小康还不想动："你去嘛！"

小杜说："金参谋没有派我去。"

金文才这才笑着说："小康快去扛水！"

娜红得意地大笑，拉着小康就走。

这时候，进出寨门扛水的人多了。娜红想到以后还要为金文才、小康做许多事，又当着这么多人，就不再对小康表示过分的亲切，这使小康如释重负。

娜红把水扛回家，她阿妈也把烂饭煮好了。

她匆匆把饭吃完，告诉她阿妈，她今天要去小寨看望三娘叶妙，就背起一个藤背篓往外走。她到寨门外的树林里找了些野菜，又急忙往金文才那里跑，把金文才送给老魔巴的东西放进背篓里用野菜遮盖住，才往寨子里走。

守寨门的那两个汉子想多和她说几句话，故意拦住她，她却不耐烦了："走开！人家忙着呢！"

在佤族人当中，哪个都要对没有出嫁的姑娘让几分，何况是像娜红这样聪明、漂亮的姑娘。这两个汉子只好笑嘻嘻地闪开。

她连跑带跳地往寨子里走，一路上也顾不上和熟悉的人打招呼。有人问她去哪里，她只是短促的一句话："找老魔巴！"人们还以为她家里有什么事，要找魔巴驱鬼祀神呢！

没有人找魔巴做法事时，他是寂寞的。经常是一早起来懒散地坐在竹楼外的晒台上看山谷里的云雾、晒太阳。

如今见娜红急匆匆走来，就感到是有事找他，立即来了精神，眯着眼睛说："娜红，我在等你呢！"

娜红吃了一惊，心想，这个老魔巴真是神了，忙恭敬地弯腰行礼。她想，这些东西不能在外边拿出来，就说："魔巴爷爷，请你让我上竹楼去，我有好东西给你。"

魔巴以为娜红给他送肉食来了，高兴地说："好，好！"就起身往里走。

当他看到娜红从藤背篓里拿出香烟等物时，就猜到了是谁派她来送东西，又故作神秘地说："我一早看到一只小鸟飞过树梢，飞过寨门，往那几个解放军的竹楼里闯。原来是你娜红。"

这话又把娜红吓着了，人家说老魔巴神奇得很，真是这样。就一句话也不说，老老实实地把东西放在魔巴手上，心想，他什么都晓得，何必再说。

魔巴快速拆开一包香烟，抽出一根烟点燃，贪婪地吸起来。这香烟真好，又香又不似老草烟那样呛人。只是他不明白，那几个解放军为什么又送他这些好东西，但是他仍然神态矜持地不问。

还是娜红忍不住了，说："魔巴爷爷，那个解放军大官说，他们本来要亲自来看你，窝朗牛派人守住了寨门……"

魔巴明白了，又是专横的窝朗牛在发脾气，就说："不让进，就不进嘛！"

娜红说："人家是来办事的呀！"

"部落里的事是窝朗管着，他们何必多管闲事？"

"叫他们回西盟去？"娜红故意问。

得了金文才那样多东西，魔巴对他们也深有好感，就摇摇头说："走什么？对窝朗牛这个人呀，要悠着点，你不理他，他反而想找你呢！你告诉那几个解放军，就安心在'外客房'里歇着。我会请'莫伟其'神保佑他们。"

娜红相信神灵的作用，恭敬地答应："好，好！"

魔巴又问了一些金文才他们的情况，天真的娜红就说了许多他们的好话，特别是提到小康更是赞不绝口……

魔巴也不作声，只是微微地笑。

娜红说多了，才想起来该走了，这才向魔巴躬身告辞。她刚要走出竹楼门，魔巴才说了一句："不要让窝朗牛晓得你喜欢上了那个小解放军。他一发火，会把你绑往人头桩。"

娜红吓得腿都软了，跌跌撞撞走到竹楼下。心里很是恐惧，这个魔巴怎么什么事都晓得？

等娜红离开了，魔巴才一边抽着烟，一边细细思考，这个窝朗牛怎么又把脾气发到了那几个解放军身上。

他心里想，这可不好。不要以为他们只有三个人，人家在西盟的人枪可不少呢！那个屈洪斋司令有着几百人枪，不是都吓得跑走了吗？真的打起来，可是打不过他们呢！何况人家这样好，送了这样多东西，这都表明人家是想和我们交朋友。

他想去劝劝窝朗牛，又觉得还不是时候，不要让窝朗牛感到他是收了人家的礼物帮着说话。

他又坐了下来，缓缓吸着烟。

金文才听娜红叙述了去魔巴那里的经过，虽然不相信这个老魔巴对一切都能够未卜先知，但是他明白了，有策略的魔巴会在适当时候去劝说窝朗牛。

他也就略微放心了。

金文才决定改变行动，让娜红引领他们先去小寨。

临走前，他拿了一套布衣裤、一条红头巾准备送给小寨头人尼可士，一套布衣裙、一块盐巴给叶妙的老阿妈。

娜红又回家去告诉她阿妈，她要去小寨看三娘叶妙，不要因为她晚上没有回来又四处找她。

她阿妈一向和叶妙家相处得好，又搜罗了一堆晒干了的老豆角，要娜红带给叶妙。

他们临近傍晚才在暮色中悄悄出发。娜红想到老魔巴的话，不敢和金文才他们走在一起，而是背着藤背篓像去捡野菜、摘野果那样，远远地走在了前头，穿过树林，下到谷底，再爬上山腰，在途中等候金文才他们。

这短暂的等候，她又想念着小康。她在路边的岩石上坐不住了，就去采摘野果。

看到他们过来了，她很是高兴。也不管金文才、小杜就在旁边，迎过去一把抓住小康的手，关切地问："你走渴了吧？我这里有野芭蕉。"

小杜故意逗她："有好吃的怎么不给我们吃？太偏心了吧！"

急得小康脸涨得通红地直往后退。

金文才看了却大笑，这个娜红真是直率得可爱。

他们当然没有想到，这次去小寨会使陷入僵局的工作发生一个大的转机。蛮丙部落内外将发生许多意料不到的事。

九、去寻找岩浆

叶妙回到小寨后，被安排在寨子外边，虽然有无依无靠的凄楚，不过这两天，有众多同情她的人给予安慰。那些人想让她尽快忘了那不愉快的过去，特别是那些把她推向了死亡边缘、极其痛苦、屈辱的事。他们喝酒、跳舞时，也把她从那临时搭建的小窝棚里拉出来，邀约她一起参加。但是，她受惊吓太多，被折磨得太重了。

如今，她虽然脱离了那离地狱只有一道浅浅小沟的险境，但是余悸还在。有只小虫虫从面前飞过，她就会条件反射地想起那人头桩前成团成堆的小黑虫，会惊得突然晕过去，也就无心喝酒、跳舞，只是在一旁呆呆地看着。

人们也了解她的惊恐心情，更是对她同情、关怀，一再好言安慰，还给她送来蜂蜜、烤松鼠等营养品。

她那饱受摧残的身心才略有改变，黯淡、消瘦、愁苦的脸颊，逐渐有了血色，又有些俏丽媚人了。

叶妙被窝朗牛强娶过去后，很难得回小寨来，有时回来看望老母亲，也多是在男子们上山砍柴、打猎，忙于农活时，匆匆来去。小寨的人们很难见到她，即使远远见了，碍于她是窝朗牛的人，也不敢趋近前表示亲热。如今近距离接触了，在惊异她的温柔、美丽时，他们也有些想不明白，那个窝朗牛是怎么了，有这样漂亮的女子做婆娘还不满足，还把人家冷在一边不理睬，真是泡酒喝多了，烤肉吃得太饱了，被撑糊涂了呵！

当然，这只是他们心里这样想，哪个也不敢公开咒骂、责难窝朗牛。

这天晚上，叶妙正在火堆外边看人们跳舞时，一个多喝了几筒泡酒、有些醉意的年轻男子挤了过来，笑嘻嘻地双手一伸，几乎要把叶妙搂住，说："阿姐，你好漂亮呵！开屏的孔雀也比不上你。嫁给我吧！"

叶妙愕然地看了看这个男子，虽然粗壮有力，但年岁至少比自己小个十来岁，还是个乳臭未干的大孩子呢！

她皱着眉头问："你是哪家的？"

"尼桑家的！"

叶妙想起来了，她那年被窝朗牛娶走时，这人还是个拖着鼻涕、光着屁股在泥地里玩耍的七八岁小孩呢！

她笑了："你还小呢！"

"不小了！我早就进老林里打猎了。"

叶妙故意逗他："你会打猎？是跟在别人后边乱转，野物扑过来，早吓昏了吧！"

这是事实，他第一次尾随着人们去打猎时，一头野猪凶猛地扑过来，几乎把他吓糊涂了，一时目瞪口呆，手脚发麻，不知该往哪里跑。如果不是一名老猎手及时一枪把野猪轰倒，他早被野猪踩死了。

这人很奇怪，这件丑事，叶妙怎么也知道，不过如今酒醉后，却仍然厚着脸面说："那又怎么样？过几年，我就会成为好猎手了。"说着又借着醉意凑了上来，想把叶妙往他怀里拉。

"你可是喝多了？"叶妙忙往旁边闪。

这小伙子老实地承认："是喝得多。一大筒泡酒呢！就是喝得多，我才敢来找你！"

叶妙忙说："你不知道我已经有了喜欢的人吗？"

小伙子愣了一下，但是立即嘲弄地说："是岩浆吗？他是怕死鬼，早就把你扔下，不晓得跑到哪里去了……"

叶妙气得发抖，这小子怎么会这样说？

这时候，尼可士头人过来了，怒喝了一声："你在干什么？你想娶叶妙？你拿得出两头牛来吗？你穷得连一把男子汉应该有的长刀都没有呢！"

哪个不怕头人？这小伙子的醉意被吓掉了大半，又羞惭又害怕地溜走了，引得周围的几个男女大笑。

尼可士头人见叶妙满脸是泪，安慰她："叶妙，莫哭了，你何必为他生气，他是个大憨包。"

叶妙哭着说："我不生他的气，是我太可怜了……"

岩松的妻子奥兰也过来安慰她。

这个性格爽朗的女人，说话一向都是极其直率，她说："三娘，有什么哭的？我们女人家，有人说我们漂亮，想和我们来往，是好事嘛！那些丑婆娘有哪个理睬她们？三娘，你确实漂亮得逗人喜欢呢！"

这是奥兰的真心话，又确实在夸赞叶妙，使她听了很是欣慰，也就没有了受人欺侮的委屈感了。

奥兰又把叶妙拉到一边，和她说起了悄悄话，对她说："三娘，过些日子，这些事过去了，你还是要嫁个人，你这样漂亮，不愁没有人娶你，只是要找个人好、有力气、肯劳动，打得回野物的人……"

叶妙没有作声。她想，是这样，女人可是老得快呵！如今好不容易挣脱了窝朗牛，是应该趁着还年轻嫁个人，生儿育女。但是嫁给哪个呢？她又想起了下落不明的岩浆。虽然山药对她说，他们把岩浆放跑了，那两枪都是对天空打的，但是，这是真事吗？不会是哄骗自己吧？岩浆如今跑到哪里去了？人们慑于窝朗牛的声势，有哪个敢收留他？如果是钻进了老林里，匆忙中没有带火种、刀枪，可是会被冻死、饿死，被野物咬死……

聪明的奥兰敏锐地看出了叶妙的心事，又直率地说："三娘，你不要还想着岩浆。这个人也不晓得跑到哪里去了，他还敢回来？回来了，我阿爸能饶过他？就是有人出两头牛、几匹好马来帮岩浆赎罪，我看，我阿爸也不会答应。"

说得叶妙心里更是如刀割似的难过。她叹息地说："你说的也是实在话，我真是无依无靠了。"

奥兰摇摇头："也不能这样说，我们都在帮你呢！还有那几个好心的解放军呢！"

想起那几个好心的解放军，叶妙心里又有了暖意，是呵！没有他们，自己可是早就死在人头桩前了呢！

就在这时候，远处山路上有几个人走了过来。

好奇的奥兰紧往那边走了几步，仔细端详着，却发现轻快地走在前边的是娜红，在后边跟随着的却是那三个解放军。

通过拯救叶妙的事，她对这几个解放军已是很有亲切感，也就欣喜地迎了上去大叫："哎呀！娜红，你怎么来了？还把解放军大哥也带来了？"

她的喊声也惊动了那些护送叶妙来的蛮丙人，以及小寨的人。这可是稀罕事，这三个解放军怎么也来这里了？

尼可士头人已经知道叶妙是这三个解放军救出来的，也知道他们有枪，有厉害的"集中炸"。他突然有些心慌意乱了，紧张地问岩松："他们是比窝朗牛大头人还厉害的人吧？"

岩松点点头："我看是这样！"

"他们来我们小寨整哪样？"

岩松只能摇头："我也不晓得。"

"我怎么办？可要背一筒泡酒来请他们喝？"

"不急，不急。等他们来了再说。他们人好，我看不会有什么坏事。"

尼可士头人又问："见了面，我要不要向他们下跪？"

岩松说："不消，不消，他们对我们像弟兄一样，平和得很。"

尼可士头人这才放心了，说："好！我尾随着你，你不跪，我也不跪。"

金文才他们的出现，使叶妙既感意外，又很激动，立即忘了刚才的不愉快，快速地冲了上去，像那天晚上一样双手紧抱住金文才的双腿跪了下去，喃喃说着："恩人，恩人，又看到你们了。我好想你们哟！"

这突然的动作，惊得在远处的尼可士头人的双腿也软了，对岩松说："你不是说，不兴下跪吗？叶妙怎么跪下了？"

岩松告诉他："三娘是感谢他们救了她的命。你不消跪。"就带着尼可士头人迎了上去。

"不要这样！不要这样！我早说过了，不要这样。"金文才忙着把叶妙扶了起来，又关切地问，"回寨子来了，过得还好吧？"

叶妙只是哭着："好！好！"

娜红在旁边说："金参谋和小康阿哥不晓得你回小寨来可好，要我带他们来看看你……"

叶妙更是感动得泪流满脸。

奥兰拉住娜红的手问："这两天你跑到哪里去了？也不见你。"

娜红只是笑，也不回答。

金文才猜想和岩松一起过来的那个年岁略大、神态既威严又有些惶恐的男子，可能是娜红在路上说起过的小寨头人尼可士，就亲切地问："是尼可士头人吧？"

尼可士头人紧张地点点头。

金文才从小康手里拿过作为礼物的衣裤、包头巾递给尼可士，说："这是我们送给你的一点礼物，请收下。"

尼可士既高兴又惶惑，侧转身问岩松："给我？这么贵重的东西？"

岩松笑着说："是给你的。我们在大寨都得了。"又指着自己身上的衣裤说，"这就是他们给的。他们对我们佤族人好，送的礼物都贵重得很。"

尼可士这才从紧张、惶恐转为笑容满面地接下这些礼物。

金文才见一些男女围上来看热闹，就对岩松说："你告诉他们，等我们工作组来了，会给全寨子的人每个都送一套衣裤，还有盐巴。"

岩松大声地把这话说给了人们听，只不过把"工作组"说成"他的弟兄们"。

在解放前的贫困佤山，一套布衣裤可是很重的礼物，有的人劳苦了一辈子，也没有穿过一件新衣服，只能热天赤裸着身子，冬天在竹楼里烤火，外出才披件破毯子。如今听岩松这样说，他们都很惊讶，又很高兴地咧开大嘴"哟——呵呵！"地大叫。

金文才看见了大树下那简陋的小窝棚，猜到了是叶妙的临时住处，就问岩松："怎么不让你三娘进寨子里去？"

岩松只好说："尼可士头人怕我阿爸怪罪他，不敢让她回寨子里去，先让她在外边歇息两天。"

小康心想，那个窝朗牛也太厉害了，人家叶妙都回自己寨子了，他怎么还管得这么宽？只是有金文才在，他不敢骂出声来，而是想，要让这个可怜的叶妙彻底脱离苦难，只有想办法让她再走远一些，去往西盟、澜沧……

这些话，他没有说出来。又去小窝棚前看了看，折回来后，对叶妙说："大嫂，你不要难过，回来了总比在那边好，有什么困难，尽管对金参谋说。我们一直记挂着你呢！"

感动得叶妙更是满脸是泪。

娜红见叶妙憔悴多了，很是难过，扑过去把她抱得紧紧地说："三娘，你好可怜啊！窝朗牛也太狠心了，怎么把你往人头桩前……"

奥兰不愿又勾起叶妙的伤心，忙打断娜红的话："娜红，不要说那些事了。三娘命大，有贵人保护，还是从苦海里脱身了！"

娜红点头："是这样，是这样。全靠金阿哥他们来救命！"

然后，娜红又压低声音，悄悄地问："三娘，你见了岩浆吗？"

叶妙摇摇头，"没有。那天晚上，接连响了几枪，也不晓得他是死是活。我怕是再也见不到他了。"说着，又哭了起来。

娜红忙说："他没有死。我还见了他呢！"就把那天上午在路边见到岩浆的情况说了一遍。

叶妙这才相信，山药没有说假话，岩浆确实跑脱了，也就略为放心。不过，她又在想，他如今躲在哪里呢。她想起了岩浆从前说过的，实在无处安身就投奔永恩部落的事，就说："他可能去了永恩部落吧！"

娜红怀疑地说："我们部落和永恩部落是仇家，他敢往那里走？"

叶妙说："他可能会带着永恩部落的人来打窝朗牛。"

天真的娜红却高兴了，拍着手说："太好了，太好了，也该让窝朗牛吃些苦了！"

在旁边的金文才听了，却感到了问题的严重性。从西盟败逃出去的屈洪斋匪部如今正盘踞在永恩部落，如果这个岩浆被那些残匪所利用，作为向导来袭击蛮丙，那可麻烦了。

他把叶妙拉到一边，郑重地问她："岩浆会去永恩部落？"

"他说过，实在没有地方走，就去那里。"

"哎呀！这可不好！"

金文才这紧张神色也吓着了叶妙。她是个心地单纯的女人，一向不了解佤山复杂的形势，如今更没有想到，如果岩浆去了永恩部落，会引起一场战乱，还可能会伤害金文才他们。金文才他们可是她的恩人呀！

她关切地问："金阿哥，你说说，岩浆为哪样不能去永恩部落？"

见叶妙这么紧张，金文才只好把与人民解放军作对的屈洪斋部队的反动性说了一遍；如果屈洪斋这些残匪再纠结永恩部落一起来打人民解放军，那样还会使部落之间的械斗升级，甚至引起佤族人对人民解放军的仇恨……

叶妙还是第一次听说这些道理，虽然不完全听得懂，却很明白，那会伤着这几个拯救过她的解放军。

她着急了，几乎是哭喊着说："不行，不行！不能让他伤害你们！"

她的喊叫声这样尖锐，还有几分凄厉，把周围的人都吓着了，停止了唱歌、跳舞，向这边拥来。

岩松、奥兰夫妇既为这三个解放军担心，更为他们的父亲窝朗牛和全寨子人担心。岩松多次参与过与永恩部落的械斗，那刀枪并举的大拼搏，常常是鲜血飞溅、人头落地，也就深知双方仇恨之深。如果永恩部落打进来，那是连寨子都会烧毁的。

他们急了，这可不是小事，得赶快回蛮丙大寨去，把这情况告诉窝朗牛。

在这一片喧闹声中，金文才却迅速镇静了下来。他想，如今的形势不能不往最坏处想。如果屈洪斋匪部一起打过来，自己和小康、小杜只有三个人，势单力薄，是难以抵挡的，必须想办法联系上丁勇带的那个班，并尽快向西盟方面报告，尽可能不让窝朗牛和蛮丙部落的人受到伤害。

如今的情况很紧急，得尽快防范。他对岩松说："你赶快回去，把你们在外边的人都喊回部落，先把寨门关起来，千万要小心！"

"你们呢？"奥兰关心地问。

"我们也回你们部落去，再想办法去联系我们的部队，一起来保护你们。"金文才说。

"叫他们多带些'集中炸'哟！"岩松说。佤族人都崇拜手榴弹的威力。

金文才又对尼可士头人说："你们这里也要小心！"

尼可士头人连连点头，同时对那些年轻汉子大喊："去拿起你们的刀枪来，要打仗了。"

叶妙没想到，由于她的情人岩浆可能采取的报复行动，将会惹来这样多麻烦，更不知道以后还会有什么可怕的事发生呢！惊愕之余叶妙又痛苦地流下了眼泪，喃喃地说着："唉！都怪我，都怪我！"

奥兰劝慰她："三娘，不要难过。岩浆是不是去了永恩部落还很难说。不过人家金参谋是有见识的人，不得不防范。就是打开了，也和你没有关系，又不是你怂恿岩浆去的永恩部落。"

她又对娜红说："你就在这里陪伴三娘，等到我们那边没有事了，再回寨子来。"

娜红本来是专程来看叶妙的，很爽快地答应了。

金文才、岩松他们不敢在这里多停留，立即急匆匆地往蛮丙部落赶。

尼可士头人也忙着进小寨里边去召集人、收拾刀枪，一旦蛮丙大寨那边有事，好去援助。

人们四散，这大树下的小窝棚前，又冷冷清清地只剩下了叶妙、娜红两个人。这真是如同大风里的云团一样，聚得快也散得快，她们又惊恐又焦虑，很是不安。

叶妙问娜红："娜红，你说岩浆会不会把永恩部落的人引来？"

娜红说："我看他会这样做。他以为你死在人头桩前了。他要为你报仇呀！"

叶妙想了想，也点点头。她了解岩浆的性格，是会那样做的。但是她又说："人家解放军阿哥救了我。我没有死呀！"

"他人在外边，怎么晓得这些事？"

叶妙心想，是这样。岩浆引人来打窝朗牛，她不反对，她太恨窝朗牛的无情无义了。如果连人家解放军一起打，她可不愿意，那是自己的恩人呀！

这矛盾的心情很是折磨她。她又双手合十向天求告："'莫伟其'神，求求你，不要让岩浆去永恩部落呵！去不得呵！……"

天上有大团的白云在悠然地飘浮，时而高时而低，却寂静地没有回音。

她又问娜红："娜红，你说怎么办呵？我真是急死了。不能让人家解放军也一起被永恩部落的人打呵！"

娜红当然更是不愿意解放军被伤害。心地单纯的她，也急了，却说："我们得去找到岩浆，叫他不要乱来。"

叶妙心乱如麻，更是没有了主意。心想，只有这样了。但是她又问："山这么大，树林这样深，去哪里找他啊？"

"去那条通往永恩部落的路上嘛！"

"碰见了永恩部落的人怎么办？"叶妙有些担心。

"他们会砍我们妇女？不会。阿佤人从来不会那样乱来。如果撞见他们，我们就装作走错了路，也不说是蛮丙部落的人。"娜红天真地说。

这两个朴实的女子，在心烦意乱的情况下，实在想不出别的办法，又急于去找到岩浆，就忙着去寨子里找尼可士头人要了一些吃食，准备动身。

尼可士头人担心蛮丙大寨被永恩部落袭击，刚召集了二十几个壮健的汉子带上刀枪准备去助阵，见她们要去找岩浆，在给了她们一些吃食后，还找了两根锋利的标枪让她们扛着防身。

她们从小在这一带山林间活动，都很熟悉那些通往边境的小路，她们猜想岩浆是不敢走大路的，就选择了一条比较近又比较偏僻的路径。

走了一段路，娜红突然想起了她曾经把金文才写的那封信藏在那小河边的梅树下，不知有没有被丁班长拿走。如果丁班长他们看到了信，就会赶来蛮丙部落与金文才他们会合。丁班长的人多，枪多，还有那么多"集中炸"，就不怕永恩部落的人打过来了。

她向叶妙提出，先去小河边看看。

叶妙本来怕去永恩部落，如今有娜红做伴，也就胆壮了。于是她们一起向那小河边走去。

她们走的这条山路很是险陡，一会儿上坡下坡，一会儿钻进大树、藤条密集丛生的山林。不过幸好没有撞见大的野兽，一路上还是安全的。

娜红趁这机会，边走边和叶妙聊天。她好奇地问叶妙："三娘，你怎么会看上岩浆呢？他可是穷得多一条裤子都没有。"

"他人好。"在这年轻姑娘面前，叶妙不好说岩浆在她寂寞的时候能强烈地满足她的性需求，只能这样含糊地回答。

"他好哪样？出了事就不顾你了，只管自己逃命，哪里像个男子汉。"说着又补了一句，"老一辈人说，男子汉和他喜欢的女人在一起，是要经得起大风大雨、愿意在一起生一起死。他可好，出了事，像只兔子一样，一头钻进草棵里，跑得没了影子。如今还要我们去找他……"

叶妙只好说："当时是我叫他跑的。总不能都被抓到人头桩去受死吧！"

娜红说："当时跑开了，如今也该悄悄摸回来看看你是死还是活呀！如果你不幸死在人头桩前了，也该来捡拾你的尸骨，叩几个响头呵！"

这一番充满气愤却又很合乎情理的话，说得叶妙黯然，心想，是呀，为了我，他是不应该走得太远，应该想办法来救我，或者在周围打听我的消息。

她无力再反驳娜红，只能郁闷地叹了口气。

娜红又问:"三娘,你们在一起的时候,是他听你的,还是你听他的?"

这又使叶妙想起了她和岩浆在一起那极其欢乐的日子,充满幸福地说:"他是我喜欢的男人,爱还爱不过来呢!哪里会想到去管束他。不过他倒是很听我的话,我们从来没有吵过架……"

娜红说:"这就好。这次找着他了,你要告诉他,千万不能去永恩部落,更不能带着那边的人来打解放军!"

"当然,当然。他再恨窝朗牛,也不能带着人来打解放军。"叶妙真心地说。

她们就这样边走边聊来到了那小河边。

竹林、大树间仍然寂无一人。除了河水冲击着河岸和河床中间岩石的"哗哗"响声,以及大风卷动枝叶的狂猛响声外,没有别的动静,更不见一个人影。

娜红很希望又能见到那些请她吃过饭、送过糖果给她的解放军。

她那天走后,他们有没有再来到这里?特别是有没有发现她埋藏在老梅树下的信?那可是很重要的事呵!她疾步蹚过冰凉的河水向对岸的大树下奔去,引得叶妙也匆忙地在后边跟着。

离那棵大树还有几步远,娜红就发现那厚厚的落叶被人翻得乱七八糟,再往前就近查看,那封信已经不见了。

开始她还欣喜地想,是那些解放军拿走了吧?如果是他们拿走了,那就太好了!她虽然不知道金文才在信里写了些什么,但是肯定是很重要的事!

但是当她再在周围走动了一番,却发现被踩烂的落叶和附近的潮湿泥地上,有几处脚趾分明的赤脚印,只是有的深有的浅。

她越看越觉得这情况不对:那些解放军都是穿的草绿色胶鞋,怎么会赤脚?再仔细观察,又发现她用木炭画的那个女子的脸旁边多了一个用刀尖浅浅勾勒的男人嘴唇。很明显,是个偶然来到这里的佤族男子从她的木炭画像上得到启发,找到了藏在树叶下的信,还轻佻地在她脸旁留下了男人的嘴唇。

她这才觉得事情不妙,着急地骂了起来:"是哪个偷走了信?不怕雷劈他,豹子抬他?"

叶妙也顺着娜红的指引,仔细地在周围察看,一连看了几个深浅不同的脚迹后,她突然脸色大变,惊讶地大叫起来:"哎呀!怎么是他……"

娜红忙问:"是哪个?你说是哪个?"

"是岩浆!"

"岩浆？你怎么知道？"娜红也是很惊讶。

"我认得他的脚迹。这都是他一个人的。"叶妙指着一个踩在一摊烂泥上，较为明显的、有着四个脚趾印的脚迹给娜红看。

去年夏天的一个中午，叶妙和岩浆又悄悄溜进山林里去幽会了。正当岩浆紧紧搂住叶妙那赤裸的、像缎子一样光滑柔软的身子躺卧在那大树底下说着情话时，一条毒性很强的竹叶青蛇，悄悄从草丛里滑了过来，一口咬住了岩浆的右脚大拇指，痛得他全身抽搐。幸好他从小到大都经常在山林间活动，了解这竹叶青蛇的毒性，也知道应该怎么自救。他忍着剧烈的痛楚，抓过身边的长刀，急速地砍下去，把竹叶青蛇斩成了几截，然后又叫叶妙赶紧去附近采摘止血消毒的草药。为了不让毒性扩散，他在草药采摘来后，毅然抽出腰间的锋利小刀，一刀割下了那根被竹叶青蛇咬过、正在肿胀的大脚指头……

他不愧是个性格刚毅的佤族汉子，这快速、刚毅的几个动作，如此不同于一般人，也把叶妙吓得浑身发抖，但是她更喜欢这个如同岩石般坚强的岩浆了。回到寨子后，她先后把养的几只鸡全都杀了，炖给岩浆补养身子。所以她能够鲜明地识别岩浆那只右脚没有大拇指的脚印。

娜红和叶妙都不明白，岩浆怎么会来到了这里，而且他又不识汉族人写的字，拿走那封信干什么呢？

这脚迹对叶妙是这样亲切。她在惊愕的同时，也就略为放心了，原来以为已经是生离死别，这一辈子不能再见面的岩浆，却会在这里留下痕迹。

她和娜红在周围寻找了一遍，也不见人影。

她很着急，岩浆会去往哪里呢？从很潮湿、鲜明，还没有完全风干的脚迹来看，他从这里离开的时间并不太久。她太想念岩浆了，急得眼泪乱涌，边哭边说："岩浆——你在哪里啊？"

性急的娜红忍不住大喊了起来："岩浆，岩浆——我是娜红。你快过来！叶妙三娘在这里——"

叶妙也随着大声喊："岩浆——我是叶妙——"

她们喊着喊着又觉得你一声我一声这样地喊，不够有力。就用足力气同时喊，让喊声能更响亮地传得更远。

这虽然是两个女人在焦急的时候喊出的声音，但是她们秉性善良、多情，喊声里仍然有着一种柔和悦耳的音乐感，不仅与她们熟悉的人听了会识别出是她们在深情召唤，这起伏群山也似乎被感动了，在为之响亮地回应。

几个在远处放牛羊的佤族少年，虽然不知道她们喊的是谁，为什么这样喊，也情不自禁地觉得应该帮帮忙，放开嗓门跟随着大喊了起来："岩浆——我是叶妙——岩浆——我是叶妙——"

叶妙她们听了，还以为是山灵之神在帮助她们喊叫呢，也就更加兴奋地喊了一遍又一遍，脸颊涨得通红，嗓子都快喊哑了。

正当她们失望地不想再喊时，西南方向的远处山谷间却传来了回应："叶妙——叶妙——你在哪里？我是岩浆——我是岩浆——"

喊声传到这边山林时，虽然已经很微弱，但是叶妙却能分辨得出来，这确实是岩浆的声音。

她和娜红都高兴极了，又一起合力大喊："我们在小河边——在小河边——"

风把她们的喊声传过去了，但是出乎她们的意料，那边刚有了回应，却又突然中断。

她们又喊了许多次，仍然没有回应。她们也累得喊不出声了，只能疲惫地瘫坐在草地上等待。

她们猜想，岩浆是不是也喊哑了嗓子，不能再大声回应了呢？不过他既然听到了她们在这小河边，一定会往这边奔来的。

又过了一会儿，却听见那边山林间响起了一声清脆的枪声。

虽然这枪声离得很远，子弹也不是射向她们这边，她们仍然觉得令人心悸得很是刺耳，就连那几只在附近上空盘旋的飞鸟，也被惊得急速地抖动翅膀向云天高处飞去。

她们焦急地向枪声响处张望，只见群山起伏，云雾迷茫。

十、被岩浆偷走的信

那天，岩浆从永恩部落附近出来后，就急匆匆往北走。走出了一长段路后，才敢反身眺望那大山坡上满布着大小竹楼的山寨。似乎那浓厚的云雾掩盖下，还有着腾腾的杀气在成团成团地蜂拥而起，使得他在这阳光照射着的远处看了，仍然会不寒而栗。这两天在永恩部落发生的事太可怕了，使他深有死里逃生的感觉。

从前他和叶妙偷情时，多次商量过逃离蛮丙部落后去投奔永恩部落。这次来了，才使他感受到，一切都和他原来想象中的不一样。永恩部落的人虽然也是和他一样，都是佤族，说一样的语言，有一样的古铜色皮肤，但是多年来大小械斗积累的仇恨，使永恩部落的人已经不把蛮丙人看作同族。尽管他是诚心诚意去投奔，这次也照样被当作仇敌来捆打。

他想，如果不是那个屈司令用那支好枪把自己换下，脑袋早就掉了，现在哪里还能够在这大山里行走。

他又想起了那可怜的叶妙。那天他在路上见到娜红时，从她那里得知：叶妙已经被窝朗牛绑往人头桩了。

那人头桩可是地狱的门口，死亡的深坑。

在蛮丙部落，男女老少都惧怕窝朗牛，有哪个敢出面救叶妙？叶妙肯定是早就被整死了！

他很难过，也下了狠心，这次既然屈司令要他回蛮丙部落去打听情况，他也要借助屈司令的兵力报这个仇。

走在这山路上，他不断遇见三三两两从永恩部落出来砍柴、打猎、寻找野菜的男女。

人们已经知道他是屈司令"买"过去的人，既不袭击他，也不理会他，只是冷漠地望望他就走开了。这使他深感自己不可能融入永恩部落的群体中，一路上，也就尽力避开那些人，时而闪到大树后边，时而去往人少的山林间。

他走走停停，终于离开永恩部落较远了。虽然这是一条过去人们走得较多的山路，但他仍然不敢直奔蛮丙部落，而是先从枝叶稠密的山林间绕往那条小河边上。那天晚上，他和岩松他们就是在那里遇见那些要进蛮丙部落的解放军。他想，如果还有解放军去蛮丙，也会从那里经过。

冬天上午的佤山全被白色的浓雾所笼罩，远山近树都很模糊。大小野兽都在雾中悄悄走动，寻找吃食，这很能引诱他这个有了一条步枪的佤族汉子。用这射程远、威力大的步枪来打野兽，比使用标枪、弩弓、火药枪的命中率大得多了。如果不是屈司令一再叮嘱：一路要小心、隐秘，岩浆是会用这支步枪猎取一两只大野物的。

如今只能忍耐着，野物在附近出现，也不去射击。

他走走歇歇，终于来到了那小河边。河面上散发着轻烟般的白雾，两岸山林静悄悄的没有人迹。

他很希望在竹林里遇见一两个自己部落的人，详细打听一下附近的情况，特别是叶妙的生死。

他悄悄摸进竹林里去看了看，没有人，又下到河边踩着冰凉的河水去往对岸树林里寻觅，也是没有人。不过他见到了用几块大石头垒起的灶台，以及一些没有烧完的柴火和黑色余烬。这都表明，这里最近有人来过，并且在这里砌起锅灶煮食东西。不过这不是佤族人，佤族人不会砌锅台，更不会有那样大的铁锅。他猜想，来这里的肯定是那些解放军，而且是很多的人。可能是有解放军从这里经过，去往自己的蛮丙部落了……

他想按照屈洪斋的指令，了解那些解放军的人数，但是树林里没有一个人，也就无法打听。

他又反复在周围观察，想获得一些解放军留下的痕迹，终于在那株大树上发现了娜红留下的画像。

佤族人虽然不会写信、留字条，却善于用这样形象的方式在山野里留下讯息。岩浆顿时得到了启示，一定有人在这里留下了重要的话。他仔细在周围查看、寻觅，很快从梅树下找到了娜红藏在落叶堆里的那封信。

他不认识汉字，从前也没有见过这种有重要作用的信，更无法了解信的内容。

但是他是个聪明人，也就感到这东西在这里的出现，不是一件小事。

他想了想后，觉得还是得赶快送回永恩部落去给屈司令看，人家是有见识的人，有可能看出这东西是干什么的。如果有用处，还可能奖给自己一两筒泡酒和几斤盐巴呢！

他把信藏好，又转身急匆匆往南走。

这次，他深知这条路上并不平静，更担心会撞上解放军，也就没有循着来时的路线行走，而是改走了另一条山更陡、树林更深密、平常难得有人来往的小路。

走出不远，他觉得肚子饿了，从早上出来还没有吃过东西呢！

他在山腰一棵大树下找些干枯枝叶烧起了一堆火，把带来的几棒苞谷烤着吃。吃完了，又觉得困倦，就抱着步枪睡起了大觉。

山林间虽然大小野兽多，但如今有火堆，有枪，他还是敢于放心地睡觉。

他睡得迷迷糊糊，也不知道睡了多久，只觉得山林里风越来越狂猛，像许多头大小野物在忽高忽低地嘶叫，又像有人在狂暴地呐喊……

过去他经常在野地里生活，已经习惯了这些似乎由大风猛扑山林而发出的变幻莫测的声响，也就不紧张，仍然是放心地摊开手脚地大睡。睡够了才有力气走山路。

又不知道睡了多久，他才从迷糊中略为清醒。风还在狂猛地刮着，不过风的呐喊声似乎变了调，像有人在呼喊他的名字。他以为还在梦境里，也懒得去理会；但是那喊声虽然来得遥远，却越来越清晰，似乎是一声又一声喊着："岩浆——我是叶妙——""岩浆——我是娜红——"

他终于明白，这不是在梦境里，是真的有人在远处喊叫他，而且是他想念的叶妙的喊声。

这是大白天，不是能使人产生幻觉与恐怖感的夜间，而且声音是这样柔和亲切，与叶妙过去企盼他的爱抚时发出的呼唤是一样的。

这表明叶妙还没有死，不是鬼。

他想，莫非是叶妙从人头桩下逃出来了，在这大山里寻找他？这真是太好了，也就情不自禁地大声回答："叶妙——你在哪里？——你在哪里？——"

呼啸的大风似乎也了解这人世间多情男女别离的痛苦，帮着他把那激动的喊声送往远处，让正焦急呼喊他的人能听到他的回音。

这一声又一声悠长、焦急的呼喊，也被埋伏于附近山林间、由丁勇班长率领的那个班的战士们听见了。

在西盟佤山周围的边防线上，藏匿于境内外各处的敌特组织很多，而且属于不同的系统，有的人多枪多，有的仅是三五一伙。这些天，都想趁人民解放军进驻西盟不久，立足未稳之时，派一些小股武装化装成佤族人进来搞破坏活动。

在西盟的团政委赵纬了解这些敌情后，已经下令从各方面加强了防范。丁勇班长也在这个方向的山林、路口加强了巡逻、搜查。

丁勇他们如今正在与岩浆相距不远的山林里活动，也隐约听到了这由远处传来、又由近处传过去的喊声，也就急于弄清楚，在这附近呼喊的男女是什么人。

丁勇班长把战士们分成三个组，从左、中、右方向包抄过去。他们都是经过严格的热带山林作战训练的高手，善于迅速、悄无声息地穿林过涧。他们很快摸到了岩浆附近，心系远方的岩浆却没有发觉，还在用足力气对着小河那边呼喊："叶妙——你在哪里？——你在哪里？——"

丁勇班长他们却把岩浆看清楚了，是个手持步枪的佤族汉子。

佤族人带枪的很多，他们也不以为意，但是为了避免突然趋近前，惊吓着他，丁勇就用佤族话喊了一声："兄弟，你好呀！"

岩浆一转身见是个解放军，却被吓着了。

从前他与金文才接触时，金文才他们对他很是和善，他对解放军也就没有什么敌意。但是自从在永恩部落被屈洪斋收买了后，本来憨厚又缺乏政治头脑的他，却把人民解放军与他痛恨的窝朗牛联系到了一起，都看作是他的仇人。何况他这次回来就是奉屈洪斋的指示，探听解放军的动向。如今，他第一个反应是：这些人突然出现，是来捉拿他的。他心慌意乱地端起步枪就要射击，就在正要扣动扳机时，一个战士从旁边树林里冲了出来，抓住他的枪管往上一托，那颗刚射出的子弹飞向了天空。（这也就是在小河边的叶妙和娜红听见的那声令她们惊骇、怀疑的枪声。）

岩浆还来不及再开第二枪，就被从另一侧冲上来的一个战士一拳打翻在地，紧接着又有几个战士从旁边扑上来紧紧按住他。

岩浆虽然很有蛮力，但在这几个擒拿格斗功夫很强的战士合力攻击下，几乎难以抗拒，很快被捆了起来。

"你是什么人？"丁勇问他。

岩浆已经吓呆了，只是恐惧地大喘着气，不知该怎样回答。

从战士们来看，这个人带着步枪，还凶狠地向丁勇班长开枪，肯定与那些来山林里狩猎的佤族人不同。见他不回答，就搜他的衣袋、筒巴（挎包），却搜到了那封娜红藏在老梅树下的信。

丁勇班长一看，是金参谋写给他的信，顿时大吃一惊。这封信对丁勇他们来说是多么重要，他们这两天就是等待金文才的音讯呢！如今，这封信怎么落到了这个佤族人手里？

他们顿生怀疑，那个送这封信的人——在他们看来，可能是通信员小康、小杜，或者是另外一个佤族人——是否被这个带枪的佤族人杀掉了？

"这封信是从哪里来的？"丁勇问岩浆。

岩浆惊恐地翻着白眼，不知怎么回答。

"你在哪里把送这封信的人杀掉了？"丁勇又问。

岩浆这才明白，这是一封信，他虽然还不明白信的内容，却从丁勇的神态感觉到了，这信很重要，忙说："我没有杀人。"

"你没有杀人？那么，这封信是从哪里来的？"丁勇继续追问。

岩浆还想撒谎，说："路上捡来的。"

"杀了我们的人还不老实承认。"一个战士端起了冲锋枪，"我枪毙了你！"

这个战士长得五大三粗，一脸虎气，发起脾气来很是吓人。

吓得岩浆大喊："我没有杀人，真的没有杀人！"他想，自己怎么这样倒霉，没有杀过人，还一而再、再而三地几乎被人杀掉，忙说："我是被窝朗牛追杀，才跑到这里来的……"

丁勇班长早就知道窝朗牛是蛮丙部落的大头人，就问："你是蛮丙人？"

"是。"岩浆老实地回答。

丁勇班长又问："我们有三个人去你们部落了，你认得吗？"

"晓得，晓得。有个大官是金参谋。他蛮好的，还给过我纸烟吸。"岩浆忙说。

听他说起金参谋的语气颇亲切，丁勇班长心想，这个佤族汉子可能是帮金参谋送信的人吧，可别误会了好人，就态度缓和地问："我们不打你，更不会杀你。你老实说，是在哪里拿到这封信的？"

岩浆指了指那还有呼喊声传过来的远方说："那小河边上的老梅树底下。"

丁勇他们几次从那小河边上来往，印象中那里确实有几棵老梅树。他有些相信了，就问："你知道这封信是写给哪个的？"

岩浆摇摇头，表示不知道。

"你准备把这封信拿到哪里去？"

岩浆哪里敢说是送往屈洪斋那里，只好继续装憨，把头摇了又摇。

丁勇他们也没有想到，这个看来外貌朴实的佤族人，如今已经被屈洪斋收买。见问不出原因，又不好逼问，就押着他往回走，想去小河边上仔细查看，是不是真的如同岩浆所说，那棵老梅树下人为地聚有很多落叶。

他们在山林间时快时慢地走着，远处那显得很焦急的呼喊声，又在一声又一声传过来，使人听了也为之焦虑。丁勇也想尽快了解，那两个在那边不断地呼喊着的女子与这个佤族汉子是什么关系。

叶妙和娜红一声接一声地呼喊着，那边山林里却在那声枪声响过之后，再也没有回应，她们又困惑又着急。

她们不停歇地喊了又喊，也不知道喊了多久，把嗓子都喊哑了，实在喊不出声了，只能困倦地躺在大树下歇息。但是心里有事哪里能安心躺卧，想念岩浆心切的叶妙更是心急如焚，她对娜红说："他是怎么哪？怎么不回答了？我们是不是过去看看？"

娜红已经很累了，她望着那险峻的起伏群山，倦怠地说："我走不动了。哪个晓得他藏在那边的哪座树林里呢？还是在这里等等他吧！"

这种等待，对于叶妙来说，是多么的难熬。她又问娜红："他为什么不再回应我们的呼喊呢？"

娜红怎么知道，只能凭猜测安慰她："他可能和我们一样，也是喊哑了嗓子，喊不出声来了。"

叶妙想了想，也有这种可能，但是又担心地问："那枪声又是怎么一回事？是不是遇见了与他作对的人，把他打死了？"

她完全忘了，娜红和她一样，也是疲累地躺在这里，哪里会知道远在山林那边的事。

娜红知道叶妙太着急了，只好凭想象地说："可能是他用枪声告诉我们，他要过来了。"

"是吗？"叶妙似信非信地问，"他怎么会有枪呢？那天，他从寨子里逃走的时候，可是没有枪呵！"

这叫娜红怎么回答？她只好说："男子汉嘛！总有他的办法。"

叶妙却从中得到了安慰，她相信能干的岩浆是有能力弄到一条枪的，也就压下心头不断腾起的许多疑惑不再问了。

临近傍晚，山林间积存的水汽又开始缓缓上升，凝聚在一起形成了一团团洁白、明亮的云块，在空中时聚时散地缓缓移动。叶妙长久望着那些浮游的白云，却浮想联翩，觉得那是岩浆在向她走来，她也真想化成一团彩云迎上去，与那团闪亮的云糅合在一起。

她们休息够了，又下到小河边喝了一些水。冬天的河水清凉，不仅解渴，也能消除她们的倦意。叶妙有了精神，又忍不住喊了起来："岩浆——你在哪里？——你在哪里？——"

丁勇班长他们正押着岩浆往小河这边走来，又听见了这女子焦虑的呼喊声，就对岩浆说："是喊你吧！你回答她嘛！"

岩浆也担心叶妙她们听不见他的喊声会离开，忙扯开大嗓门鼓足力气回应："叶妙——我是岩浆——我来了——我来了——"

双方离得这样近，呼喊声也更清楚了，叶妙激动得全身都在颤动，对娜红说："是岩浆，真的是岩浆呢！你听清楚了吗？"

娜红也觉得这确实是岩浆在一步一步向她们走来，忙说："你快回答他呀！"

叶妙却由于过于激动，嗓子干哑得喊不出声来。

娜红只好帮她喊："岩浆——我是娜红——我和叶妙三娘在这里——你快过来——"

被捆着往这边走的岩浆，才知道是娜红和叶妙在一起。他更相信刚才那呼喊声是叶妙的真实声音，不是死者的灵魂在山林间飘浮。

丁勇班长却没有被这些佤族女子很亲切、柔和的呼喊声所迷惑。这边防线上的山林，茂密、深邃，可是险情四伏，一切都得小心。

他派出了副班长何边带着几名战士作为尖兵走在前边，边走边搜索，以防中了埋伏。

何边他们走近河边后，远远见到的确实是两个女子，而且还有一个是他们前两天在这里见过的佤族少女。

他们这才放心了，高兴地和娜红打招呼。

娜红没想到在这里突然出现的却是她昨天四处寻觅的解放军。她激动地冲上去，一把抱住走在前边的何边副班长："哎呀！解放军阿哥，是你们呀！你们去哪里了？我拿着金参谋的信到处找你们，就是找不到你们……"

她想到那封信如今已经被人偷走了，又着急地大哭起来，把那热乎乎的眼泪都洒在何边副班长的军衣上。

叶妙见过来的不是岩浆，也急了，对娜红说："你哭哪样呵？问问他们，可有见到岩浆？"

娜红才想起来藏在落叶堆里的那封信被岩浆偷走了，忙忍住眼泪问："你们见了我们寨子里的岩浆吗？他把信偷走了。"

何边副班长这才知道，被他们抓住的这个佤族男子名叫岩浆，从岩浆身上搜出的那封信，也确实是他从这小河边的老梅树下拿走的，就说："那个叫岩浆的男子吗？在后边，很快就会过来！"

心急的叶妙却还在担心地问："他还活着吗？你们没有打死他吧？"

见叶妙急成这样，何边副班长也忙着回答："活着，活着。我们没有杀死他。不过他这个人很不好，刚才还开枪打我们丁勇班长。"

这可惹得娜红生气了，这个岩浆怎么变得这样坏，还敢去打解放军？她对叶妙说："三娘，你可要好好收拾岩浆。没有解放军去救你，你早死了。"

对解放军充满了深厚感情的叶妙，也生气了："真不是人！真不是人！我再也不喜欢他了！"

所以，当丁勇班长他们押解着岩浆从小河那边的树林里出现时，她原来想诉说的那些亲热话也全都消失了，不仅没有热情迎上去，反而冷漠地板着脸。

娜红却冲了过去，揪着岩浆问："你为哪样要把我的信偷走？拿回来，拿回来！"

岩浆只能狼狈地申辩："我没偷。是我走过这里，看见你画的画，才晓得树底下有东西。我也不晓得那是信。如果晓得是你的东西，我怎么会拿走？我一定会归还你。"然后又热切地望着叶妙，"叶妙，你还活着呀！我还以为你死在人头桩了呢！那个窝朗牛太狠毒了，我正要回去为你报仇呢……"说着激动地大哭起来。

丁勇班长已经感觉到了这当中有着很悲惨的隐情，就把岩浆的绳子解开，劝说他："男子汉哭什么？有什么话好好说嘛！"

岩浆和叶妙也不顾人多，紧紧地搂在一起，连说带诉，哭得更伤心了。

他们那含含糊糊的话语，听得众人都充满了疑惑，这一对男女是怎么一回事？只有娜红明白，岩浆和叶妙是生离死别呵！

丁勇班长又对娜红说："小妹，信是金参谋请你送的吗？我已经拿到了。太麻烦你了！不过，你怎么把信丢在老梅树下呀？"

娜红脸红了，忙说："我没有乱丢！这样重要的东西，我怎么会乱丢！"

她把那天拿着金文才的回信赶来这里，却找不着丁勇他们，只好按照佤族人留信息的办法把信埋在了老梅树下的过程详细说了一遍。想到这封很重要的信几乎丢失了，她又难过地哭了起来。

丁勇班长想到这封信如今才迟迟地来到他手上，已经被耽搁了，如今应当立即带着这个班赶往蛮丙部落与金参谋会合，并派出何边副班长带领两个战士把金文才这封信送往西盟，同时向团首长汇报这边最近发生的事，以便能尽快派出大部队过来。

他见岩浆和叶妙是情人在劫难后重逢，为了便于他们诉说，就让他们去往小河边晤谈。

岩浆也在叶妙的哭诉中弄明白了，她命在旦夕时，是解放军出面拯救了她……

他很是后悔不该贸然去往永恩部落，并听从那个屈司令的指使进来打探解放军在蛮丙的动向……

但是他又不敢把这些情况如实地说出来，只是不断地唉声叹气："唉，唉，我不应该去永恩部落呀！……"

叶妙是个精明的女子，也很了解岩浆，也就能从岩浆的慌乱神色和欲言又止的话语中，看出岩浆心中还藏有重要的事不敢说，就问："你去永恩部落干了些什么？是不是去找岩翁头人和那个屈司令了？"

"没有，没有。"岩浆偷偷望了丁勇班长他们一眼，却一再否认。

叶妙当然不会相信，她恳切地说："岩浆，我们可是心连心的真心相好呵！为了好在一起，你我都受够了苦，几乎把命都丢掉了。如今好不容易死里逃生了，你做了哪样事，是对是错，都不应该瞒着我呀！"

娜红也说："岩浆，你哪个都可以欺哄，可是瞒不得三娘呀！她为了你几乎把命都丢掉了呀！"

岩浆听得满脸是泪，哭着说："叶妙，我的亲人，你对我这样好，我怎么会瞒你。我是对不起人家解放军呀！"

"是你刚才打了他们一枪吗？"

"不是，不是……"岩浆又是欲言又止。

叶妙急了："你杀了他们的人？"

"没有，没有。"岩浆仍然是把头摇了又摇。

叶妙对岩浆一向很了解，他从前说起话来爽快得很，哪里像现在这样吞吞吐吐，也就更觉得其中藏有隐情，就说："你把事情说明白，既然是做了对不起人家解放军的事，就去认错嘛！男子汉，要敢于担当……"

"我不敢……"

精明的叶妙从岩浆穿着这身与逃出去时不一样、还比较新的衣裤，以及那支可疑的步枪上猜到了他的行踪，就问："你是不是在永恩部落得到了那个屈司令的好处，答应他们来打解放军？"

岩浆不敢再向叶妙隐瞒，只能点头。

从人头桩下逃得性命出来的叶妙，知道解放军就是她最亲的人，她怎么允许岩浆这样做，更是急了，扑上去，几乎要咬岩浆几口。她放声大哭地说："你怎么能这样做？你怎么能这样做？解放军是我的救命恩人呀！"

自从知道是解放军把叶妙从人头桩前救出来后，岩浆对解放军也就极为感激。他忙分辩："我也没有想去打解放军，我从永恩部落出来，只是想回寨子去为你报仇。"

"你为哪样要向丁班长开枪？"

"我当时还不晓得是他们救了你呀！"

叶妙却不相信这样的解释。

岩浆被叶妙逼问得急了，也不顾旁边有其他人，就把他从蛮丙部落逃出来后，怎么在山林里流浪，又被永恩部落的人抓走，要砍他的头，是那个屈司令用一支卡宾枪换了他，又派他进来打探解放军的消息……都详细说了出来。

坐在附近的娜红把这些事都听得很清楚，也很吃惊。她心想，岩浆要干的事，果然被叶妙三娘猜到了，他不仅去了永恩部落，还加入了贼人那一伙。她忙过去找丁勇班长，把刚才听见岩浆说的这些话都告诉了他。

丁勇才明白，岩浆为什么持有那样好的步枪，而且一遇见他们就凶狠地开枪射击。

他思考了一会儿，才走到岩浆和叶妙那里，去询问岩浆，在屈洪斋那里接受了什么任务，只是他尽量把语气放得平和，以免这个岩浆又恐惧、紧张。

岩浆想说又不敢说。

叶妙就一再催促岩浆："你说啊！不要有什么隐瞒。"

岩浆只得把在永恩部落与屈洪斋他们相处的事情说了一遍。

丁勇没有责备岩浆，还一再同情地表示："你可怜了，吃了这样多苦，还差一点送了命。你这样做，是没有办法的事。我们不会责怪你。"

叶妙、娜红都很感动，岩浆也没有原来那样紧张了，也就把在屈洪斋那边的情况说得更详细，再问他什么，他都能够直率地逐一回答。

丁勇班长深感如今的形势很紧张，屈洪斋那伙匪徒既然已经知道只有金参谋和小康、小杜三个人在蛮丙部落，肯定会以帮助永恩部落的人报仇为名，煽动岩翁大头人与他们一起去攻击蛮丙部落。有永恩部落的人参加，事情就会变得很麻烦。如今最要紧的是赶紧去往蛮丙部落与孤处于那里的金参谋他们会合，协助他们去应对即将发生的情况。

他对叶妙、娜红说："我们得赶快去蛮丙部落把这些情况报告给金参谋。"

娜红也很想尽快见到金文才、小康，忙点头："是啰！是啰！"叶妙却为岩浆的安全担心："他能回蛮丙去？"

娜红也说："窝朗牛会收拾他。"

丁勇班长心想，这确实是个问题，但是又拿不定主意，是否可以把岩浆放掉。如果这个岩浆又跑回永恩部落把这里的情况告诉那边，那怎么办？而且他还想让岩浆当面向金参谋详细叙说屈洪斋那伙匪徒的情况，就说："不怕，我们会保护他。金参谋他们只有三个人，都能把你从人头桩前救出来，如今我们有这么多人，还保护不了一个岩浆？"

娜红当时不在场，并不了解金文才、小康为了救叶妙所经历的复杂过程。年轻、单纯的她只是尊崇地认为，这些解放军太有本事了，再难的事都能办好。她真诚地连连点头说："是这样！是这样！解放军阿哥有'集中炸'，怕哪样？"

战士们都笑了。丁勇班长说："我们的手榴弹可不能炸你们窝朗牛。他不同意的事，只能向他解释、劝说。"

丁勇班长又对叶妙说："叶妙，你放心好了，我们会像保护你一样保护岩浆。再说，你们如今好不容易相见了，也不能再分手吧？我想，金参谋会好好安置他的。"

说得叶妙只是感激地点头。

心乱如麻的岩浆，已经没有了主意，他只是想，再不能与叶妙分开了，死也要死在一起，也就表示愿意随同丁勇班长他们回蛮丙去。

他们休息了一会儿，吃了点带来的干粮，就往蛮丙方向走。

丁勇班长还是把这九个人的队伍部署成作战队形，前边一组三个人前出百余米，作为尖兵，边走边注视两边山林动静。他带着五个战士走在中间，一律是冲锋枪子弹上膛，保持着临战状态。

娜红则跟随着走在那五个战士后边。她太喜欢解放军了。虽然丁勇他们一路上保持高度警惕地观察周围，不和她说话，她也愿意紧紧和他们走在一起。

岩浆和叶妙走在这支队伍的最后边。他们过去虽然也经常进密荫的山林里去偷情，但是从来不敢公然走在一起，而是分别在不同的时间溜出寨子，从不同的方向去往约定的地点幽会，哪里能像今天这样放心地边走边说话。路过水深过膝的河涧时，岩浆还不让叶妙撩起筒裙涉水，一把抱起她就往对岸走。叶妙偎依在他那壮实、温暖的怀里，完全忘记了不久前令人痛苦不堪的灾难，也就觉得这一路上真是走得极其愉快。那山林是那样青绿可爱，天空洁白的云彩是那样充满了柔情，就连前边那棵大树上一群喜鹊被边走边搜索的尖兵惊得飞起来，他俩也以为那"吱吱嘎嘎"的叫声，是为患难后的他们祝福。

娜红见了这亲密情景，只是捂着嘴笑。她又想起了那个她喜欢的小康，他如果也像岩浆这样热情、大胆就好了。

但是，这山野的宁静并没有保持多久，他们这一行人才走出不远，就听见右边的山谷里传来了一阵阵从疏到密的枪声。

丁勇班长立即把部队收拢，观察周围的动静。只是那枪声并没有向这边移动，这附近也没有异样的情况。

娜红、叶妙、岩浆从小就在这一带山野活动，对远近山林、峡谷都很熟悉，立即判断出那枪声来自离蛮丙大寨不远的一道深谷里，只是不知道是哪些人在那里射击。这样稠密剧烈的枪声，他们从前也很少听见过。

丁勇班长却从那熟悉的冲锋枪声，联想到了可能与金参谋和小康、小杜有关。这种在解放战争缴获的美式冲锋枪是我们部队常用的。他立即下达命令："快！向前面山谷跑步前进！"

战士们跑得很快，娜红、叶妙、岩浆也急匆匆地跟了上去。

十一、山谷里的激战

窝朗牛虽然一向对女人喜新厌旧，而且早就冷落了叶妙，但是仍然难以容忍被他遗弃的女人与别的男人来往。

如今一想起叶妙敢背着他与岩浆私通，他就难以控制他的愤怒，从而要把叶妙捆往人头桩前。但是他却没想到被金文才他们阻拦。虽然在争论之后获得了一匹好马作为补偿，事后想来，仍然觉得他一向享有的不可动摇的权威受到了冒犯。

这天早上，他喝了几小筒泡酒，本想解解闷，但是酒入肠胃后，那深藏的怒气反而不断向上涌，他独自坐在火塘前忍不住大吼起来："我要把他们都赶出去！"

吼声如炸裂的雷声，在那昏暗的竹楼里轰鸣，把大娘安木素和五娘娓其都惊住了，也不敢作声。

过了一会儿，大娘安木素才小心翼翼地问："哪个又惹你生气了？"

他怒冲冲地说："还有哪个？还不是那几个解放军！"

她们这才明白，他还因为叶妙的事而烦恼呢，都不敢再问了，只能安静地为他倒酒、烤肉。

娓其还在想着金文才答应过的待工作组进来后，再送给她一些礼物，如果窝朗牛又发起脾气，把人家赶走了，那些礼物就会落空了！她心里很是着急，就轻声柔语地对窝朗牛说："他们给了你一匹好马呀！"

窝朗牛还没有去骑那匹马，对那匹马还没有产生好感，他恼怒地说："我不要那匹马。"

"部落里的人都说那是一匹好马，很是羡慕你呢！你这样的大头人，经常要去别的部落喝酒、商谈事情，怎么能没有一匹好马呢？"娓其又轻声地说。

窝朗牛不作声了。

又过了一会儿，大娘才说："让不让他们进来，你是问过'莫伟其'神的；如今，你想改变主意，还是要再问问'莫伟其'神吧？"

窝朗牛虽然极其专横，但还是敬畏"莫伟其"神的。他不敢再发火了，停了一会儿，才气呼呼地说："去把魔巴喊来！"

娓其急于离开这充满了压抑气氛的大竹楼，忙下楼去找魔巴。

魔巴听了娓其的叙述，并不惊讶，他早就从娜红那里了解到窝朗牛对解放军进入部落，心存反悔。他想去劝说，又觉得不便卷入这件麻烦事，而不敢贸然前往。

如今窝朗牛主动来请他了，正合他的心意，就缓缓地跟随着娓其向窝朗牛的大竹楼走去。

一路上，他都在想着怎么劝窝朗牛不可不守信约。但是他也很了解这个专横的窝朗牛，发起火来就像一头疯牛，谁阻拦他，就冲撞谁。可是不好劝呀！

他又想起了那个对人尊敬、和善的金文才，刚见面就送那么多好东西给他和窝朗牛。他想，和这种人交朋友应该不会吃亏。窝朗牛怎么没有想到这些？

娓其见魔巴又是长久沉默不作声，虽然她过去已经习惯了魔巴这种阴阳怪气的脾气，但如今仍然很着急，走了一段路后，忍不住地说："魔巴，你要劝劝他，这个部落只有你能劝劝他……"

魔巴仍然两眼仰望天空，微闭着嘴唇，神情诡秘地不作声。

他见娓其很是失望，才缓慢地说了一句："这事，'莫伟其'神会有安排。"

上了窝朗牛的大竹楼，见窝朗牛如同一头正要发疯的公牛，只是大喘着气，胸前的牛头、牛角又在剧烈起伏。魔巴也不以为意，在火塘前坐下后，才故意地问："这么早就把我喊来，有要紧事？"

窝朗牛却仍然紧绷着脸不说话。

魔巴只好说："没有事，我就走了，我还要去给'莫伟其'神拜祭呢！"

大娘怕魔巴真的会走掉，忙说："魔巴，你不要走。他如今遇见了烦心事呢！"

魔巴才故意问："哪个又惹恼他了？"

"如今还有哪个敢惹他？"大娘叹息说。

魔巴又望望窝朗牛，说："呵——我晓得是哪个了。你想怎么做？"

"我要把他们赶走！"窝朗牛又激动地吼了起来。

"一切都有天意。你问过'莫伟其'神了，怎么又变卦了？不怕引来灾难？"魔巴声音很低，又说得缓慢，却像摇动木鼓一样，沉重地敲击着窝朗牛那纷乱的思绪，迫使他镇静下来不再吼叫了。

过了一会儿，魔巴等窝朗牛逐渐平静下来后才说："要我再问问'莫伟其'神吗？"

窝朗牛也不敢一再烦扰"莫伟其"神，但是如今又心情烦乱得六神无主。他只能有气无力地摇了摇头。

魔巴也不想在这里久留，喝完了几碗热茶后，摇摇晃晃地走了。

大娘担心窝朗牛在竹楼里烦闷得又发脾气，就把从金文才那里换来的那匹马喂饱，备上鞍子，劝他骑上出去走走。

部队的马匹都是优良品种，高大健壮，毛色鲜亮，不是佤族人那种矮小、瘦弱的山地马能比的。

窝朗牛看着这匹好马，又高兴了。这样的好马，可是佤山各个大部落的头人所没有的。他转念一想，用一个早就被他冷落了的女人换来一匹好马，还是值得。

大头人外出，不同于寻常。他系上了红头巾，又换上金文才送的新衣裤，再背上一支步枪用以防身，还让娓其牵上他原来的那匹瘦小的黑马随同他一起出去。

寨子里的人都知道窝朗牛得到了一匹好马。听见马的嘶叫声，人们纷纷从竹楼里赶出来，站在竹晒台上观看。窝朗牛那肥壮的身躯端坐在这高头大马上，很是威风，也就有人情不自禁地高声赞扬："哟——窝朗，你的马好漂亮呵！"

窝朗牛很是得意，经过下寨那狭长的、甬道似的寨门前，他也不下马，只是把身子紧贴在马背上，略为放慢了马的行走速度。

出了寨门，就远远望见了那座被称为"外客房"的破竹楼。不等他有所动作，他胯下的这匹很恋旧的军马，已经长嘶一声，向着它原来的主人住的地方奔去了。

　　窝朗牛还不知道金文才他们去了小寨。按常情，他本来可以趁此机会去小竹楼那边看看，对金文才这些远来的客人做一次回访，人家已经来过自己竹楼几次了。但是一想到这个金文才为了说服他释放叶妙，曾经那样强烈地和自己争执，他心里又很不舒服。几十年来，在这个大部落里，哪个敢对他要做的事干预？

　　他这两天也想了很多，很不明白，他们过去并不认识叶妙，非亲非故，为什么要这样帮她的忙？是不是那个叫金参谋的人看中了叶妙的漂亮，想娶她做婆娘？但是他又立即否定了这一想法，不会，不会，人家汉族的漂亮女子还少吗？

　　他又在想，叶妙被赶出了那小竹楼后，如今在哪里？是不是就住在这"外客房"里？想到这些，他又心情烦闷，把缰绳一拉，扭转马头直向通往寨子外边的山路上奔去。

　　娓其从他那紧绷着的紫酱色脸上，看得出来，他又生气了，也不敢问，只好策动那匹小黑马在后边紧紧跟随着。

　　山间布满了浓雾，窝朗牛在雾中纵马飞奔，一口气跑出了十几里路，把骑在小山地马上的娓其远远地抛在了后边。直到跑完了这段山路，将要往山谷下走，他才收住缰绳，让跑得浑身是汗的马停住。

　　他平日事情多，原来作为坐骑用的那匹小马又难以承载他那过于肥胖、沉重的身躯，也就很少外出。

　　如今走出山寨很远，再驻马观看，只见山谷里白雾迷漫，如无边无际的云海在悠然飘浮，把那些低矮的山峦、树林，以及远处的村寨全都淹没了。

　　这样凉爽的早晨，居高临下远眺山野，使他的心情很是舒畅，又觉得那个叫金参谋的解放军还是很明白事理的，为了救一个素不相识的叶妙，却愿意用这样的好马来换。听说他们部队的好马很多，以后还得想办法再弄几匹来……

　　他又不想赶走金文才他们了，还有些后悔，刚才经过"外客房"时，没有进去看看。

　　过了一会儿，娓其才骑着那匹小马被颠簸得头发散乱、神情狼狈地赶了上来。

　　她被窝朗牛远远地丢在后边，追又追不上。那鲜红的小嘴噘得老高，埋怨地说："你跑得那样快整哪样？也不管我……"

窝朗牛得意地哈哈大笑："不是我跑得快，是这匹马好，一鞭子都没有抽它，就飞快地跑开了。"

娓其扑在马背上撒开了娇："哎哟！累死我了！我全身的骨头都被抖散了……"

窝朗牛很喜欢她这娇态，忙翻身下马，过去把她抱下来，说："你是很少骑马，以后跟我多出来走走。"

娓其却趁机扑在窝朗牛身上继续撒娇："不，不，我颠不起。"

她那年轻的身子是这样柔软，在马上颠簸了一阵，更是温热。窝朗牛爱怜地轻轻抚摸着她的细腰："好，好，以后我让马走慢些就是了。"

过了一会儿，又说："这样的马太好了。我再向那个金参谋要一匹给你。"

"拿哪样去换？用我？"娓其故意问。

"怎么会拿你去换？他们牵十匹马来，我也舍不得你。"

娓其高兴了，撒娇地扑在窝朗牛怀里长久不想挪开。

他们歇息了一会儿，才骑上马，一前一后缓缓地往那大雾弥漫的山路走去。

这一带全是落差很大的起伏山岭，狭窄、崎岖的山路，延伸到两山之间的谷底，又蜿蜒往上绕。

山脚下的峡谷里有条小河，山林里的大小野物常会利用夜间或大雾弥漫的白天去河边饮水，大的野兽则趁机过来捕捉小的动物。一些了解野兽出没规律的猎手，常会在这一带设伏捕猎。

窝朗牛年轻时，就是个高超猎手，弩弓、明火枪都使用得极好。可以说是箭、弹从不虚发，每次去往高山、谷底的森林间都有所获。只是进入中年后，养尊处优，又耽于女色和泡酒，身体日益发胖，已经很少远出十几里地来这些山势险陡的地方。今天因为骑着好马奔走了这一段路，又有娇美的娓其做伴，心情很是愉快，就突然有了去深谷间捕猎的兴趣。

这山谷间，长满了大树小树和粗大的藤条，不过有一条被人们打猎、采摘野菜、菌子踩出的小路，还是能够勉强骑行，但是越往下走，树林越稠密，枝叶以及带刺的荆棘，不断擦破他们的脸、手，他们只好下马步行。

娓其仰望两边那被云雾遮掩了的高山，担心地说："我们怎么回去呀？"

窝朗牛却信心十足地说："怕什么？我有这样好的马，你走不动，骑不成，就揪住马尾巴往上攀。"

娓其也就不再作声了。她平日难得走出那沉闷的竹楼，如今能够随着窝朗牛出来玩耍，很是高兴。

他们走走歇歇，终于走到了峡谷底。窝朗牛和娓其把马拴在附近的大树上，然后在河边上等候猎物出现。今天，窝朗牛的心情舒畅，也想在这个小女子面前显示自己的狩猎本事。

冬天的河谷间比山顶上暖和，又有一条清澈见底的小河，一向吸引大小野兽来避寒、饮水。但是今天的窝朗牛等了很久，也不见一只野兽出现，他逐渐失去了耐心，低声骂开了："怎么一只兔子也不见？那些野物哪里去了？可是都被豹子、老虎吃光了？"

他身为大头人，经常有人按部落里的老规矩把猎获的野物选取一腿好肉送给他，平日并不缺肉食，已经许多年没有出来打猎了，也就把狩猎中不应该忽略的一些细节忘记了。他们骑着马从山坡高处冲闯下来时，人语马嘶的声响，以及人与马身上散发出的汗气、草烟味，与山谷中的清新气息大不相同。那些嗅觉灵敏的大小动物都被惊吓得溜走了。

一只乌鸦停在附近树上，用它沙哑的声音叫个不停，似乎是幸灾乐祸地嘲弄窝朗牛的一无所得。这更使他失去了作为猎人应有的耐性，恼怒地端起步枪，也不瞄准就一枪打去。

枪声尖锐地震响山谷，乌鸦被惊得扑扇着翅膀飞走了，远近的野物也都吓得窜得更远了。

这枪声传得很远，也惊动了走在附近的一伙由二十几个人组成的武装匪徒。

他们是匪首屈洪斋派遣进来，由那个叫陈鲁光的中队长带领的二十个士兵和五个永恩部落佤族人组成的"突击队"。

他们循着枪声响起的方向，迅速地奔了过来。

匪司令屈洪斋是个狡诈多谋的人。他并不信任岩浆这个刚刚被收容、还没有经过深入训导的佤族人。

他把岩浆从岩翁王子那里换过来，只是想留个活口，以便他详细地了解蛮丙部落的近况和周边的地形、进出的道路，做进袭的准备。

那天，他把岩浆派回去时，曾有过几种估计：这个佤族汉子脱身后，可能如出笼的鸟雀一样，一去不复返；也可能在从事侦察活动时，被蛮丙部落的人或解放军抓住，从而把这边的情况透露给那几个解放军。

但是他想，即使发生了岩浆向解放军"告密"的事，也不是坏事，那样可以稳住那几个解放军，使他们错以为这边还没有立即发动进攻的计划。

他也就不想静候岩浆转回来报告那边的情况，而是决定趁驻西盟的解放军大部队还没有进入蛮丙部落前，提前袭击蛮丙大寨，把那几个解放军和窝朗牛都抓过来杀掉。这样岩翁王子和永恩部落就会更信任他们。因而在岩浆离开不久，他就快速派出了这支精干的"突击队"，并参照岩浆叙述的蛮丙部落的周边地形以及能够既隐蔽又快捷抵达的路线去偷袭。

"突击队"队长陈鲁光派出了三个能干的匪徒作为尖兵走在最前边。

他的计划是：在大雾掩护下，从这树林稠密、人迹稀少的河谷悄悄接近蛮丙大寨，先包围在寨墙外的"外客房"，扑杀那三个解放军，然后再进入寨子里去抓窝朗牛。但是，他们没有想到，一路疾行，刚下到这河谷就传来一声枪响。

凭他们的经验，子弹是射向高处的，并没有人发现他们，可能是有人在这河谷里打鸟。他们正想抓一两个了解蛮丙部落的最近情况，就悄悄摸了过去。开始时，他们远远听见娓其那娇媚的话语声，还以为是佤族年轻男女来这里偷情，但又听见还有马的嘶鸣和马蹄子乱踩踏的响声，就觉得这不是一般的佤族男女。

他们小心地把脚步放得更轻了，尽量不碰撞周边的树木、草丛，走得没有声响。

他们悄悄地摸到窝朗牛附近，离他们只有十几步了，一抬枪就可击倒窝朗牛和娓其了。

窝朗牛走往拴马的树前，正要过去解开缰绳时，才突然感觉到后边有人奔来的急促脚步声。他深知不妙，忙端起步枪，也来不及瞄准，往后边放了一枪。

这是经常在山林间行动的猎手发现后边有人，或者是大的野物急速扑上来时、应急的手法。不求立即击中目标，但是可以震住后边的人或野物，以缓解自己的危险。

那三个在后边尾随窝朗牛的匪徒，果然被这突然一枪惊着了，慌忙躲往大树后边，过了一会儿才继续向窝朗牛扑过去。

窝朗牛也看清了在后边的是三个人，一边叫娓其赶紧找个地方躲闪，自己也藏身在一棵大树后边继续向对方射击。

这三个匪徒都是在军队中混迹多年，经历过多次战阵的老兵。虽然稠密的树林里视线不清，他们还是从枪声中分辨出了这边只有一支枪，也就更为大胆地呈扇形散开，从三面向窝朗牛围攻。

窝朗牛生性大胆、豪放，虽然突然陷入了困境，却不畏惧。

他利用那粗壮大树做掩护，从容地还击。但是一人单枪，那支七九式步枪枪膛内的子弹很快打完了，只好蹲下来加子弹。

一个匪徒趁这间隙，向前紧走几步，一枪击中了窝朗牛的左臂。痛得他全身颤抖，枪也拿不稳了，只能紧靠住大树，不让自己倒下。

娓其哪里见过这子弹横飞、血迹淋漓的场面，吓得哭着大喊："不要打了！打死人了！"

匪徒们听见这边的娓其在哭，估计不可能还击了，就大胆地摸过来。

他们发现前面是个身子肥胖、系着红头巾的人，猜出了这可能是蛮丙部落的一个头人。

按他们原来的计划，是准备等后边的"突击队"上来后，集结兵力先去扑杀那几个解放军，得手后，再打向寨子里。却没有想到会在这里有这场枪战，而且这么容易就抓住了两个"活口"。

领头的匪徒高兴得大笑："哈哈，真是踏破铁鞋无觅处，得来全不费功夫。"他对那两个匪徒说："问问他们是谁，是哪个寨子的头人。"

一个匪徒过去问窝朗牛："你是什么人？是哪个寨子的？"

窝朗牛的伤口正痛得厉害，懒得回答。

那个匪徒火了，气势汹汹地抡起枪托就要揍窝朗牛。

娓其怕他们再伤害窝朗牛，哭喊着说："你们不要乱来！他是窝朗！"

那个小头目先是惊讶地问："窝朗？他是窝朗牛？"也就高兴地大笑，"有这种好事？这次抓住了窝朗牛，永恩部落的岩翁王子可要杀几头大水牛来酬劳我们了！"

他凑过去，嬉皮笑脸地对窝朗牛说："窝朗，我们本来要去你们部落里拜访你，没想到会在这里遇上。不是我们不讲客气，是你先开了枪。你不仁，我们也就不义了。"

刚才那场枪战已经暴露了他们的行踪，不能再按原来的计划潜往蛮丙大寨里偷袭了。如今，抓住了窝朗牛就是最大的战果。

他们用一根粗大的麻绳把窝朗牛捆了起来，然后拿块破布把窝朗牛的伤口扎住，不让他流血过多而伤势转重，然后准备押着窝朗牛和娓其往回走，去与他们走在后边的人会合。

窝朗牛痛得没有力气反抗，只能任由他们摆布。他很后悔这次出来，过于麻痹了，没有带几个人，事前更没有打个鸡卦卜问吉凶，才会遇见这种倒霉事。

他见娓其一脸惊恐哭得可怜，更后悔不该带她出来，但是，他是那种虎死仍然不倒威的人，板起脸大声呵斥娓其："你在这里哭哪样？给我回寨子去！"

匪徒们哪里肯放娓其走，拿根绳子把她也绑了个结实。

娓其一向很受窝朗牛娇宠，哪里有人捆过她？她又惊又怕地哭得更厉害了。

窝朗牛愤怒地质问："你们是什么人？连妇女也要欺负？"

一个匪徒重重地给了窝朗牛几枪托："闭上你的狗嘴。你还敢摆大头人的臭架子？你要明白，你如今是我们的俘虏，我们随时可以剥掉你的皮，挖你的心肝！"

窝朗牛虽然无力再反抗，胸前那狰狞的牛头却在愤怒地蹿动。

他想，今天真是倒霉，怎么会撞见这几个烂杂种？他又想起了魔巴那天说过的话："不听'莫伟其'神的话，会引来灾祸。"自己是不是不听神的启示，有过赶走那几个解放军的念头而招来了灾祸？

"走！"匪徒们急于押解着他们往回走。

窝朗牛哪里肯挪动，娓其扑在窝朗牛身上哭得更悲惨。

那个小头目又朝上空开了一枪，打得枝叶"哗哗啦啦"地往下掉。

窝朗牛并不惧怕，冷冷地说："你吓唬人整哪样？向我开枪嘛！"

那个小头目当然不敢打死窝朗牛，他要把这个大头人押回去立功受奖呢！

就在他们对窝朗牛又拖又拉、又威胁的时候，突然几颗冲锋枪子弹飞了过来，把这个小头目打得脑浆四溅地倒下。站在旁边的两个匪徒吃惊得还来不及观察枪弹来自哪里，又被一梭子冲锋枪子弹扫倒。

这突然变化也把窝朗牛和娓其惊得目瞪口呆，不知道是哪方神灵下凡来拯救他们，只能喃喃念着："'莫伟其'神，'莫伟其'神……"

过了一会儿，金文才和小康、小杜赶来了。

这太出乎窝朗牛和娓其的意料了。神情突然紧张的窝朗牛，伤口又一阵剧烈疼痛，几乎昏迷过去。

娓其却激动得哭喊了起来："天哪，是解放军来了，是解放军阿哥来救我们了！"

金文才带着小康、小杜从小寨返回蛮丙大寨后，虽然走得很累，却没有立即去寨门外边那小竹楼歇息，而是先在寨子外边悄悄察看周围的动静。他们发现泥泞的小路上有一连串鲜明的马蹄印迹，这表明有人刚刚骑马出去了，再询问一个走在山路上的妇女，她告诉金文才："是窝朗牛和娓其骑着马过去了。"

"他们会去往哪里呢？"根据金文才来蛮丙部落后的了解，平日行动谨慎的窝朗牛，没有要紧的事，是很少外出的。

他有些不放心，就对小康、小杜说："我们去前边看看，也顺便看看那一带的地形。"

他们顺着马蹄印迹和被人马快速通过搞乱了的树枝、草丛，走到那与谷底相通的山坡上，发现窝朗牛是从这坡上下去了。

面对那白茫茫的云海，他们正考虑要不要下去时，就听见了一声枪响。

开始，他们还以为是窝朗牛在猎取野兽，并不以为意。过了好一会儿，又响了一枪，接着就是急促的一阵枪声。这枪声已经不像狩猎者那从容的射击，而是双方在枪战了。

金文才立即意识到可能是窝朗牛和娓其遭遇了袭击。他对小康、小杜喊了声"快下去！"，就连跑带滑地往坡底下赶。

赶至半途，坡下边又响起了短促的枪声。他们跑得更急了，终于在窝朗牛和娓其将要被匪徒押走的最危急时刻，解救了他们。

窝朗牛刚才还以为，这次遇见这几个蛮横的匪徒，是必死无疑了，就抱着死也不低头的强硬态度抗拒着。

愤怒、后悔、绝望的情绪主导着身心，他也不觉得受伤的手臂有多痛，如今获救了，顿时身心放松而变得很虚弱，那受伤的左臂也一阵阵比刀割、火燎还疼痛。

金文才和小杜、小康先把窝朗牛和娓其的绳子解开，在察看他们的伤口时，金文才注意到窝朗牛的左臂已经被打断了，又赶紧撕开随身带的急救包，为他包扎断臂，并把几片止痛药塞进他嘴里，以缓和伤口的疼痛。

这个一向个性刚强的大头人强撑起受伤的身子站起来后，并没有立即感谢金文才和小康，而是连声咒骂着扑到那几个匪徒的尸体前，狠狠踢了几脚，还找回自己被抢走的长刀，挥舞着要砍下那几个死者的头，被金文才劝阻住了。

娓其想起刚才发生的事，还很害怕，仍然全身瘫软地坐在地上哭个不停。

金文才和小康对这三个匪徒的尸体搜查了一遍，验明了是从西盟逃往永恩部落的屈洪斋股匪手下的人。

他心想，这几个匪徒也太胆大了，仅只三个人却敢深入到这蛮丙部落附近，但是再仔细一想，又觉得这应该是大股匪徒派出搜索的尖兵，后边肯定还有更多的人，也就紧张地对窝朗牛说："我估计他们后边还有更多的人过来。这里不能停留，我们得赶紧回大寨去。"

窝朗牛和娓其又心情紧张了。

金文才叫小康把那两匹拴在不远处的马牵了过来。

那匹军马很有灵性，见了它熟悉的金文才和小康很是亲切，不断昂头摆尾亲昵地嘶叫。

他们想把窝朗牛扶上马，但是他受伤后，已经难以在马上坐稳，更抓不住缰绳。金文才只好让娓其先骑上那匹小黑马赶回寨子去召集人来支援，并赶制一副担架来抬受伤的窝朗牛。

娓其却舍不得在这时候离开窝朗牛，急得小康连连顿脚："有我们在，你还有什么不放心？"

窝朗牛也哼哼唧唧地喊着："去，去，去……"

娓其这才骑上马。

小康又在小黑马屁股上狠揍了一拳，催促小黑马跑得快些。

金文才和小康把那三个匪徒的枪支和子弹全部收拢，又把小杜喊回来殿后，自己搀扶着窝朗牛缓缓向坡上走去。他告诉窝朗牛，这河谷里地势太低，一旦有大股匪徒扑过来，既不好抵抗，也难以走脱。

过了中午，河谷里的浓雾都散去了，又是一个冬日的大晴天。大树、小树和草丛在阳光照射下，有的五彩缤纷，有的一派青绿，很是幽静。不久前被惊走的鸟群又逐渐飞回来了，好像这里刚才并没有发生过枪战。

拖延了这样一段时间，窝朗牛的伤口发炎了，火燎似的剧痛，他直叫口渴，要转回小河边去喝水。

受伤的人不能喝冷水。金文才怎肯让他转回去，只能一再劝阻他。

窝朗牛那倔拗任性的脾气又发作了，像头困兽似的哼着："我要死了，我要渴死了！你们不给我水喝，就给我一枪吧……"

金文才几乎是在拖着他往山坡上走，同时劝说他："窝朗牛，不要乱说了。你怎么能死？你们那样大的一个部落还要你来管理呢！"

"我要渴死了！我管不成部落的事了！我要死……"

在他刚哼出这个"死"字时，一颗子弹呼啸着射来，擦着他们头顶上的枝叶飞过去。

金文才估计是敌人追上来了。他是个经历了许多大小战斗的老军人，这时候，并不慌张，也不急于停下还击。他知道拖着受伤的窝朗牛，没法边打边走，只能利用这稠密的树林找个有利地形就地阻击。他迅速察看了一下周围的环境，见不远处的粗大青杠树下边有一道可能是人们挖掘山药掏出的土坑，就吩咐小康、小杜："就地散开！掩护我们往那里退。"

小康、小杜分别以两棵大青树为依托来抗击。

小杜先向逼近过来的几个敌人扔出了一颗手榴弹。这颗手榴弹很有威力，"轰"的一声巨响，不仅炸倒了已经摸到了附近的几个敌人，还把前边的一丛小树轰开，从而拓宽了视界。

刚被金文才拖到浅坑里趴下的窝朗牛，也被这手榴弹的轰然巨响震住了，却又忘了手臂的疼痛，兴奋地说："啊！'集中炸'！"又接着大喊："多丢些！多丢些！把那些坏家伙全都炸死！"

小杜又扔出了一颗手榴弹。河谷里再一次被剧烈的爆炸声震动了。但是随后也引来了一阵从几个方向射来的密集子弹。看来敌人正在呈扇形攻击过来。

金文才急忙冲向一棵大树后边，以那里为依托，向匪徒们射击，以掩护处在前边的小康、小杜，并提醒这两个正打得尽兴的小战士："节约手榴弹！"

小杜才想起来，自己只有四颗手榴弹，却一下扔出了两颗，是过于急躁了。敌众我寡，这一场战斗还不知道要打多久呢！

正在向金文才他们逼近的敌人，是中队长陈鲁光带领的人。除了派在前边的三个尖兵外，这后边的十七个人中，还有三个永恩部落的佤族汉子。

陈鲁光是军校出身，又在旧军队中磨炼过多年，积累了丰富的战斗经验，一向被匪司令屈洪斋欣赏，有小股部队出动的事，都派他指挥。

这一路上，他带着这伙匪徒与前边的尖兵拉开了约三四百米的距离，不急于与前边的人靠拢，而且边走边四处窥视。

他知道进入了蛮丙部落的腹地，可得处处小心，不能大意。当第一拨的几声枪声传来时，他估计是三个尖兵与敌手遭遇了。他没有急于催动匪众向前，反而命令士兵们都停下待命。

他想，如果是那三个尖兵得手了，会很快有人回来报信；如果是遭到了打击，也可以在这停留中知晓。那时候，再视对方的力量考虑进退。

过了好一会儿，第二拨枪声才响起，却是连续的几声冲锋枪声。

他很是惊讶，自己的三个尖兵没有配备这种美式冲锋枪，佤族人更是不可能有。一定是遭遇了解放军，只有解放军持有这种既能点射、连射，又杀伤力强大的武器。

开始时，他很是紧张，打算不等那几个尖兵返回，就先行退却，但是再仔细听了一会儿，又听出了那只是两支冲锋枪的射击声。这表明，对方人数少，还不会有力量攻过来，就派了一个精明的士兵悄悄摸往前边观察。

过了一会儿，那个去往前面的匪徒惊慌失措地跑回来了，向他报告：那三个尖兵都被打死了。不过解放军也只有三个人。

他气得大骂："真是该死！三个人却被人家三个人打死！"

他想，那三个解放军可能就是岩浆所说的那三个进入了蛮丙部落的解放军。气恼之余，他又觉得对方人数这样少，不足为惧，就把他带的这批人分布成"倒三角"进攻阵势，左右各五个人，自己带着六个人居中靠后，隐秘地向枪声响过的河谷摸过去。

他们走得隐蔽，悄悄摸到了金文才他们附近。

他命令右边那个组先派出三个人匍匐着摸过去，尽量捉活的。但是这三个人刚接近小康，就被小康发现，用一颗手榴弹炸翻了。

虽然一接近就吃了亏，但是这个陈鲁光并不慌乱，他从对方枪声中判断出：解放军这边的火力不强，是两个战士各持一支冲锋枪，另外一个可能是当官的，用的是卡宾枪。那种枪虽然轻巧，可以打连发，穿透力却不行。手榴弹也可能每人只有四颗，炸掉了两颗，也只剩下六颗。

如今的办法是先消耗他们的弹药，再尽量捉活的或者再一举扑杀。

他把这一企图悄悄告诉了匪徒们，命令他们在射程以内利用大树、土堆做掩护，一边射击一边缓缓推进，以消耗解放军这边的弹药。他还仗着人多枪多，命令匪兵们大声呐喊："你们被包围了！投降吧！"

匪兵们的喊声此起彼落地在山谷间、树林里不断回旋，不过并没有吓着金文才和小康、小杜。他们所在的这支部队一向能攻善守，特别能以寡敌众，也就使他们养成了不畏强敌的战斗作风。

小康反而被激怒了，又扫出了半梭子子弹。

金文才深知自己这一方如今所处的困境，也看出了匪徒们不急于冲过来，只是先消耗他们的弹药的狡诈意图。他一再提醒小康、小杜："节约子弹！敌人不接近，不要开枪！"

小康、小杜冷静下来后，也明白了，不能随便消耗威力大的手榴弹和冲锋枪子弹，就用从那三个被击毙的匪徒那里缴获的三支步枪来辅助射击。

步枪的射击声不同于快而密集的冲锋枪，使匪徒们一度误以为这边增加了火力，从而放缓了进攻速度。

这样短暂的对峙，也使得金文才他们赢得了时间，不至于立即把子弹消耗尽。

还在远处山头上的丁勇，担心金文才这一方在寡不敌众中遭受损伤，带领着那批战士几乎是不停歇地朝着枪声时响时歇的山谷这边奔跑着。但是大山上的树林稠密，他们跑到山谷上方时，却找不到下去的小路了。

这可把他们急坏了，几乎要不顾危险地往山谷下滚。这时候，岩浆从后边赶了上来，对丁勇说："不要乱拱，跟着我走。"

他从前经常来这河谷深处猎取野物，对这一带被树林、深草遮没的地形都很熟悉，也就很快找到了一条从悬崖绝壁间往下走的小径。

丁勇对岩浆在关键时刻这样热心的表现很欣赏，也担心他走在前边突然撞上了敌人无法应付，又把那支步枪还给了他。

岩浆深感这是丁勇对自己的信任，很是感动，提着子弹上了膛的步枪跑在前边，冲得更快更有劲了。

匪中队长陈鲁光见经过短促而激烈的枪战后，仍然难以把解放军这一方打退。他突然省悟过来，这样拖延下去，如果惊动了蛮丙部落的佤族人，他们大批拥来，那就麻烦了。

他急忙离开了这处于中间地带的指挥位置，带着几个人退往后边一个地势较高、能较好观察周围地形的坡地，想在附近找一个可以包抄到对方后边的路径，形成前后左右夹击的包围圈，尽快结束这一战斗。

这时候，陈鲁光突然听见山谷后边有急促的脚步声。他和那两个匪兵忙闪在大树后边观察，来的人却是先前那个被屈洪斋司令派出的佤族人岩浆。他既感意外，也很高兴。他想，岩浆是蛮丙部落的人，一定熟悉这一带地形，可以带着他们绕往解放军的后边。虽然岩浆还离得远远的，他就激动地招呼："哎！岩浆怎么是你？快过来！快过来！"

岩浆也没有想到会在这里遇见陈鲁光。

那天，岩浆在大森林里的火堆边睡着了，就是被这个陈鲁光带的人抓往永恩部落的，一路上他们凶狠地凌辱他，还使他在永恩部落险些被岩翁大头人砍掉了脑袋。

他恼怒地也不回答，趁对方不防备，端起步枪一枪打过去。

这距离很近，他枪法又好，子弹准确地打在陈鲁光的脑袋上，顿时鲜血四溅，惊得另外两个匪徒慌忙往草丛里趴。

紧接着丁勇和几个战士也快步冲了过来，从匪徒后边攻击。

这时候，敌我人数都差不多，但丁勇这个班配备了一挺轻机枪。那能连续扫射的机枪声一响，匪徒们搞不清楚解放军这边究竟来了多少人增援，在失去了头领，无人指挥的情况下，顿时军心慌乱，只好四散奔跑。

听见这激烈的轻机枪响声，金文才也深感意外，略一辨别，就高兴地大喊："小康、小杜，我们的人来了！"

这两个年轻战士也高兴得不再节约弹药，朝着那几个忙于找路逃跑的匪徒投出了两颗手榴弹。轰响声中，窝朗牛也忘了伤痛，又兴奋地大叫："啊！又是'集中炸'，太好了！太好了！"

战斗很快结束。这伙敌人只剩下两个带伤的匪徒和随同来的三个永恩部落的佤族人。

丁勇班长命令把他们都捆起来，集中在一起派人看守，然后急匆匆去找金文才，关切地说："金参谋，我们来迟了吧？"

金文才激动地紧紧拥抱着丁勇，连声说："你们来得太及时了，我们的弹药都快打完了！"

丁勇也很激动："金参谋，你们才三个人呀，却顶着他们二十个人打了这样久。我们在远处听见这边枪响得激烈，估计是你们和敌人遭遇了。"

金文才想起刚才以寡敌众的危险处境，如今才有些后怕，一再说："幸亏你们来得及时！幸亏你们来得及时！"

他们一起走到小河边上去看那几个俘虏。那两个受伤的匪徒，一个是打断了右胳膊，一个是腿上中了一枪，痛得躺在地上直哼。

那三个永恩部落的佤族汉子从前只是在部落之间的械斗中经历过一些用梭镖、弓箭、长刀混战的搏杀，哪里遇见过这种又是机枪又是冲锋枪的密集扫射和手榴弹的轰击，都被这场声震山谷的激烈战斗吓呆了，颤抖地提着长刀却不敢往前冲，也就没有受伤，如今被捉了，心情紧张地不知什么时候会被砍了头。

这时候，山坡上又传来了众多佤族人的杂乱呐喊声，那是蛮丙部落的人赶来了。

金文才很明白，这三个永恩部落的佤族汉子，若是在这种场合落入蛮丙部落的人手里，可能会被乱刀砍成肉泥。那时候，在激愤的蛮丙部落人面前，他也无法阻止，就问他们："你们永恩部落为什么要和屈洪斋他们搅在一起？"

他们低着头不作声。

金文才说："是屈洪斋欺骗你们，可以帮助你们打蛮丙部落吧？"

他们仍然是惶然地不回答。

金文才又说："你们和我们解放军没有仇，却帮助屈洪斋来打我们，那是上当受骗了。我们人民解放军进入西盟佤山以来，把各个部落的佤族人都看成自己的弟兄，对你们永恩部落也是一样。"

这三个永恩部落的人当中，有个岩翁头人的儿子岩爽，心里很明白，事情真是这样，人家解放军确实是没有招惹我们呀！

这时候，蛮丙部落的人越来越近，冲在前边的人已经出现在山坡上，再过半小时左右就可能下到河谷。金文才担心他们冲下来后，会伤害这三个永恩部落的人，忙说："这次我们不怪罪你们，也不想报复你们。你们回去吧！"

岩爽他们以为自己听错了，眼睛惊愕地睁得大大的。

金文才又说："你们回去告诉你们岩翁大头人，永恩部落和蛮丙部落都是从司岗里出来的佤族弟兄，不要受外人挑唆，老是自相残杀，以后不要再械斗了！"

岩爽他们似懂非懂，缓慢地点着头。

金文才让丁勇班长把岩爽他们的绳索解开，并把他们的长刀都还给他们。

他们才相信死里逃生了，激动得双腿一软跪了下来。

"不要这样多礼。快走吧！"金文才扶起了他们。

岩爽他们见那边山坡上，蛮丙部落的人正蜂拥般冲下来，忙一个纵步跳起，带着他们的人奔向这边的山坡上，快速潜入那稠密的树林里，然后迅速地往上攀爬。

他们一口气上到半坡后，见已经脱离危险，才敢停住脚步往下看。

那些下到峡谷里的蛮丙部落人很多，黑压压的一大片，个个握刀提枪，很是凶猛。

岩爽惊恐地叹了口气："天哪！这样多人！被他们抓住，可是活不成了！"

那两个汉子已经吓得面如土色。

岩爽又说："那个屈大队长经常说，解放军杀人狠得很，抓住了我们永恩部落的人会砍掉头脚。如今看来，不是那样一回事嘛！"

"确实不像那样一回事！"那两个汉子又点头。

"我要回去告诉岩翁老爸，不要再听信屈大队长的话！"

"是啰！是啰！"那两个汉子也感觉这次是上当受骗，差点掉了脑袋。

他们加快了往回走的步伐，担心蛮丙部落的人会追上来。

下到河谷的是岩松带领的蛮丙部落的几十个汉子，还有小寨头人尼可士带来支援的一些人。

他们听娓其说，窝朗牛被匪徒袭击受伤了，都很着急，在寨子边砍了几根竹子扎了副担架就往山谷下赶，半路上又听见枪声激烈，更是心急如焚地跑得风快。有的人就用毯子把头一裹，抱着头就往山坡下滚。

如今见战斗结束了，被打死和被俘虏的匪徒比娓其描述的多得多，并不只是三个人，才深感这场战斗的激烈。窝朗牛虽然受了伤，但幸亏有解放军保护，没有再受到更大的损伤。

娓其想起不久前被匪徒们抓住，被拷打、羞辱的事还很心悸，又抱着窝朗牛大哭。

窝朗牛虽然手臂痛得很厉害，但是见部落的人来了，又恢复了他那大头人的气势，很威风地说："哭哪样？有什么哭的？"又用命令语气吩咐岩松，"去！去把这些坏家伙的头都砍下来，送到人头桩去！"

金文才忙来劝阻："窝朗，不能这样！我们人民解放军有纪律，不允许这样对待阵亡的人。"

窝朗牛这才想到，这一仗是人家解放军打的，自己这条命也是人家解放军救的，这才没有像过去那样固执地坚持己见，只是感叹地对岩松、奥兰夫妇说："这次危险得很，全靠解放军救了我呀！"

岩松、奥兰夫妇又激动地向金文才行礼。

金文才说："都是一家人，就不要客气了。你们赶紧把窝朗牛抬上担架吧！他的伤得赶紧治疗。"

他这样一说，窝朗牛也觉得伤口又在剧烈地作痛。

岩松忙喊人把窝朗牛抬上了担架。

这竹编的担架很是柔软，窝朗牛觉得与刚才躺在地上躲避子弹的感觉完全不一样，心情才略微愉悦，脸上又有了笑容。

这时候，叶妙和娜红也赶了来。刚才战斗时，因为她们是女子，又赤手空拳，丁勇班长让她们在山坡上躲避着。

她们听见枪声一阵又一阵激烈地响着，很是焦急，就一步又一步往前边移动，如今看见树林里横陈着那样多尸体，都很惊骇。

叶妙正要向岩浆打听这场战斗是怎么一回事，却听见附近有窝朗牛的声音在吼着，吓得她拉住岩浆就往一旁的大树后边躲藏。

娜红见小康满身尘土，很是困乏，才明白刚才与匪徒们打得那样激烈的是金文才和小康、小杜。她也不管有这么多人在场，激动地冲过去一把抱住小康，关切地问："你没有事吧？你没有事吧？"

羞得小康满脸通红地急忙挣扎："不能这样！不能这样！"

引得众人大笑。

金文才把丁勇班长引见给窝朗牛："窝朗，这是我们部队的丁勇班长，是他带着人来支援我们消灭了敌人。"

窝朗牛从担架上抬起了那只没有受伤的手，表示感谢："多谢了，丁班长。我诚心诚意请你们来寨子里做客。等我的伤好了。我要镖一头大牛请你们喝泡酒！"

金文才和丁勇都明白，这是窝朗牛在明确表示：欢迎部队的工作组进驻蛮丙部落。

丁勇班长又对窝朗牛说："你们寨子的岩浆这次也出了力，有他带路，我们才能够迅速赶来这里。他还打死了一个匪军头目呢！"

"岩浆？"窝朗牛恼怒地闭上了眼睛，还是不想理睬这个人。

金文才想到窝朗牛的枪伤很重，又拖延了这么久，应该赶紧送回寨子去医治，忙叫岩松他们抬起担架往坡上走，然后又和丁勇班长带人清理战场，搜寻尸体，并把这些尸体就地掩埋。

他担心可能还有匪军的大队人马，会随后来袭击，又对丁勇和小康说："时间很紧迫，我来不及向团首长写报告了。这几天发生了这么多事，也不是三两张纸能写得清楚的。康小羊，你带两个人立即回西盟去直接向团首长报告，请求再派一两个排来，还要带上给佤族人的救济物资。"

停了一会儿，他又说："还要派一位军医来。窝朗牛的枪伤很重……"

小康很高兴能担负这重任。他的弹药都打完了，向丁勇班长要了两个冲锋枪弹匣和两颗手榴弹，就带着两个战士上路了。

娜红却急了，也不管有这么多陌生人在场，拉住小康问："你还回不回来？"

小康涨红着脸不回答。

金文才忙说："回来！他明后天就回来！"

娜红这才恋恋不舍地放开了小康。

尾声

第二天中午，团政委赵纬亲自带着团部警卫排和一个步兵连，以及两百余匹牛马组成的运输队伍，从西盟去往蛮丙部落。

那逶迤十几里、首尾难见的庞大队伍发出的人的呼喊声、马的嘶叫声、牛项铃的叮当响声，构成了一组极其雄伟、有着特殊气势的音响，长久在山谷里回荡。

这支庞大队伍接近蛮丙大寨时，寨子里的男女老少全都被惊动了，纷纷跳下竹楼跑往寨门外去观看。

有人赶紧去向窝朗牛报告这一情况。

窝朗牛在昨天从河谷里被抬回来后，虽然请老魔巴给他念了驱邪的咒语，并在他的伤口上敷了止血消炎的草药，但是他受伤后，流血过多，又在那河谷里耽误得太久，那颗步枪子弹没有及时取出来，伤口已经严重感染、恶化，那只胳膊肿胀得如牛腿般粗，痛得他一阵阵昏迷过去。

但是如今听说来了大批人马，他还是从昏迷中惊醒过来，警觉地问："来的什么人？"

听说是解放军的人马，他才放心了，说了一句："是解放军？不要怕！"说完又昏沉沉地睡了过去。

在西盟的赵纬政委和林副团长等领导人，这几天一直挂念去往蛮丙部落的金文才、小康、小杜，担心他们进不了寨子，进去了也因为势单力薄，而避不开可能发生的危险。

但是张副县长却很有把握地一再说:"政委,请放心!请放心!窝朗牛是个很讲义气的人,就是不让金参谋他们进部落去,也会看我的情面不伤害他们!"

赵纬政委和林副团长等领导人,只好耐心地等待着蛮丙部落那边的信息。

那天下午,他们接到丁勇班长派何副班长送来的金文才那封信后,才知道金文才他们还安全,才放心地嘘了口气。紧接着,这天半夜,康小羊又和两个战士从发生过激战的河谷里赶回来了。

两位团领导才知道这两三天当中,在那蛮丙部落发生了那么多令人心悸的、错综复杂的事,特别是那场在河谷里以少敌众的战斗,更是险情四伏。

团政委赵纬和林副团长连连赞叹地说:"小康同志,不容易呀!幸亏金参谋和你们都应付过来了!你们可是为开展蛮丙部落的工作立了大功!"

小康得到了表扬,很是高兴,也很不好意思,他红着脸说:"首长,我不会做什么工作,全都是金参谋指挥着我们干……"

林副团长说:"你也不容易呀!小小的年岁,参军没有多久,就敢于打硬仗。这次可是得到了锻炼吧?"

小康想起这几天的事,也是思绪万千,感动地直点头。

赵纬政委考虑到蛮丙部落如今直接关系到边境内外的复杂情况,决定亲自去往那里,现场处理一些事,还特意约了与窝朗牛熟悉的张副县长一起同行。

这天夜里,他们紧张、忙碌地调动部队,还带上了大量的救济物资,在雾气迷茫的天亮前,就带着部队与运送物资的马帮、牛帮从西盟出发了。

赵纬政委考虑到小康这两天都忙于在山岭间奔走,战斗刚结束又急行几十里山路赶回西盟来汇报,在西盟又是一夜没有休息,肯定很疲倦,特意拨了一匹马给他骑。

小康哪里敢骑。在部队里只有营、团以上的首长才配备有马,排长、连长都是背着背包行军呢!

他红着脸推辞:"首长,我不敢,我不够条件……"

团政委觉得这个小兵又老实又可爱,就笑着说:"骑上吧!我一路上有很多事要问你呢!"

他见小康还在躲闪,就对军马饲养员说:"扶他上马。"

小康几乎是在挣扎中被那个身体壮实的饲养员抱上马的。这个饲养员是个老兵，还批评他："你这小子，穷折腾什么？这是首长的命令！军人要懂得服从。老老实实骑上吧！"

团政委又笑着对饲养员说："他没有骑过马，你好好照顾他。别让他跌下来了。我一路上有话要和他谈。"

这一路上遇见较宽阔的山路，能并马而行时，赵纬政委就详细询问小康他们在蛮丙部落的情况，接触了哪些人事，怎么接近的，那些人有什么特点。

小康也回答得很详细，对窝朗牛、魔巴、窝朗牛的几个妻子、岩松夫妇的个性都逐一做了介绍，就连娜红抢着为他背水、为他们送信……都拉拉杂杂地说了。

团政委听得很感兴趣，对蛮丙部落的人事也就有了一些了解，感觉这是个质朴的民族，用诚信对待，是能够很好开展工作的。

到了蛮丙大寨后，赵纬政委并没有立即听金文才的汇报，而是要张副县长、金文才、岩松领着他先去看望窝朗牛。

窝朗牛被伤痛折磨着，正躺在竹楼里的火塘前痛苦地哼着，痛得厉害时，又要大娘再去找老魔巴来。他情绪低沉地一再说："我要死了，去请魔巴来为我念念咒，让我平安上路。"

大娘只是焦急地叹气，五娘娓其更是哭个不停。

但是当岩松跑得气喘吁吁地冲上楼来告诉窝朗牛，西盟来了很多人，还有两位大官，其中有张副县长，还有个看起来比张副县长还大的官……

窝朗牛顿时从衰疲、昏沉中转为清醒，问："他们来干哪样？是知道我要走了，来送终？"

在佤族人看来，人死前，有亲人、贵人来看望、送别，那是吉兆，灵魂会顺利、平安地升上天国。

他挣扎着想爬起来迎接，却因为伤口过于疼痛，转动不了身子。

这时候，张副县长已经和赵纬政委进了竹楼。

他们趋近窝朗身边，轻轻按住他："不要起来！不要起来！"

张副县长关切地说："窝朗，我们赵政委亲自来看望你了！"见他不明白"赵政委"是什么人，又说："他是我们的领导。"

窝朗牛也不懂什么是"领导",问:"比你大的官?"

"是的!是的!是比我大的官!"

窝朗牛觉得很荣幸,那因流血过多而突然干瘦、苍白的脸上又涌起了血色,得意地笑了。

张副县长又说:"赵政委还亲自给你们部落送来了用两百牛马驮来的衣服、盐巴、粮食。"

窝朗牛被这巨大数字惊住了,这可是很丰富、厚重的礼物。他激动地问:"这样多东西?都是送给我们?"

金文才说:"是的,都是送给你们的。前两天,我对你说过,政府会给你们全部落每个人都送一份礼物。今天,我们赵政委和张副县长就亲自带来了。"

"多谢!多谢!"窝朗牛一激动,又抻着了伤口,痛得昏迷了过去。

随同来的医生赶紧趋近前检查,并为伤口消毒、敷药。

他向赵纬政委报告:"伤势很重,要送西盟转澜沧医院动手术才行。再拖延下去,会有生命危险。"

"那就赶紧送!"赵纬政委果断地说。

但是窝朗牛醒来后,却不肯走,固执地说:"我要死了。我哪里也不去!我就在这里等候'莫伟其'神来接我!"

说得大娘、娓其又伤感地哭了。

张副县长劝慰他:"窝朗,不要这样说,你不会死。你们这样大的一个部落,还要你来管事呢!"

他又问也来到了竹楼里的老魔巴:"魔巴,你是与你们的'莫伟其'神最亲近的人。你说,窝朗牛是不是到了死的时候?"

老魔巴摇摇头说:"仁慈的'莫伟其'神没有这样说。"接着又补充了一句,"有你们这些贵人保佑,窝朗牛还会活得很长,很长。"

大娘、娓其抹着眼泪对窝朗牛:"你听见了吗?你听见了吗?'莫伟其'神和这样多贵人都在保佑你呢!"

窝朗牛相信老魔巴的话,这才说:"我去了西盟,部落里的事哪个管?"

"有你儿子岩松嘛!"张副县长说。

窝朗牛点了点头。平常很多事,他都是交给岩松管。

赵纬政委又说:"你放心去治病。我请张副县长专门陪你去。"

窝朗牛放心了。他还记得，那年大病，就是张副县长派医生来给他治好的。他感动地说："张大官，我和你有缘呀！每次有难，'莫伟其'神都会派你来救我。"

张副县长笑了："这次是解放军来救你。"

窝朗牛想起昨天在那河谷间被匪徒们围攻、生命只悬一线的惊险时刻，确实是解放军赶来救援的。

他感激地望着金文才，说："是这样，是这样。多亏了你们来救我……"然后又叮嘱岩松："你用心管好部落里的事，有难对付的事就找解放军。他们好！信得过！"

赵纬政委又对大娘、娓其说："你们也去一两个人照看他吧！"

娓其忙说："我去！"

大娘同意地点了点头。

有娓其一起去，窝朗牛很是高兴。

部队来的时候就携带了军用帆布担架。军医急于救人，催促着："那就准备走吧！"

赵纬政委说："你们抬着他先去看看我们送来的东西。"

寨子外边的山路两边的树林里挤满了驮运东西来的牛马，那些物资都已卸下，在寨门口堆积如山，引来了许多看热闹的佤族人，他们从前哪里见过这么多东西，感动得发出了一声又一声惊叹。

窝朗牛更是感动，这才放心地让人抬着他上路。

赵纬政委请张副县长与窝朗牛同行，还特意派了两个班随同保护。这样前呼后拥，使躺在帆布担架上的窝朗牛觉得很威风，更是高兴。

送走了窝朗牛后，赵纬政委又召集金文才、小康、小杜和丁勇那个班的战士开了个短会，正式宣布驻蛮丙部落的民族工作组成立。金文才参谋兼任组长，成员有小康、小杜和丁勇带领的那个班。目前的工作是与岩松协商修建工作组的住房，把救济物资发放到全部落每一个人手里……

金文才已经胸有成竹，很有把握地表示能够做好这项工作。

会后，团政委又把这几天与金文才他们有来往的佤族人请来喝泡酒，山寨里一时间难以购买肉食，就用带来的军用红烧肉罐头、油炸花生米招待他们。

参加喝泡酒的有老魔巴、岩松夫妇、娜红、叶妙、岩浆、山药以及小寨的尼可士头人……

他们从前哪里吃过这样精美可口的罐头食品，都吃得津津有味，很是高兴。

娜红见来的解放军都对团政委赵纬很尊敬，知道他是这些军人中最大的大官，就恭敬地向赵纬政委敬酒，还拉着叶妙用佤族人礼节，为他拴红线祝福吉祥。

赵纬政委也猜出了这个美丽、热情的姑娘是帮了金文才他们不少忙的娜红，亲切地和她握手："你是娜红吧？"

娜红高兴得跳了起来："是，是，是！大官，你怎么知道？"

赵纬政委说："我知道你帮我们做了很多工作，谢谢你！"

娜红却说："不多，不多，都是我很愿意做的事。我也要请大官帮我一个忙。"

赵纬政委笑着说："你说吧！你们的事我会尽力帮忙。"

娜红高兴得双手合十，又弯下腰行礼，先表示感谢和敬意，然后才郑重地说："大官，我要把你们的小康娶过来！"

她不是说嫁过去，而说把小康"娶"过来！周围的人都惊讶地望着她，有这样说话的吗？本来在这里忙着张罗酒菜招待佤族客人的小康则是吓得跑得远远的。

赵纬政委却知道这是这个美丽小女子的真诚心意，没有怪她唐突，只是为难地说："我们部队有规定，不准和你们佤族姑娘谈恋爱，也不准与你们结婚。"

"为哪样？"娜红急了。

赵纬政委说："这是上级制定的民族政策。我也不敢更改。"见这些佤族男女都惊讶地望着他，他又补充了一句："把你们佤族美丽的姑娘娶走了，你们的小伙子会不满意的。"

娜红说："哪里有这种事。大官，你问问那些小伙子，可会不满意？"

岩松妻子奥兰笑着说："大官，你就成全娜红的这件婚事吧！不然，她会急得跳崖子的。"

魔巴摇着头："不能这样！不能跳崖子！娜红是个心地好的姑娘。好人命长。"

赵纬政委为难了。虽然娜红这小女子的情义真切动人，但部队的纪律很是严格，他身为团政委也要执行。他只能说："你还小，怎么就急于嫁人呢？"

岩松妻子一向是快人快语，忙帮娜红说话："娜红也不是太急，她是怕你们的小康跑掉了。"

娜红红着脸坦率地直点头。

众人又大笑。

赵纬政委也笑着说："是不要急，急也没有用。我们部队还有条规定，这就是：战士不能结婚，干部不到一定级别，也不能结婚。"

他指着金文才说："金参谋是正连级干部，也是个可以管着一两百个兵的干部，还不能结婚呢！"

娜红觉得和小康的婚姻无望，又要哭了。

赵纬政委很同情这个单纯、可爱的佤族姑娘，心里却在暗暗想着，怎么不违反民族政策，又能成全他们的事。

他想起来了，上级有指示，在西盟佤山开展民族工作的同时，要注意对民族干部的培养，尽快吸收一些年轻人参加工作。

他对娜红说："我们要在西盟办一个民族训练班！你去学习好吗？"

娜红还不懂去"学习"有什么用，迷惑地不作声。

赵纬政委说："学习了以后，就可以参加工作。以后工作几年，就可以和我们的干部谈恋爱、结婚。"

娜红高兴地说："我去！我去！"

山药羡慕地问："要不要我们男子汉？"

"怎么不要？要！只要愿意学习的，都要！将来的西盟佤山的工作干部应该多数是你们佤族人。"赵纬政委说。

山药忙说："我也要去学习！"

赵纬政委点点头："好！我同意了。"

他很高兴，无意间就把吸收佤族干部工作、学习的事开展了。

叶妙见赵纬政委这样和蔼、善解人意，也就没有了陌生感，挤过去说："大官，我也求求你帮帮忙……"

赵纬政委在来蛮丙部落的路上，就从小康那里知道了叶妙的情况，就说："你是因为回不了小寨的事吧？那是你的家，你应该回去。尼可士头人，你要帮她的忙。"

尼可士头人老实地说："我是怕窝朗牛怪罪。"

赵纬政委说："如今是岩松管理部落里的事。岩松，你不会反对吧？"

岩松妻子奥兰忙说："那天晚上，是我们送三娘回的小寨呢！"

金文才也说："岩松、奥兰他们夫妻俩，很关心叶妙大嫂呢！"

赵纬政委说："这就好。叶妙、岩浆你们两个就安心在小寨过日子吧！窝朗牛那里，我会请张副县长去做工作，请他不再为难你们。"

叶妙激动得又要跪下了。

金文才忙叫奥兰和娜红拉住她。

赵纬政委又笑着对岩浆说："听说你的枪法很好，一枪就击中了土匪中队长的脑袋。以后组织民兵队伍，你可以作为骨干。匪徒再来偷袭，你可要继续勇敢地打击他们。"

岩浆没想到，这件事，这个赵纬大官也知道，高兴得直点头。

深山里的冬天夜晚，风冷霜重，部队战士和赶马、赶牛的民工都严格遵守民族纪律，不进佤族人竹楼里去住。他们就在寨子外边烧起一堆堆火来驱寒。

夜长，又不能入睡，民工们多数是来自普洱、景东、景谷、澜沧等地方的拉祜族、哈尼族、傣族人，就吹奏起带来的芦笙、三弦，跳起了他们民族的舞蹈。

佤族男女一向爱好歌舞，寨子里的人都被这优美、深情的音乐所吸引，也纷纷加入唱歌跳舞的行列。

舞圈从一个发展成两个、三个、四个、五个……歌声、芦笙声、三弦声、笑声此起彼伏，融成一片。整个山野从黑夜到黎明太阳升起，都处于从来没有过的欢腾中，也向人们宣告：一向贫穷、落后的西盟佤山，从此在中国共产党、人民解放军的带领下，结束了那苦难的过去，开始了新的生活！

1992年1月—2012年1月10日至6月12日，写一至七章初稿、二稿于昆明市西坝路迎春巷。

2013年1月6日—4月26日，写八至十一章和尾声初稿、二稿于昆明市西坝路迎春巷。

2014年6月15日—8月4日，第三稿于安宁市太平玉积堂。

2015 年 9 月 1 日—2016 年 3 月 11 日，第四稿于安宁市太平玉积堂。

2017 年 6 月，第五稿于安宁市太平玉积堂。

2018 年 3 月 10 日—4 月 8 日，第六稿于安宁市太平玉积堂。

2018 年 12 月荣获作家出版社十大好书。

2018 年 12 月荣获全国长篇小说年度金榜之"读者人气排行榜"。

2018 年 12 月 2 日荣获《长篇小说选刊》第三届长篇小说年度金榜、特别推荐奖。

2019 年 1 月荣获中共云南省委宣传部、云南省新闻出版局、中共昆明市委宣传部等"2018 年书香昆明·云南十大好书"荣誉称号。

2019 年 12 月荣获中共云南省委宣传部第九届"云南文化精品工程"优秀作品奖。

后记

1952 年夏秋，我们步兵第一一五团二营，结束了澜沧大黑山的剿匪战斗后，在黑山附近的小集市新营盘进行了短时间的休整，又奉命在 12 月初，进军西盟佤山。

西盟佤山是个聚居有六万余佤族、山势险陡的边陲要地，如今正被匪众屈洪泽部占据。

1952 年冬进军西盟，是人民解放军第二次解放西盟。

一年前，当时的中共澜沧县委，曾派出区长唐皇一行十余人，进入西盟去建立区政府。由于人枪过少，又缺乏在佤族地区的工作经验，唐皇等人进入西盟不久，就被匪首屈洪泽啸聚境内外千余名反动武装围攻。唐皇等人在苦战几天后，寡不敌众，全部壮烈牺牲。西盟又沦于敌手。

盘据西盟佤山的匪军屈洪泽部，约有七八百人，平日还能耀武扬威。一得到我人民解放军将进攻西盟的消息，自知力量对比悬殊，哪里还敢抵抗？在我军还未攻抵西盟前，就急忙利用浓雾的掩护遁往境外。

于是我们部队不发一枪一弹，在 1952 年 12 月 20 日清晨收复了西盟。为了巩固西盟的民族工作，上级特意从部队中抽调了一批干部、战士，组成几个"民族工作组"，派往西盟、大力锁、永别烈、岳宋、马散等部落（这也是后来西盟各个区、乡政府的前身）。

当时我为了写作边地生活，从昆明军区文化部到第一一五团二营五连工作近一年了，对边地民族工作已经有所熟悉。我就被抽调出来担任营教导员兼西盟工委书记侯立基的"联络员",背着一支卡宾枪、四颗手榴弹,依次去各个"民族工作组"了解收集材料,然后在月底回到西盟,向侯立基汇报,作为他一个月召开一次工作会议的参考。

侯立基同志说:这样我可以在会议前,就了解各个"民族工作组"的近况,你也可以获得大量的写作素材。

有这样的深入生活条件,对我的写作很有帮助。这也是后来的一些作家临时去佤山采访所不能比拟的。

我也从中感悟到,边地生活极其丰富多彩,作家不仅要积极投入,还要在工作中加强了解,用心思考,才能够比一般的人更全面、更深入地了解其中的特异之处。

这"特异之处"也就是其中不同一般的故事、人物、事件。

所以那几年,我能够比那些只去西盟采访的作家、记者了解得深入、透彻;写出了短篇小说集《边寨亲人》《卡佤部落的火把》等在全国有影响的作品,并与人合作了电影文学剧本《边寨烽火》《芦笙恋歌》;从而成了早期云南边地文学的主力。

有这样良好的生活条件,我本来可以写得更多更好;但是不幸的是,1957年的"反右派"运动一起,我被人所陷害,沉入"右派"的陷阱二十二年,大部分时间都在"劳动改造"中度过;既不能正常去边地生活,更不能写作。直到 1979 年冬得到平反,才重新回到文坛。但是身心被长期折磨后,已经极为憔悴,又得费很长时间去慰藉、调整。这真是作家的不幸!

所以,我的创作应该分为两个阶段,第一阶段是 1952 年春至 1957 年秋,第二阶段是从 1979 年冬重新开始。

虽然在那二十二年间经受了包括七年监狱生活的折磨,在年过半百后,身心大不如前,我还是经常带病深入边地生活、写作。

这很艰难,但是因为我能尽力拼搏,在 1979 年至 2018 年的三十余年时间,仍然出版了长篇小说六部、长篇纪实文学四部、中篇小说六部、短篇小说八部、散文集两部、评论集一部,还有大量的短篇小说、随笔待辑录成册。

这些作品多数发表在全国有影响的刊物上,并获得国家级的重要奖项:如短篇小说《今夜月色好》获得中国作家协会的全国优秀短篇小说奖,短篇小说《红指甲》获得首届"金盾文学奖",长篇纪实文学《解放大西南》获得中国作家协会的"鲁迅文学奖"。另外几部以抗日战争为题材的长篇纪实文学《滇缅铁路祭》《旌旗万里》《挥戈落日》，因为材料丰富，描述生动，不仅填补了中国文学全面、系统描述那几场大战役的空白，还因为材料的丰富，描述的生动，深为关心那段历史的专家和读者所称道。

但是经常使我念念不忘的还是二十世纪五十年代初期，开辟西盟佤山的工作经历，那是云南边地有史以来前所未有的壮举。

过去的西盟佤山，由于佤族对外民族的过于畏惧、警惕，一向是对外隔绝，很少与别的民族交流；对内则由部落的大小头人简单、粗暴地统治。政治、经济上也就长期处于保守、贫穷落后的状态。直到1952年冬，人民解放军向西盟佤山进军，当时的政治、经济、文化才得到大的改变。

如何真实、详尽地描述从1952年冬以来，那一段既艰难又极有历史意义的变革过程，一直是我这个曾经参与进军西盟、并在那里的几个民族工作组工作过的亲历者的愿望。关于那段往事，由于各种原因，我的这一写作计划被耽搁了六十余年，也思考、梳理了六十余年，如今才形成了这部长篇小说《太阳升起》。

我真实地叙述了佤族人苦难的过去，也形象地叙述了佤族人在内外压迫下苦苦挣扎的状况。虽然有些事件，在过去是所谓"写作禁区"，但是为了把历史的真实呈现给后来人，我还是按照历史和生活的真实状况作了描述。这虽然比较麻烦，但这是一部描述处于特殊地域、特殊民族、特殊时代的作品，不大胆面对真实，就会使这一作品失去其不同于一般的意义。

如今长篇小说《太阳升起》，终于在我晚年的九十岁时完成。虽然时间过去多年，回忆、整理那些历史事件，并演化成文学作品，是一项颇为吃力的事，我还是能利用对云南边地的了解，以及多年写作的经验，尽力写好这一作品。

我把那段在西盟佤山的工作往事，在记忆中保存了六十余年，是因为那段历史太精彩、太不同一般了。现在好不容易写出来，这是用心提炼、剪裁后的故事。我相信，即使是如今身在西盟佤山的年轻读者，在读到这些六十余年前的事时，也会惊讶那年月的西盟佤山怎么会那样与世隔绝，社会的变化是何等不容易！

如今的西盟佤山已经跻身于正在发展的现代社会，与全国各民族共同前进，这当然是过去和现在在西盟佤山工作的人们，辛勤劳动的成果。

这是一本用文学方式描述特殊的边地、特殊的历史事件和人物的书；我想，读者在阅读过程中，一定能深感真切而有兴趣！

2018 年 4 月 14 日—4 月 20 日于安宁市太平玉积堂